Gallmeister

NOIRE

DARK HORSE

Craig Johnson

DARK
HORSE

Roman

Traduit de l'américain
par Sophie Aslanides

Gallmeister

Titre original :
The Dark Horse

© Éditions Gallmeister, 2013
pour la traduction française

ISBN 978-2-35178-060-2
ISSN 1952-2428

*Pour Sue Fletcher, la vraie Wahoo
Sue, et pour Juana DeLeon, qui survit
chez ses dignes héritiers Auda, Marlen
et Benjamin.*

dark horse[*] : nom

1. *a.* un participant très peu connu (comme un cheval de course) qui se fait remarquer de manière inattendue ; *b.* un participant à une compétition auquel on accorde peu de chance de réussir.

2. une personne qui se dévoile très peu ; en particulier, qui a des capacités ou des talents inattendus.

[*] L'expression *dark horse*, littéralement "cheval noir", dont les sens sont détaillés ci-dessus par l'auteur, n'a pas d'équivalent en français. Nous avons donc délibérément choisi de la garder plutôt que d'opter pour une solution approximative comme "*outsider*" qui ne rendrait pas compte du double sens de l'expression originale. (Toutes les notes sont de la traductrice.)

1

27 octobre, 11 heures.

C'ÉTAIT la quatrième semaine d'octobre dans les Hautes Plaines, l'été étonnamment long avait altéré les couleurs du paysage, et les poutrelles rouillées du vieux pont avaient pris un ton brun délavé, défraîchi.

Arrivé au sommet de la colline, je garai la Lincoln Town Car gris acier à côté de la structure en treillis Pratt. Il en restait peu dans le comté de Powder River, et les quelques ponts qui demeuraient étaient vendus aux enchères à des propriétaires qui les utilisaient dans leur ranch. J'avais grandi avec ces vieux ponts en dos de chameau et j'étais triste de voir partir le dernier d'entre eux.

Mon regard fut attiré vers la petite ville posée sur les berges de la rivière anémique et écrasée contre les collines de scories comme la lame vibrante d'un rasoir bien aiguisé. Le cours d'eau, les terres et le pont avaient une nuance sépia, fanée.

Je dis au chien de rester sur la banquette arrière et je sortis de la voiture ; je mis mon chapeau, enfilai une vieille veste en cuir de cheval d'une chaude couleur brune et traversai le parking improvisé. Je contemplai la chaussée poussiéreuse du pont et ses larges planches de bois, et, par les interstices, les quelques éclats scintillants de la Powder River, en dessous. Le Wyoming Department of Transportation avait condamné le pont et y avait apposé des pancartes jaune vif – il devait être démonté la semaine prochaine. Je vis les culées qui avaient été construites plus à droite, sur lesquelles le nouveau pont serait bientôt bâti.

Une remorque de la Range Telephone Cooperative était garée à côté d'un poteau électrique sur lequel étaient fixés une boîte de dérivation et un téléphone d'urgence en plastique bleu qui tapotait doucement contre le bois saturé de créosote comme un ancien télégraphe oublié, auquel personne ne répond.

— Z'êtes perdu?

Je me retournai et regardai le vieux rancher qui s'était arrêté derrière moi dans un antique GMC de 1955, le genre dont la calandre paraît figée dans un rictus permanent. Le gros camion était surchargé de foin. Je basculai mon nouveau chapeau en arrière et levai les yeux.

— Non, je me balade.

Il lâcha l'accélérateur et le vieux tacot penché s'installa dans un ronronnement tranquille; le conducteur regarda le chien, ma voiture d'un modèle récent et les plaques du Montana.

— Z'êtes dans le méthane?

— Non.

Il fronça les sourcils pour me faire comprendre qu'il doutait de la véracité de mes paroles; ses yeux étaient aussi verts que les algues qui poussent au bord des abreuvoirs à chevaux.

— On en a beaucoup, des gens du gaz et du pétrole par ici, qui viennent acheter les droits d'exploitation des gens.

Il m'examina, s'attardant sur mon nouveau chapeau noir, mes bottes et mon jean bien repassé.

— Facile de s'perdre, sur ces routes.

— Je ne suis pas perdu.

Je regardai son chargement, les toutes petites fleurs bleues séchées par le soleil mêlées au foin et la ficelle orange et bleu cobalt qui indiquait que le lot était dépourvu de mauvaises herbes; des "cubes idiots", comme on appelait les balles cubiques de trente kilos. Je fis un pas de plus et posai une main sur le foin riche en luzerne.

— C'est du bon. Vous devez avoir une jolie parcelle de terre basse dans le coin.

— Elle est pas mal, mais avec la sécheresse, c'pays est tellement sec qu'il faut amorcer le bonhomme avant qu'y puisse cracher.

Comme pour donner plus de poids à son affirmation, il émit une giclée qui passa dans un trou du plancher rouillé de son camion pour aller échouer sur la route. Le crachat n'était pas loin d'avoir la même teinte que la rivière.

J'approuvai d'un signe de tête en baissant les yeux vers les gravillons tachés.

— Un de mes amis dit que ces petites bottes sont responsables de l'éclatement des exploitations familiales. (Je jetai un œil au chargement – deux tonnes et demie, au moins.) On récolte deux ou trois mille de ces balles en août et on commence à gamberger ; on se demande ce qu'on pourrait bien faire d'autre pour gagner sa vie.

Son regard confirma mes paroles.

— Vous avez un ranch ?

— Non, mais j'ai grandi dans un ranch.

— Où ça ?

Je souris en fourrant mes mains dans les poches de mon jean, jetai un coup d'œil à son camion d'un orange rouillé si lourdement chargé, puis je me tournai vers la structure délabrée qui franchissait l'écart entre ici – et là-bas.

— Vous allez traverser ce pont avec ce camion ?

Il cracha à nouveau sur les gravillons, cette fois tout près de mes bottes, puis il essuya sa bouche sur la manchette de sa chemise à boutons-pression.

— Ça fait soixante-trois ans que j'traverse ce pont routier. J'vois pas d'raison de plus l'faire.

Pont routier. Cela faisait un moment que je ne l'avais pas entendue, celle-là. Je jetai un coup d'œil aux panneaux jaunes du WYDOT et constatai l'état délabré de la structure condamnée.

— On dirait que vous n'aurez plus beaucoup le choix à partir de la semaine prochaine.

Il hocha la tête et passa la main sur son visage de cuir tanné.

— Ouais, apparemment, z'ont tellement d'argent, là-bas à Cheyenne, qu'y savent plus quoi en faire. (Il attendit un moment avant de poursuivre.) La grande route, elle est à environ six kilomètres en r'montant par là.

— Je vous l'ai dit, je ne suis pas perdu.

Je sentais son regard posé sur moi. Il devait observer la cicatrice au-dessus de mon œil, celle qui barrait mon cou, mon oreille avec un petit morceau manquant, mes mains, et surtout, il devait essayer de décrypter l'insouciance qu'on acquiert après un quart de siècle passé avec une étoile épinglée à la poitrine. Je hochai la tête, les yeux rivés sur l'autre berge, de l'autre côté du pont, avant qu'il puisse m'examiner plus avant.

— C'est une ville, là, en bas ?

— À peu près. (Il étouffa un ricanement.) À mi-chemin entre désolation et grotesque.

Il continua à m'observer pendant que je contemplais la poussière qui voletait sur la surface sèche des planches voilées et noueuses.

— Autrefois, elle s'appelait Suggs, mais quand la compagnie de chemin de fer Burlington and Missouri River Railroad a choisi de faire passer sa ligne par là, ils ont décidé qu'elle devait avoir un nom approprié, honnête, biblique.

Je ne quittai pas l'agglomération des yeux.

— Qui est… ?

— Absalom.

Je souris. L'un des ingénieurs du chemin de fer devait avoir un sens de l'humour particulier, ou alors, venir du Mississippi. Puis, je me rappelai que Faulkner ne savait pas marcher, encore moins écrire, lorsque le train était apparu ici.

Ses yeux, au milieu de la multitude de rides qui dessinaient comme une carte routière sur son visage, restèrent posés sur moi.

— Qu'esse qu'y a de drôle ?

Je hochai la tête.

— Lisez-vous la Bible, monsieur… ?

— Niall, Mike Niall. (Je notai qu'il ne me tendit pas la main.) Pas depuis le temps où ma mère m'obligeait. Et y a personne qui m'oblige à faire grand-chose depuis pas loin de soixante-dix ans.

Sept ans de plus que le temps pendant lequel il a emprunté ce pont, calculai-je.

— Vous devriez la lire, monsieur Niall, ne serait-ce que pour les références historiques. Absalom était le fils du roi David – le fils maudit, celui qui s'est retourné contre lui.

Je fis quelques pas vers ma voiture de location, et il marqua une pause avant de reprendre la parole.

— J'irais pas là-bas, si j'étais vous. C'est pas amical.

J'ouvris la porte de la Lincoln, jetai mon chapeau 10X sur le siège passager et lançai un dernier regard à l'homme, et surtout à la carabine calibre .30-30 accrochée dans le râtelier, derrière sa tête.

— Ce n'est pas grave, je ne cherche pas d'amis.

Je m'apprêtai à monter dans mon véhicule, mais je m'interrompis lorsque je l'entendis me héler.

— Hé, jeune homme, j'ai pas bien saisi vot'nom.

Je n'attendis qu'une seconde, sans quitter des yeux la petite bourgade nichée dans le vallon en contrebas, pour répondre :

— Je ne vous l'ai jamais donné.

Je quittai la route asphaltée pour un chemin de terre parallèle aux voies de chemin de fer et garai la voiture de location dans l'ombre d'une usine abandonnée sur laquelle on lisait LE MEILLEUR DE L'OUEST, mais peut-être n'était-ce plus vraiment le cas. Il était vrai qu'ils avaient changé le nom de Suggs en Absalom pour relever la réputation de la ville, faire oublier son passé douteux, mais je ne pouvais m'empêcher de penser que, sous un nom ou sous un autre, cette ville survivait depuis longtemps par miracle, et que le temps de passer à la caisse était venu. Je laissai les fenêtres entrouvertes pour le chien et me trouvai en face de ce qui semblait être le seul local commercial en activité de la ville.

Le AR avait été BAR à une certaine époque, mais la mauvaise qualité de la menuiserie et le vent omniprésent avaient changé son nom, ou bien le B avait peut-être décidé d'aller faire la bringue ailleurs. Il y avait quelques chambres de motel délabrées accolées au bâtiment d'un côté et quelques maisonnettes séparées de l'autre, et le tout était relié par un auvent qui protégeait très partiellement les planches du trottoir en dessous.

Dans l'espace entre le bâtiment principal et les maisonnettes, je vis une cuve à propane dans un terrain envahi de mauvaises herbes, et, attachées à des gouttières de fortune avec de la ficelle à botteler, des bottes de cow-boy qui se tortillaient dans la brise comme des appendices flottants. Sur un panneau tracé à la main on lisait : ABSALOM BAR – LÀ OÙ LE TROTTOIR S'ARRÊTE, LES SENSATIONS FORTES COMMENCENT.

Effectivement.

Sur le plateau du camion derrière lequel je m'étais garé il y avait une demi-douzaine de chiens, des croisements de border collies et de bergers australiens, qui s'approchèrent du bord pour me montrer les crocs au moment où j'arrivai à la hauteur du capot de ma voiture. Les mâchoires du collie rouge merle dans le coin claquèrent et il me manqua d'à peine vingt centimètres. Je m'arrêtai et me tournai pour regarder la meute qui continuait à grogner et à gronder, et vis que le chien, le mien, avait levé la tête pour jeter un œil torve sur les chiens de berger à la manière dont les loups gris regardent les coyotes.

Il y avait encore des poteaux d'attache devant le AR, ce qui était pratique parce qu'il se trouvait des chevaux devant le AR. Un rouan à l'œil vif et un quarter horse somnolent tressaillirent lorsque je posai un pied sur les marches en bois. Le cheval à la robe gris souris avait un œil voilé, et il tourna la tête pour me regarder avec l'autre œil, le bon, tandis que l'autre cheval retournait à sa sieste sous le soleil d'octobre, son sabot arrière droit levé pour se détendre, dans la même pose que les starlettes de l'ère précédant le Technicolor quand elles recevaient un baiser. Je tendis une main, et le doux duvet de son museau caressa mes doigts. Je revis un cercle dessiné autour d'un œil et je repensai au dernier cheval que j'avais approché d'aussi près et à la manière dont il était mort.

— Dans ce pays, on touche pas le cheval de quelqu'un sans demander la permission.

Je retirai ma main et me tournai pour voir d'où venait la voix.

— Eh bien, techniquement, c'est lui qui m'a touché.

J'avançai sur les planches et baissai les yeux vers le cow-boy, conscient qu'un avantage de plus d'un demi-mètre est toujours pratique quand on a affaire à des contradicteurs, surtout lorsqu'ils ont dix ans.

Le petit chenapan bascula sur les talons de ses bottes et leva ses yeux noirs vers moi.

— Vous êtes grand.

— Je ne l'ai pas fait exprès.

Il réfléchit un moment puis jeta un regard désapprobateur sur mon nouveau chapeau de cow-boy.

— Vous êtes perdu ?

Je soupirai discrètement et poursuivis mon chemin vers la porte.

— Non.

— Le bar est fermé.

Il énonçait chaque phrase comme un absolu qui ne souffrirait aucune contradiction, et je me demandai s'il appartenait à la même famille que le rancher aux yeux verts que j'avais rencontré près du pont condamné. Je me tournai vers lui, la main sur la poignée de la porte.

— Tu fréquentes cet établissement régulièrement ?

Il cala un poing sur sa hanche et leva les yeux vers moi, comme si je devais m'attendre à ce qu'il allait dire ensuite :

— Vous avez une drôle de façon de parler.

Je restai immobile, à regarder ses cheveux noirs qui pointaient de tous côtés pareils à un vol de corbeaux essayant de s'enfuir de sous le chapeau de cow-boy couvert de taches. Je pensai à un autre enfant d'autrefois, il y a longtemps, avec une tête comme un seau – tout aussi impénétrable et presque aussi vide.

— Est-ce que tout le monde dans cette ville est aussi poli que toi ?

19

Il marqua une courte pause et fourra dans sa bouche les cordons de cuir déjà bien mâchouillés qui pendaient de son chapeau, ce qui lui évita de cracher par terre comme le vieux rancher.

— En gros, oui.

Je hochai la tête, regardant le panneau en plastique FERMÉ suspendu à la fenêtre, puis je tournai le bouton de la porte et entrai dans le AR.

— Il doit faire bon vivre dans cette riante bourgade.

Le AR était comme beaucoup de débits de boissons du nord du Wyoming, qui ressemblent beaucoup aux établissements du sud du Wyoming et de partout ailleurs dans l'Ouest, à ceci près que celui-ci avait un ring de boxe improvisé sur la gauche du bar central en forme de U. C'était une estrade surélevée en contreplaqué, avec des poteaux en acier aux coins et deux longueurs de corde à lasso qui en faisaient le tour.

Sur une étagère au-dessus du bar était posé un téléviseur réglé sur la chaîne météo, le son coupé. Le temps était toujours un sujet sûr dans cette région du monde – tout le monde était intéressé, tout le monde aimait râler, et personne ne pouvait rien y faire. Un homme d'un âge déjà avancé était assis sur une chaise différente des autres à l'une des petites tables à droite du bar en contreplaqué et il fumait une cigarette. Il lisait le journal de Gillette.

— C'est fermé.

C'était une voix de femme avec les mêmes intonations présomptueuses que le gamin, alors, j'ignorai l'homme qui lisait le *News Record*, tout comme il m'ignorait. Je jetai un coup d'œil circulaire dans la pièce qui, pour le reste, était vide.

— Je vous demande pardon ?

— C'est fermé.

La voix s'élevait de derrière le comptoir. J'approchai et je me penchai. Je ne pus voir que l'extrémité d'une batte de base-ball, la crosse d'un vieux fusil à pompe Winchester sur une étagère, et une jeune femme. Elle était minuscule et elle épongeait avec un torchon de l'eau qui avait coulé des réfrigérateurs à bière.

Ses yeux apparurent sous un savant arrangement de cheveux noirs attachés avec un grand élastique. Ils étaient couleur café, et sa couleur de peau était la même que celle du gamin – peut-être des Indiens, ou peut-être, me dis-je après un examen plus attentif, des gens originaires d'un pays d'Amérique centrale.

— C'est fermé.

— Ouaip, j'ai compris.

Je repoussai mon chapeau sur ma nuque et levai une main, paume ouverte :

— Et avant que vous posiez la question, je ne suis pas perdu.

Elle jeta le torchon par terre avec un *ploc* exaspéré.

— Alors, qu'est-ce que vous voulez ?

Le silence dura quelques instants.

— Je me demandais s'il y avait des chambres libres dans le motel.

Elle se leva et s'appuya sur le comptoir, où elle attrapa un autre torchon sur une pile et s'essuya les mains.

— Rien que des chambres libres. Personne ne veut rester ici, sans climatisation et sans télévision par satellite.

Elle jeta un coup d'œil à l'homme assis à la petite table, qui fumait toujours en lisant.

— Pat ? Cet homme voudrait une chambre.

Il ne leva pas la tête et continua à maintenir son visage caché derrière sa main, ornée d'une énorme bague maçonnique en or et qui paraissait émettre un rond constant de fumée de cigarette.

— Complet.

La jeune femme me regarda, puis le regarda, puis haussa les épaules avant de se replonger dans la fuite du réfrigérateur. Je me tournai vers l'homme. Il était obèse, portait une salopette, une chemisette imprimée et une casquette de camionneur sur laquelle on pouvait lire SHERIDAN SEED COMPANY.

— Pas une seule chambre ?

Il leva les yeux vers moi, juste un moment, et tapota sa cigarette dans un cendrier en verre marqué THUNDERBIRD HOTEL, LAS VEGAS, NEV.

— Tout est réservé.

La voix de la jeune femme s'éleva à nouveau derrière le bar.
— Et la quatre ?
Il n'interrompit pas sa lecture.
— Les toilettes sont foutues.
Elle reprit, alors que je m'accoudais au bar :
— On a des toilettes ici, il pourrait les utiliser.
Il soupira et lança un regard méchant dans la direction de la jeune femme.
— C'est contre la loi, faut qu'la chambre ait des toilettes qui marchent.
Elle se leva à nouveau, jeta le nouveau torchon désormais trempé dans une poubelle en acier galvanisé, et arracha une demi-douzaine de feuilles d'un rouleau d'essuie-tout posé sur le comptoir.
— C'est quoi, cette loi ?
Il la regarda et éteignit la cigarette dans le cendrier.
— La loi-qui-dit-qu'il-faut-un-chiotte-dans-toutes-les-pièces-qu'on-loue.
— C'est la loi de qui ?
L'éclair fulgurant qui fusa dans ses yeux et la très légère trace d'accent dans sa voix étaient décidément latins.
Il repoussa sa chaise et plia le journal, qu'il coinça sous son bras.
— La mienne.
Elle dirigea toute sa fougue vers moi, et l'image de ma fille me traversa rapidement l'esprit.
— Vous payez en liquide ?
Je clignai des yeux.
— Je peux.
La forte tête se tourna à nouveau vers le législateur, et je fus soulagé de ne plus me trouver face à elle.
— Ça fait deux semaines que vous ne me payez pas parce que vous n'avez pas rentré d'argent. (Il continua à la regarder, les yeux mi-clos.) Eh bien, en voilà, de l'argent.
Elle passa derrière le comptoir, décrocha une clé du tableau complet et la fit claquer sur le comptoir entre nous.

— Trente-deux dollars et 95 cents.

Je hochai la tête, regardant la clé que sa main n'avait pas lâchée.

— Pour une chambre sans toilettes ?

Sous ses sourcils marqués, ses yeux ornés de longs cils noirs se levèrent vers moi.

— Vous pouvez laisser tomber les 95 cents et je fermerai les yeux sur les taxes.

Je sortis mon portefeuille.

— Ce que le gouverneur ne sait pas ne peut pas lui nuire, n'est-ce pas ?

Elle ne dit rien et ignora superbement l'homme tandis que je lui tendais deux billets de vingt.

— Il se peut que je garde la chambre plus d'une nuit.

— Encore mieux. Je garde votre monnaie comme acompte.

Je pris la clé et me tournai vers la porte.

— Je vous remercie… enfin, peut-être.

— Vous voulez un verre ?

L'homme n'avait pas bronché. Il était toujours au même endroit et m'observait. Je regardai la jeune femme.

— Je croyais que le bar était fermé.

Elle me gratifia d'un sourire ravageur de ses lèvres parfaitement ourlées.

— Il vient d'ouvrir.

17 octobre : dix jours plus tôt, le soir.

Ils l'avaient amenée un lundi soir. Avant, la prison était vide. Comme souvent.

Importer des prisonniers venant des cellules surpeuplées d'autres comtés était une des façons que nous avions trouvées d'améliorer notre situation budgétaire. Leurs affaires étaient florissantes, en particulier à Gillette, qui était dans le comté de Campbell, et je fournissais un logement de haute sécurité minimalement équipé à une partie de leurs contribuables.

Le chien et moi avions passé les trois nuits précédentes à la prison. Dormir dans une cellule était une habitude que j'avais commencé à prendre lorsque je me sentais mécontent, ce qui était le cas depuis Labor Day, et le départ de ma fille Cady pour Philadelphie.

Je m'appuyai contre le mur et sentis mes épaules descendre sous leur propre poids, en regardant Victoria Moretti. Mon adjointe était agréable à regarder, et j'aimais bien la regarder. Le truc, c'était de ne pas se faire attraper.

Vic remplit le formulaire de transport de prisonniers, mit un point sur un *i* récalcitrant et claqua le stylo sur le sous-main rigide avant de tendre le tout aux deux adjoints.

— S'ils vous envoient à deux pour nous amener cette Mary Barsad, c'est qu'elle doit être sacrément dangereuse.

Le jeune homme à l'incontournable moustache de flic arracha les reçus et les donna à Vic.

— Dangereuse au point d'avoir tué son bonhomme. Six balles dans la tête pendant son sommeil avec une carabine de chasse calibre .22. Et pour couronner le tout, elle a mis le feu à la baraque.

L'autre adjoint l'interrompit.

— Enfin, à ce qu'on dit.

Le premier adjoint répéta :

— À ce qu'on dit.

Vic jeta un coup d'œil aux papiers, puis à eux.

— C'est tout bon, on dirait.

Selon la loi du Wyoming, les femmes incarcérées doivent être constamment sous la supervision d'une gardienne ou d'un chaperon – aucun de ces deux termes ne pouvait s'appliquer à Vic, mais elle avait le troisième tour de surveillance et elle le garderait jusqu'à ce que Mary Barsad soit à nouveau transférée dans le comté de Campbell pour son procès dans trois semaines. Inutile de dire que cette perspective ne la mettait pas en joie.

Elle renvoya les deux adjoints dans leur comté, et j'attendis avec le chien à la porte de son bureau, qui était en face du mien.

Elle me tendit les documents rangés dans un dossier en papier kraft, croisa les bras et s'appuya sur l'autre chambranle de la porte. Elle me regarda fixement.

— J'arrive pas à croire que tu me fasses une chose pareille.

— Ce n'est pas ma faute. Si tu veux te fâcher contre quelqu'un, appelle Sandy Sandberg et dis-lui ta façon de penser.

Je me penchai pour caresser le chien et lui faire comprendre que la dispute n'était pas sérieuse. Elle se pencha et lui tira l'oreille pour lui faire comprendre qu'elle l'était.

— Il ne m'a pas dit que le prisonnier était une prisonnière.

— Ce sac à merde me fait ça parce que je l'ai battu au tir à Douglas, il y a deux mois.

J'essayai de la distraire un peu avant qu'elle devienne vraiment folle de rage.

— Tu veux manger quelque chose?

Elle leva les yeux.

— Tu veux parler d'un rendez-vous ou juste de dîner?

— Juste de dîner. Si tu dois rester seule ici coincée toute la nuit, j'irai te chercher quelque chose.

— Qu'est-ce que tu entends par seule ici toute la nuit, bordel? Tu vas où?

Je pris une grande inspiration.

— Ben, je me disais que j'allais rentrer.

Elle fixa un point dans le mur.

— Super. Tu dors dans la prison tout le temps, mais dès que je suis là, tu décides de rentrer?

— Tu veux que je reste?

Elle me rendit mon regard, les yeux vieil or étincelèrent.

— Oui.

Je ne bougeai pas.

— Tu veux que j'aille te chercher quelque chose à manger?

— Oui. (Elle réfléchit un moment.) Qu'est-ce que tu vas rapporter?

Je soupirai.

— Je ne sais jamais avant d'y aller.

— Je prendrai le menu habituel.

Je glissai le dossier sous mon bras et fis demi-tour pour aller jeter un œil à la prisonnière avant d'aller au Café. Le chien trottait sur mes talons.

Au moment où je repris le couloir, Vic s'écria :

— Et ne traîne pas en route ! Il y a un exemple classique, là-derrière, de ce qui se passe lorsque nous, les femmes, nous sommes frustrées.

Mary Barsad ne ressemblait pas à mes hôtes habituels. C'était une grande femme dont les cheveux blonds étaient attachés en queue-de-cheval, et son visage avait trop de caractère pour être beau. Elle était jolie, ce qui était un exploit dans la combinaison orange des services correctionnels du comté de Campbell qu'elle portait. Ses mains étaient fines, agiles, avec de longs doigts, et elle s'en servait pour cacher son visage.

— Est-ce que vous voudriez quelque chose à manger, Mary ?

Elle ne dit rien.

— Le chien et moi sommes affamés.

Elle découvrit son visage un tout petit peu, et je plongeai mon regard dans les yeux bleu azur qui se posèrent sur le chien. Elle était terriblement mince, et une trace bleue sur ses tempes palpitait au rythme de ses pensées.

— Non, merci.

Elle avait une jolie voix, gentille, très différente de celle à laquelle je venais de me confronter.

— C'est tourte au poulet jusqu'à lundi… Vous êtes sûre que vous ne voulez pas changer d'avis ?

Ses yeux disparurent derrière les mains et je fus désolé de les voir partir. Je passai un bras entre les barreaux.

— Mon nom est Walt Longmire et je ne serai parti qu'environ vingt minutes, mais si vous avez besoin de quelque chose, j'ai une adjointe juste au bout du couloir. Son nom est Victoria Moretti, mais on l'appelle Vic. Elle peut paraître un peu intimidante au premier abord…

Je laissai ma phrase en suspens quand il fut évident qu'elle n'écoutait pas.

Je la regardai encore quelques instants, puis j'ouvris la porte du fond et je descendis les marches derrière le tribunal pour rejoindre le Busy Bee Café. Le chien me suivait. Nous passâmes devant un des grands panneaux rouge et blanc agressifs où on lisait : VOTEZ KYLE STRAUB, UN HOMME QUI FERA LA DIFFÉRENCE. Je réfléchis au dernier slogan politique inventé pour remporter le comté – un homme qui fera la différence. Ce qui faisait de moi... un homme qui refuse de faire la différence ? Chaque fois que je voyais ce slogan, j'avais l'impression que quelqu'un marchait sur ma tombe alors que je n'y étais pas encore complètement.

Kyle Straub était le procureur en poste et il menait depuis un moment une campagne agressive avec pancartes, autocollants et pin's. Je les avais tous vus passer avec une fréquence troublante. Lorsque était venu le temps de choisir une devise pour ma propre campagne, j'avais proposé une phrase empruntée à Caton l'Ancien, CARTHAGE DOIT ÊTRE DÉTRUITE, mais cette platitude avait été rapidement écartée par le conseil municipal.

J'avais des soutiens. Lucian Connally, le précédent shérif du comté d'Absaroka, avait fait une apparition sur la télévision locale VFW et avait tonitrué à l'intention de tous ceux qui voulaient l'entendre : "Si les crétins de fils de putes que vous êtes savent pas c'qu'ils ont, alors, vous méritez pas un shérif comme Walt Longmire, de toute manière." Ernie Brown, "Votre correspondant permanent", était le rédacteur en chef du *Durant Courant* et il avait saisi notre standardiste Ruby dans un moment d'honnêteté au cours duquel elle avait affirmé catégoriquement qu'elle n'élirait pas le procureur, même au plus petit poste. Apparemment, tout le monde faisait de son mieux pour assurer ma réélection en novembre – c'est-à-dire tout le monde, sauf moi.

Le premier et unique débat programmé au Rotary avait été assez désastreux, malgré le soutien de mon ami Henry Standing Bear. Kyle Straub s'était fait fort d'intriguer en faveur d'une nouvelle prison – la pièce maîtresse de son futur mandat –, et le fait que nous n'avions déjà pas assez de pensionnaires pour financer la structure dont le comté disposait aujourd'hui n'avait pas vraiment contribué à refroidir les enthousiasmes devant la proposition d'un nouveau bâtiment hors de la ville, au bord de la route de contournement. J'avais négligé de tenir compte du nombre d'entrepreneurs affiliés au Rotary.

Nous étions au milieu du mois d'octobre, le crépuscule était plein d'étoiles et les soirées fraîchissaient agréablement comme une promesse du froid imminent. L'automne était ma saison préférée, mais Cady était partie. J'étais encore perturbé par son départ, et maintenant, par la femme qui se trouvait dans ma prison. Je jetai un rapide coup d'œil à ma montre pour voir si j'arriverais avant la fermeture du Café. Le gousset orné du chef indien gravé au milieu, entre deux têtes de cheval, tapotait contre la poche de mon jean. Les peupliers qui étaient plantés autour du tribunal perdaient un nombre considérable de feuilles et j'en écrasai quelques tas en chemin.

Ces derniers mois, le Café situé au bord de Clear Creek était resté ouvert plus tardivement afin de tirer avantage de la saison touristique, mais maintenant que la saison de la chasse touchait à sa fin, Dorothy n'avait plus de raison de faire des heures supplémentaires. Si je me heurtais à une porte close, ce serait tourtes surgelées pour tout le monde – une sanction cruelle et inédite pour tout le personnel du bureau du shérif du comté d'Absaroka, sans parler du chien.

Je marquai une pause devant la porte du café presque désert.

— Est-ce que je peux entrer avec lui ?

Dorothy, la propriétaire et gérante, interrompit son nettoyage du grill pour nous regarder, la bête et moi :

— Ce n'est pas permis par la loi.

— La loi, c'est moi, au moins pour quelques mois encore.

— Alors, j'imagine que c'est bon.

Je m'assis sur mon tabouret habituel, le plus proche de la caisse enregistreuse, et le chien s'installa dans l'espace entre les deux comptoirs et lança à Dorothy un regard expectatif. Elle plongea la main dans un récipient en inox, en sortit un morceau de bacon et le lui jeta. Il fut englouti en une bouchée. Je baissai les yeux vers le molosse et sa tête rousse hirsute, grosse comme un seau de 20 litres.

— On dirait la fosse aux requins à Sea World.

— Combien?

Je remarquai qu'elle ne se donnait pas la peine de demander combien de quoi; je n'avais pas sérieusement examiné la carte de l'établissement depuis des années.

— Trois.

Elle attrapa une poêle aussi grande que le couvercle d'une poubelle sur un des crochets au-dessus de sa tête.

— Tu as un pensionnaire?

— On nous l'a amenée de Gillette.

Je me retournai et jetai un coup d'œil dans la rue principale déserte et imaginai que nous devions tous les trois ressembler aux *Noctambules* de Hopper dans une version Hautes Plaines.

Elle mit quelques cuillères à soupe de graisse de bacon dans la poêle qui chauffait. Comme toutes les choses qui sont mauvaises pour la santé, ça sentait délicieusement bon. Elle sortit trois grands morceaux de steak et se mit à les attendrir à coups de maillet, puis elle les plongea dans du lait avant de les saupoudrer de farine relevée de sel, de poivre et d'une touche de paprika.

Je me mis à saliver.

— Si je comprends bien, le steak pané est le menu habituel?

Elle jeta les morceaux de viande dans la poêle et mit des frites dans la friteuse. Le chien ne la quittait pas des yeux.

— Le Spécial. Mais quand est-ce que tu cesseras de te tromper?

J'ouvris le dossier que j'avais posé sur le comptoir et examinai les quelques pages que les adjoints du comté de Campbell nous avaient apportées en même temps que la prisonnière.

— Et n'oublie pas les dosettes de ketchup.

— Vic?

— Ouaip.

La question suivante ne parut pas complètement innocente.

— Qu'est-ce qu'elle fait, à travailler si tard ?

— Notre prisonnier est une femme.

Elle se pencha sur le comptoir et regarda le dossier, ses boucles poivre et sel cachaient ses yeux.

— Mary Barsad ?

Ses yeux noisette réapparurent et rencontrèrent mes yeux gris.

— Elle te dit quelque chose ?

Elle saisit une gigantesque fourchette et, d'un geste preste, retourna les morceaux de viande.

— Rien de plus que ce que j'ai lu dans les journaux. C'est celle qui a abattu son mari après qu'il a tué ses chevaux, c'est ça ?

Je haussai les épaules.

— Les facteurs de motivation ne sont pas mentionnés, on n'a que la macabre conséquence. (Je regardai le bord effiloché de ma manche – il fallait que je me commande de nouvelles chemises d'uniforme, un de ces jours.) C'est quoi, l'histoire des chevaux ?

— La version officielle, c'est la foudre, mais la rumeur dit qu'il les aurait enfermés dans la grange avant d'y mettre le feu.

Je la regardai fixement.

— Tu plaisantes ?

Elle secoua la tête.

— C'est l'histoire qu'on raconte. C'était un sacré numéro, ce type-là, de ce que j'entends dire. Tu devais être parti pêcher à la mouche avec Henry quand l'histoire est sortie ; elle était dans tous les journaux.

— Ça s'est passé où ?

— Vers chez toi, dans le coin de la Powder River. Son mari et elle avaient ce terrain vraiment grand de part et d'autre de la rivière, près du bras principal de Wild Horse Creek.

— Un pays rude. (Je réfléchis un moment.) Le L Bar X. Je croyais que ça appartenait à… comment s'appelle-t-il… Bill Nolan.

— Autrefois, oui, mais le reste de l'histoire, c'est que ce Barsad est arrivé il y a quelques années et s'est mis à acheter de la terre à tout-va. Il a démoli l'ancien ranch et a construit une immense maison en bois à la place, mais j'imagine qu'il n'en reste plus grand-chose non plus.

— D'après le rapport, il a été tué pendant son sommeil. Il aurait mis le feu à la grange pleine de chevaux et ensuite il serait allé se coucher ?

Elle remonta les frites, les répartit dans les boîtes en polystyrène où se trouvaient la viande, trois petites salades mixtes et les dosettes de ketchup et de sauce ranch.

— Ça paraît plutôt désinvolte, non ?

— Il a brûlé les chevaux vivants ?

Elle plaça trois thés glacés dans les compartiments d'un plateau, avec le sucre nécessaire, et poussa le tout vers moi, ainsi que les trois repas.

— C'est ce qu'on dit. De ce que j'ai compris, c'était le plus beau groupe de quarter horses qu'on ait jamais vu dans le pays.

Je me levai et le chien partit vers la porte. Il savait très bien que les supplications ne deviendraient efficaces qu'une fois de retour à la prison.

— Une adepte du barrel racing* ?

— Plutôt du cutting, mais je crois aussi qu'elle faisait de la course de fond. On m'a dit que c'était une vraie championne.

— Je l'aurais deviné. (Je rassemblai le festin à emporter.) Mais qu'est-ce qu'elle fichait donc avec ce…

Mes yeux se posèrent sur le dossier, puis je le refermai et le posai sur le sommet de la pile.

— … Wade Barsad ?

Je payai la chef-cuisinière-plongeuse et elle me rendit la monnaie. Je la laissai dans le pot contenant les pourboires. C'était devenu un rituel entre nous, comme le menu habituel.

---

* Le *barrel racing* (course de barils) est une épreuve de rodéo dans laquelle le cavalier doit effectuer le plus rapidement possible un parcours en trèfle autour de trois tonneaux disposés en triangle. Le *cutting* est une épreuve de triage de bétail où est jugée l'aptitude du cheval à séparer et à maintenir éloignée du troupeau une vache choisie par son cavalier.

— Ils ne sont pas tous des têtes de nœud au départ, c'est juste que certains le deviennent plus vite que d'autres.

Je marquai une pause à la porte.

— Tu parles d'expérience ?

Elle ne répondit pas.

27 octobre, 11 h 35.

LE NOM de la barmaid aux yeux noirs était Juana et elle venait du Guatemala. Son fils, Benjamin, le petit hors-la-loi que j'avais rencontré devant le bar, était moitié cheyenne, et il était en ce moment assis sur le tabouret voisin du mien. Il sirotait un ginger ale Vernor's et il était hypnotisé par *Jonny Quest* sur Cartoon Network. Je ne savais même pas qu'une chose pareille existait. Le législateur qui édictait les règles concernant les commodités avait disparu.

— John... je parie que vous êtes un John. (La jeune femme emprunta la paille de son fils, vola une gorgée de sa boisson et me lança un coup d'œil.) Nan, trop ordinaire. William, peut-être, ou Ben.

Elle posa ses coudes sur le bar et regarda le petit garçon :

— Peut-être que c'est un Benjamin, comme toi.

— C'est un Eric.

La voix de l'enfant était empreinte d'une telle assurance que, même moi, je faillis le croire. Il se déhancha pour se caler sur une fesse et sortit une carte de visite de la poche arrière de son Wrangler taille gamin avant de la tendre à sa mère.

Je reconnus la carte – elle était posée sur le siège de ma voiture de location.

Elle lut :

— Eric Boss, Boss Assurances, Billings, Montana.

Je regardai le petit bonhomme et pensai au cran qu'il avait fallu pour aller fouiller dans une voiture où se trouvait le chien. Ses origines cheyennes étaient bien réelles.

— Est-ce que tu as pris ça dans ma voiture ?

Il ne dit rien, mais sa mère le gratifia d'un regard courroucé et d'une interpellation avec son prénom parfaitement prononcé à l'espagnole :

— Ben-hameen ?

Il haussa les épaules.

— Elle était pas fermée.

Elle était en train de contourner le bar lorsqu'il décolla de son tabouret et fila par la porte comme un brigand miniature lancé à l'attaque d'une diligence.

Elle fonça, passa en trombe à côté de moi et hurla à son fils depuis le seuil :

— *Vete a la casa, desensilla el caballo, y vete directamente a tu cuarto.*

Le claquement des sabots de cheval résonna sur le chemin de terre tandis qu'elle continuait à crier :

— *¡Escuchame!*

La jeune femme referma la porte à moustiquaire derrière elle, puis traversa la pièce en silence pour se réinstaller derrière le bar. Une fois là, elle poussa la carte vers moi.

— Je vous présente mes excuses.

— Ce n'est rien.

Elle attrapa une télécommande et coupa le dessin animé dans lequel un œil géant aux pattes d'araignée pourchassait des gens dans le désert. Elle tendit le bras pour saisir la cafetière posée sur son réchaud.

— Eh bien, voilà le mystère résolu. (Je poussai mon mug Buffalo China vers elle et la regardai le remplir à nouveau.) Vous êtes là pour la maison qui a brûlé, la grange avec les chevaux. (Elle me rendit ma tasse.) Cette femme ?

Je sirotai mon café – il était encore étonnamment bon – et ramassai la carte de visite posée sur le comptoir.

— De quelle femme parlez-vous ?

2

18 octobre : neuf jours plus tôt, le matin.

L E SHÉRIF du comté de Campbell avait ri à l'autre bout du fil.
— Ça ne te paraît pas bizarre, Sandy ?
— Tout dans cette région de la Powder River me paraît
bizarre. C'est un autre monde, Walt. Tout le monde a un
scanner radio. T'as pas idée de ce que c'est, que d'aller porter
une assignation dans ce pays !

Je l'imaginais très bien, installé dans le luxueux fauteuil en
cuir de son bureau lambrissé. Étant donné la manière dont
se développait le secteur de l'énergie dans le Wyoming, je
commençais à croire ceux qui disaient que Gillette serait d'ici
dix ans la plus grande ville de l'État.

Je levai un sourcil.
— Ouaip, mais mettre le feu à ton écurie et aller ensuite te
coucher ?

Sandy Sandberg rit à nouveau. Il ne prenait pas grand-chose
au sérieux – cela faisait partie de son charme – et être shérif
dans un comté aussi agité que celui de Campbell aurait donné à
n'importe qui d'innombrables occasions de se montrer sérieux.
— Ouais... ils disent que c'est la foudre, mais Wade Barsad
était connu pour être, disons, imprudent.

Je relus le court rapport – deux pages – posé sur mon bureau.
— Pas du coin.
— Oh, certainement pas. Personne ici ne ferait une chose
pareille à un cheval, encore moins à huit chevaux.
— Pourquoi tuer les chevaux ?

— Je crois qu'elle s'intéressait plus à eux qu'à lui.

— Ça ne paraît pas très difficile.

Vic entra, son Red Bull dans la main, elle s'assit sur la chaise réservée aux visiteurs et posa ses rangers sur le bord de mon bureau, comme à son habitude.

— Sandy, tu veux bien que je te mette sur haut-parleur? Vic est là.

Je joignis le geste à la parole et appuyai sur le bouton. Je savais que Sandy Sandberg aimait avoir un public.

Son rire retentit dans le minuscule haut-parleur.

— Comment t'as trouvé le petit cadeau que je t'ai envoyé, ma jolie?

Vic leva la tête de sa boisson énergétique et redressa un peu le menton de manière à pouvoir bien insister sur chacun des mots.

— Je. Te. Pisse. À. La. Raie.

Sandy rugit à nouveau. J'interrompis l'échange avant qu'ils puissent aller plus loin.

— Il venait d'où?

Il prit une grande inspiration pour se remettre.

— … de quelque part dans l'Est.

À la manière dont il le disait, il aurait pu tout aussi bien parler de Bangkok, et j'étais certain que c'était destiné à Vic.

— Et la femme – Mary?

— Une écolo, montée du Colorado. C'était une de ces groupies des Denver Broncos, celles qui entrent sur le terrain à cheval lorsque leurs joueurs marquent un *touchdown*. C'est pas que les Donkeys en ont marqué tant que ça, ces derniers temps…

— Et d'où venait l'argent?

— Oh, elle en avait, mais lui en avait plus. À l'entendre, il avait plus d'argent que tous les autres habitants de la région de la Powder River réunis.

Je regardai fixement le haut-parleur.

— Qu'est-ce qui te fait dire "à l'entendre"?

Sandy rit à nouveau.

— Tu ne laisses rien passer, hein?

J'attendis.

— Nous avons eu une petite visite des enquêteurs de l'administration fiscale qui prétendaient que Wade leur devait 1,8 million de dollars d'impôts et de pénalités. Nous avons découvert à peu près 742 000 dollars en chèques à son ordre personnel qui n'avaient pas été touchés. Les gars de la Division des Enquêtes criminelles ont pensé qu'il essayait de soustraire cet argent aux types des impôts, mais moi je crois qu'il essayait de le soustraire à sa femme, puisqu'elle avait déjà déposé une demande de divorce.

— Elle aurait dû se tirer de là avec ses chevaux.

— Ben... c'était un peu la course.

Parler avec Sandy Sandberg était comme lire du braille quand on est voyant.

— Ce qui signifie ?

— Tous les habitants de trois comtés voulaient la peau de ce fils de pute – et Bill Nolan était numéro 2 sur la liste.

J'avais été à l'école primaire dans une école à classe unique avec un Bill Nolan ; c'était forcément le même homme.

— Qu'est-ce qui s'est passé ?

— La banque était sur le point de saisir la propriété de Nolan, alors il a mis en vente la grande majorité de ses terres et a gardé une petite parcelle pour lui. (J'étais désolé d'entendre cela, sachant que le L Bar X était dans la famille de Bill depuis quatre générations.) Est-ce que tu sais que ce salopard de rat de Barsad refusait d'accorder à Bill un droit de passage ?

— C'est moche.

— Ça s'est fini au tribunal, mais Bill était tout seul chez lui la nuit où quelqu'un – et ça pourrait être n'importe qui – a truffé de plomb la tête de Wade.

— Je croyais que sa femme avait avoué ?

— Effectivement, mais tant qu'on n'avait pas le rapport de la DEC, on n'était pas certain.

— Personne d'autre sur la liste ?

— Bill a spontanément proposé de passer au détecteur de mensonges et il a brillamment réussi le test. Il y a un autre gars qui est apparu récemment, qui travaillait pour Wade – un type du nom de Cliff Cly, qui a passé un moment dans un bar du coin à raconter à tout le monde comment il avait fait le coup. Malheureusement pour lui, il se trouve qu'un de nos adjoints qui n'était plus en service était dans le bar à ce moment-là. Puis, heureusement pour lui, on a ramené ce connard au poste et on l'a passé au détecteur, qui a décelé qu'il était bourré et qu'il valait pas un clou.

Sandy froissa des papiers – je commençai à avoir l'impression que l'autre shérif avait perdu tout intérêt à une affaire apparemment classée.

— Hershel Vanskike aurait pu lui aussi être tenté par le meurtre de ce salopard. Il s'occupait du troupeau de Barsad, y compris des bêtes que Wade avait piquées aux ranchers alentour. D'après ce que nous avons compris, il ne payait plus le gars depuis trois mois – il le laissait juste vivre dans une caravane du côté des anciens corrals et des cuves d'immersion près de Barton Road, là où on organise la vente aux enchères la semaine prochaine. Hé, t'aurais pas besoin d'un tracteur ?

— Personne d'autre ?

— Quoi ?

— Personne d'autre qui aurait voulu le tuer ?

— Oh, il a entubé un vieux rancher, Mike Niall, en lui vendant une douzaine de vaches stériles... Bon sang, Walt, j'ai envie de te dire, t'as qu'à sortir un annuaire téléphonique et choisir au pif. Mais sa femme a avoué. Fin de l'histoire.

— Que dit la DEC ?

— Les Débiles des Enquêtes Criminelles disent que l'arme portait partout ses empreintes, qu'il y avait des traces de poudre sur ses mains et qu'elle a signé des aveux selon lesquels elle l'a abattu.

— Avec une .22 ?

Sandy soupira.

— Parce qu'elle était pas loin ? Bon sang, je ne sais pas.

— C'était sa carabine à elle ?

Il y eut un silence.

— Non, c'était la petite carabine que Wade réservait aux nuisibles et qui venait de son camion – je crois qu'il était garé devant la maison.

— Il avait d'autres armes dans la maison ?

— Des tas, mais toutes enfermées dans une armoire-forte.

— Pourquoi elle...

— Il batifolait avec à peu près trois autres femmes et rien que ça, ça suffit à te faire descendre, dans ce coin. (Il rit à nouveau.) Hé, Walt Long-bras-de-la-loi, protecteur des femmes perdues, des chiens perdus et des causes perdues, je sais ce que tu penses. Il y a des nuisibles qui ne méritent pas autre chose, mais elle a commis une erreur en se faisant prendre – puis, elle a commis l'erreur d'avouer, et maintenant, ça va lui coûter le reste de son existence.

Le silence s'installa et je regardai fixement la petite diode rouge sur le haut-parleur.

— Il y a quelque chose qui cloche.

Cette affaire ne sentait pas bon et elle n'était pas dans ma juridiction, alors je ne m'avançai pas plus.

Sandberg reprit, comme je l'avais espéré.

— Walt ?

— Ouaip ?

— Je n'ai pas le temps.

Je levai les yeux vers Vic, qui comptait cinq années de service dans le Département de la police de Philadelphie et une expérience importante dans la politique interdépartement, et je la vis articuler silencieusement les mots : "Laisse tomber."

— J'ai déjà un meurtre, un viol, deux vols qualifiés, 54 affaires de voies de fait, 47 cambriolages et 186 cas de vols. Je n'ai pas de temps à consacrer à des mystères qui ont le bon goût de se résoudre tout seuls.

J'avais déjà préparé une espèce de phrase d'excuses quand l'autre shérif reprit :

— Mais si tu veux creuser, je te rembourse ton essence.

27 octobre, 19 h 32.

J'AVANÇAI entre les poutres calcinées et essayai d'imaginer à quoi ressemblait la maison avant qu'elle ne soit réduite en cendres. Le classeur que m'avait donné le vrai Eric Boss à Billings disait qu'elle était assurée pour plus de trois millions, ce qui ne couvrirait pas – et de loin – les coûts de la reconstruction, et pas un cent ne serait versé si on concluait à un incendie criminel.

Mais à mon avis, personne n'allait la rebâtir.

Wade Barsad n'avait pas lésiné sur la dépense, mais la conception devait être l'œuvre de sa femme Mary. Les bâtiments du ranch se trouvaient à près de deux kilomètres des arches de grès et de poutres dégrossies qui annonçaient de manière outrancière l'entrée du chemin privé en terre rouge, bordé de trembles, du L Bar X. Le ranch "rustique" de 700 m² avait été bâti avec des rondins vieux de deux cents ans et des murs de pierres jaune doré de plus de 60 centimètres d'épaisseur ; les pièces se distribuaient autour d'une cour intérieure et plusieurs porches donnaient sur la Powder River.

J'ordonnai au chien de rester sur le patio en pierre pendant que je progressais à pas prudents au milieu des débris.

La caserne de pompiers la plus proche était celle des pompiers volontaires de Clearmont, et visiblement, ils ne s'étaient pas dépêchés d'arriver. Le toit et les poutres de soutènement avaient disparu, mais la majorité des épais murs étaient encore debout, les fenêtres soufflées, et des éclats de verre noirci jonchaient les sols de pierre. Je passai devant ce qui était la porte d'entrée. Les panneaux latéraux avaient brûlé et pendaient sur leurs charnières, et le clair de lune faisait luire le chemin dallé qui menait à l'endroit où j'avais garé ma voiture de location.

Passant par une porte en verre, une antiquité, qui curieusement était encore intacte, je traversai un jardin d'hiver couvert d'une verrière qui séparait la partie réception de la chambre où le crime avait été perpétré. Les maisons incendiées réveillent la partie mélancolique de mon caractère, mais les serres brûlées me causent un effet pire encore. Les plantes fanées, calcinées, pendaient des vasques comme si elles avaient tenté de se glisser sous la fumée pour échapper aux flammes. Elles n'y étaient pas parvenues. Lorsque, une fois arrivé à la porte de la chambre à coucher, je me retournai, je remarquai la présence des traces laissées par les membres du bureau du shérif du comté de Campbell, par la Division des Enquêtes criminelles, et celles des pompiers, dans la fine poussière noire qui recouvrait tout.

La suite parentale était bâtie au-dessus de ce qui avait dû être un cellier, et l'essentiel du plancher avait disparu ; il ne demeurait qu'un trou béant qui donnait sur une fosse d'un noir profond. Il ne restait rien du lit king size que le cadre intérieur et des tortillons de ressorts. T.J. Sherwin et ses enquêteurs avaient dû avoir du mal à sécuriser le périmètre et à inspecter la scène.

Je restai là un long moment, regardant au fond de l'abysse et me demandant l'effet qu'il produisait sur moi. Je serrai le dossier sous mon bras un peu plus fort et me retournai, prêt à rejoindre la cour.

Lorsque j'y arrivai, je découvris que la notion qu'avait le chien de "couché" consistait à débusquer quelques lièvres des buissons d'une manière tout à fait gratuite. Il revint tranquillement lorsque je l'appelai, marquant chaque touffe de sauge sur son passage, pour finalement poser son arrière-train musclé sur mon pied. Je lui frottai les oreilles – ma main d'une largeur d'une octave recouvrait sa tête énorme. Je couchai un peu de poils en arrière et examinai le sillon laissé par la balle qui lui barrait la tête.

— C'est ça que tu appelles "couché" ?

Il me sourit, dévoilant des rangées de dents qui étincelèrent dans le clair de lune.

Visiblement, avec le vent dominant venu du bassin de la rivière, le feu qui avait démarré dans l'écurie s'était propagé à la maison principale et l'avait détruite, délaissant la cour comme par perversité. On aurait dit que les éléments avaient décidé de ravager les endroits clos mais d'épargner le cœur ouvert.

La partie de la maison qui avait le plus souffert était la chambre à coucher de Wade et Mary Barsad.

Il y avait une cheminée extérieure et, à côté, un tas de bois et un fauteuil en osier qui me tendait les bras, mais je refusai l'invitation, marchai jusqu'au bord du patio et m'appuyai avec précaution sur les poutres taillées à l'herminette qui soutenaient les bardeaux de cèdre, les larmiers en cuivre et les gouttières. Une partie de ce toit était encore intacte et m'empêchait de voir l'épaisse bande de la Voie lactée qui commençait tout juste à tracer sa courbe dans le ciel crépusculaire.

La cour ne serait pas un mauvais endroit pour vivre. Enfin, au moins pendant encore un mois, jusqu'au moment où elle serait couverte de neige et où le vent tenterait de vous arracher la moustache.

Il commençait à faire frais, et je regardai à nouveau la cheminée. Elle avait l'air d'être opérationnelle et on aurait presque dit qu'elle avait été utilisée récemment. Même si cela n'avait pas été le cas, ce n'était pas comme si je devais m'inquiéter du risque de mettre le feu à la maison.

Je jetai un coup d'œil alentour, à la recherche d'un peu de petit bois, et je trouvai un gros paquet de minuscules rouleaux astrologiques, de ceux qui sont en vente à la caisse des épiceries. Je remarquai qu'ils concernaient tous les Sagittaires – ma connaissance de l'astrologie ne me permettait guère d'aller plus loin –, je les rassemblai dans mes mains et les jetai dans l'âtre. Il y avait quelques très longues allumettes à côté du manteau dans une boîte en fer-blanc, et bientôt, j'eus une belle flambée à l'endroit précis où, moins d'un mois auparavant, le feu avait été bien trop violent pour être contenu.

Le chien, sachant reconnaître une bonne occasion quand il en voyait une, se coucha devant la cheminée et m'observa tandis que je rapprochais le fauteuil. J'ouvris le dossier de l'assurance jusqu'aux pages du milieu entre lesquelles j'avais soigneusement caché des feuilles faxées par la DEC. J'avais la chance que T.J., la vilaine sorcière de l'Ouest, comme on l'appelait dans certains cercles de la police du Wyoming, ait effectué l'autopsie complète du défunt. Elle avait inclus des photos détaillées et troublantes sur la manière dont le rancher s'en était allé pas très paisiblement dans la nuit noire.

Six balles de calibre .22 tirées d'une carabine automatique Savage avaient eu raison de lui, mais concrètement la première d'entre elles avait suffi.

Probablement pas un suicide.

Distance faible, mais pas si faible – 1,20 m, pour être exact. Peut-être y avait-il eu un peu de poudre dispersée, mais on ne le saurait jamais. Le corps de Wade Barsad avait brûlé avec sa maison, son écurie et les chevaux de Mary. L'expertise dentaire avait permis d'accrocher le nom de Wade à son orteil en attendant les tests d'ADN. J'étais juste en train d'atteindre le cœur du rapport lorsque le chien se mit à émettre un grognement de basse aussi profond qu'un tambour de pow wow.

Je refermai le classeur et écoutai le doux crépitement du feu et le crissement des grillons.

— Y a quelqu'un ?

Je posai une main sur le dos du chien pour l'empêcher de disparaître dans les ténèbres et d'être englouti par ce qui se trouvait là.

— Je recommence : y a quelqu'un ?

La silhouette d'un cow-boy déglingué était sortie de l'abri partiel que lui procurait un genévrier calciné tout contre la maison, et je vis le canon octogonal d'une grosse carabine s'agiter avec emphase pour confirmer ses paroles.

— Faites comme chez vous, vous gênez pas.

Le chien grogna à nouveau, mais le fusil à répétition était posé en travers des bras de l'homme tandis qu'il allumait une cigarette roulée, réduisant d'autant l'aspect menaçant de l'arme. La lueur orange se refléta sur le grand visage large aussi prodigieusement mal rasé que le mien et sur une paire d'oreilles rabattues vers l'avant par un chapeau trop grand, à bords plats, du genre qu'on trouve dans ce coin de la Powder River.

Je posai le classeur sur mon genou en prenant soin de faire apparaître l'étiquette pendant qu'il approchait. Le chien grognait toujours. Je lui serrai un peu le cou et il s'arrêta puis se leva pour aller renifler le jean taché de l'étranger qui se tenait debout devant les lueurs intermittentes du feu. Je repoussai mon chapeau sur ma nuque et regardai l'homme maigre comme un clou, ses vêtements et son corps qui paraissaient rétrécir à partir du col boutonné de sa chemise, où flottait sa pomme d'Adam.

— Z'avez brûlé mes rouleaux de fortune ?

— Pardon ?

— Mes putain de rouleaux que j'avais posés là, vous les avez brûlés ?

Je me souvins des minuscules morceaux de papier que j'avais utilisés pour allumer le feu.

— Je crois bien, oui.

— Bon, j'ai plus qu'à retourner au Kmart.

Il énonça Kmart comme s'il s'agissait de La Mecque et me regarda pendant un moment.

— Ils m'ont dit que vous posiez des questions, au bar, tout à l'heure, et que vous seriez peut-être bien par ici.

— Ils… ?

Il ne répondit pas mais s'appuya contre une poutre, le vieux Yellow Boy toujours en travers dans ses bras croisés – je me dis que la Henry était probablement une reproduction.

— Beaucoup d'argent pour l'assurance, j'imagine.

— Environ trois millions, rien que pour la maison.

Il jeta un nouveau coup d'œil au classeur posé sur mon genou.

— Rien que du racket, j'vous l'dis.

J'attendis.

— Ces trucs, c'est que du racket, pour ce que j'en dis.

Il prit une bouffée de la cigarette qu'il tenait dans sa main en coupe, à l'européenne. C'était un geste qu'il avait probablement appris auprès des bergers basques qui vivaient dans le coin – avec un nom comme Vanskike, les chances pour qu'il soit basque lui-même étaient minces.

— C'est juste un énorme racket, le gouvernement, les compagnies d'assurances. (Il me regarda droit dans les yeux.)

Alors, comment ça se fait que vous êtes là, à fouiner dans le noir ?

— Il y avait un peu plus de lumière quand je suis arrivé, et je n'avais pas trop envie de rester assis dans ma chambre de motel.

Il décolla la cigarette fripée de ses lèvres et jeta des cendres dans l'herbe desséchée.

— Je peux comprendre. (Il hocha la tête et son regard se perdit vers la rivière.) C'est un bel endroit. J'viens là depuis le feu d'artifice quand le temps le permet – j'm'assois dans ce fauteuil et j'bois de la bière.

Je pris une grande inspiration et m'apprêtai à me lever.

— Bon, on va vous laisser…

— Non, non. (Il eut l'air véritablement pris de panique et me fit signe de rester assis.) J'ai pas beaucoup de visites, et parfois, j'oublie mes bonnes manières.

Nous restâmes tous deux silencieux. Puis je lui présentai mes excuses.

— Je suis désolé, je n'ai pas apporté de bière.

Il continua à fumer puis sourit – il lui manquait un certain nombre de dents.

— Pas grave, moi, j'en ai.

19 octobre : huit jours plus tôt, la nuit.

CELA FAISAIT un moment que j'étais assis seul à mon bureau. J'avais renvoyé Vic chez elle pour qu'elle puisse prendre une douche avant sa garde de nuit.

J'ouvris les fenêtres de mon bureau et je venais de m'installer confortablement dans mon fauteuil pour savourer la brise extrêmement légère pour la saison, lorsque j'entendis le chien bondir de sa place à côté de mon bureau et le bruit sourd de ses grosses pattes qui partaient vers la porte. Il marqua une pause dans le hall et reprit sa course, mais vers les cellules. Depuis que j'avais adopté le chien, il ne s'était pratiquement jamais éloigné de moi, sauf pour se rapprocher de Ruby, et je savais qu'elle

45

était chez elle, au lit, alors je me levai pour le suivre, lorsque je perçus un faible bruit, continu.

J'allumai la lumière de la kitchenette. Elle ne produisait pas l'éclat aveuglant et aseptisé des tubes de néon du plafond et elle ne dérangerait pas trop Mary si elle ne faisait que pleurer dans son sommeil.

Elle pleurait mais elle n'était pas sur sa couchette. Elle se tenait debout près des barreaux, la tête baissée. Elle ne prêtait aucune attention à moi, ni au chien qui la regardait, la tête levée. J'enlevai mon chapeau et m'approchai. Seul un lampadaire de l'autre côté de la rue éclairait le trottoir devant l'école primaire de Durant et sa lumière s'écoulait du rebord de la fenêtre et éclaboussait une partie de sa chevelure claire. Elle pleurait encore tout doucement, et je me tournai pour la regarder. Ses épaules tressautaient et sa voix résonnait contre le sol de béton en un profond gémissement.

Elle avait un nom de jeune fille, mais il n'apparaissait pas dans le rapport de deux pages.

— Madame Barsad…

Je savais que les gens faisaient du bruit en prison, consciemment ou non. Des bruits de colère, du tapage, des expressions de tristesse – certains chantaient même parfois –, mais en l'écoutant plus attentivement, j'entendis la blessure, celle qui immobilise mes mains et me glace le visage.

Celle que je ne pouvais pas supporter.

— Madame Barsad?

Elle gémit doucement, et je sentis qu'elle se trouvait dans un endroit que je n'atteindrais jamais. Je le ressentis à l'intérieur, et la souffrance, comme une créature griffue, grimpa le long de mon dos. Je savais qu'elle s'échapperait par ma bouche comme un reflux d'émotion, si je la laissais faire.

Je pensai aux fiancés disparus et aux parents décédés, aux amis et aux étrangers que j'avais vus derrière des portes closes, ou les paupières closes. J'avais moi aussi perdu des gens et j'avais fini par m'habituer à ces visites surprises de l'esprit qui paralysaient mes pensées et mon cœur.

Je restai immobile, le regard baissé vers elle, et me rendis compte que mes yeux se remplissaient de larmes.

— Madame Barsad?

Elle avait marqué une courte pause, le temps de reprendre son souffle. J'eus du mal à comprendre les mots qu'elle répétait, encore et encore, encore et encore :

— Ooh là, ma belle, non… Mon Dieu… Ooh là…

27 octobre, 21 h 05.

HERSHEL me tendit une des bières tièdes qu'il avait tirées de l'endroit qui lui servait de réfrigérateur dans la rivière. Il était assis par terre, le dos contre le poteau.

— Y a pas une fosse en enfer qui soit assez profonde et assez noire pour ce fils de pute.

Je jetai deux autres bûches dans le feu et m'essuyai les mains sur mon jean avant de prendre la bière. Le chien était assis entre nous en signe de conciliation à l'adresse du vieux cow-boy, allant jusqu'à permettre à Hershel de caresser son dos puissant.

— Dante a réservé les derniers cercles de l'Enfer aux traîtres. (J'ouvris la canette et en bus une gorgée.) De la Rainier.

Il regarda le feu.

— Commencez pas à vous moquer de ma bière.

— "Fraîche comme un torrent de montagne", et ma préférée. Vraiment.

Il hocha la tête sans commenter, et je pris un moment pour examiner la Henry qui était appuyée derrière son épaule.

— Est-ce une vraie Henry?

— Oui. (Il sourit.) J'ai trouvé cette carabine dans les rochers à Twentymile Butte, au Battlement.

— Est-ce que je peux la voir?

Il continua à m'examiner.

— Je vous connais pas tant que ça, et cette carabine, c'est toute ma fortune.

Je jetai un coup d'œil au feu.

— Vous en avez beaucoup, des fortunes…

— Ça, c'était avant.

Je hochai la tête et me tournai vers la rivière.

— Est-ce que vous connaissiez bien Wade Barsad ?

Il but un peu de bière, la cigarette toujours calée au coin de sa bouche, puis il balança la canette à bout de bras, le poignet posé sur sa jambe pliée.

— Assez pour pas me donner la peine de traverser la rue et aller lui pisser dessus s'il était en flammes.

Je bus une autre gorgée et trouvai qu'il ressemblait fort à mon ancien patron, Lucian Connally – ils devaient avoir à peu près le même âge.

— Vous avez travaillé longtemps pour les Barsad ?

Il soupira.

— À peu près les quatre plus longues années d'ma vie. (Il tendit la main et caressa l'épaisse fourrure du chien.) Il aimait pas les animaux, et j'me méfie des gens qu'aiment pas les animaux. Et j'vais vous dire, les animaux sont les meilleures gens que j'connaisse.

Comme pour illustrer son propos, le chien se tourna et posa sa tête sur la bordure du patio. Le vacher sourit et s'adressa à l'animal le plus proche tout en grattant la bête sur le ventre.

— Tu m'as flanqué une trouille bleue, espèce de monstre. J'ai cru que t'allais me bouffer tout cru.

— D'où venait-il ?

— Youngstown, dans l'Ohio. Z'êtes jamais allé ?

— Je crains que non.

— Moi non plus, mais ils doivent produire des sacrés fils de putes, et c'est une bonne raison pour jamais y aller, à mon avis. (Il prit une nouvelle lampée de sa bière.) S'est fait plein de pognon avec une aciérie, j'crois. L'a volé, sûrement. (Son regard fut attiré vers la rivière et le ciel pommelé d'étoiles.) Il arrêtait pas de répéter qu'il détestait tous ces trucs de cow-boy.

Je posai le dossier de l'assurance devant la cheminée et me penchai en avant, les coudes calés sur les genoux.

— Il détestait les animaux et il détestait l'Ouest. Ça me paraît bizarre, pour un gars qui achète un ranch dans le Wyoming.

Il me lança un regard acéré.

— L'était à elle.

Je hochai la tête.

— Drôle de couple. Où est-ce qu'ils s'étaient rencontrés ?

— Une compétition de cutting à Las Vegas. Il aimait bien Las Vegas. (Il prit une grande inspiration et expira lentement, laissant échapper un rot discret à la fin.) Ce type, il avait une belle gueule, et y en avait, là-dedans. Pour sûr, il était plein aux as et il pouvait sortir ses charmes comme du papier attrape-mouches, à la demande.

— Pourquoi est-ce qu'elle a fait ça ?

Sa main s'immobilisa sur le chien et son regard alla se perdre dans la nuit.

— Je crois pas qu'elle l'a fait, mais si c'est le cas, elle a eu raison. (Il resta immobile et j'eus l'impression que ce qu'il voyait, ce n'était pas la Powder River et le ciel des Hautes Plaines.) Je connaissais un couple autrefois, près de Recluse. Le gars était dehors, il arrosait, il rentre le soir pour manger et il dit un truc sur les biscuits que sa femme avait faits. Et là, elle décroche un vieux fusil du mur... (Il montra l'arme posée sur ses genoux.)... un peu comme celui-ci, et elle fait gicler sa cervelle partout sur la table. (Le silence s'installa un instant.) Elle en avait eu assez. Et vous pouvez me croire, Mary Barsad en avait assez.

— Vous étiez là, la nuit où ça s'est passé ?

D'un mouvement de son menton mal rasé, il désigna les collines sur notre droite.

— Ma roulotte est près des rampes de chargement. J'ai vu les lueurs du feu dans ma fenêtre et j'ai entendu les chevaux qui criaient. Chuis venu en courant, mais c'était trop tard.

Je hochai la tête.

— Il y avait de la foudre cette nuit-là ?

Il lâcha à regret :

— Ouaip.

— C'est le feu de l'écurie qui s'est propagé à la maison ?

49

— Ouaip.

— Où est l'écurie ?

— De l'aut' côté de là où vous avez garé vot' voiture.

— Vous y êtes entré ?

Il me lança un regard incrédule.

— C'était pas possible d'y aller.

— Et elle, elle était où ?

Je jetai un coup d'œil par-dessus mon épaule, aux ruines noircies et caverneuses.

Cette fois, il gesticula à la fois avec la canette et la cigarette.

— Là, sur l'herbe, avec une petite carabine à nuisibles sur les genoux.

Il prit la dernière bouffée de sa cigarette, l'éteignit en l'écrasant par terre, à côté du patio, puis rangea le mégot dans la poche de sa chemise. À l'évidence, Hershel Vanskike était un homme respectueux – sans en être certain, je m'en étais douté.

— Elle avait la tête baissée, c'était presque comme si elle dormait. J'lui ai touché l'épaule, et elle a levé les yeux et elle m'a dit que les chevaux étaient morts et qu'elle l'avait tué.

— Est-ce qu'elle a exprimé des remords ?

— Nan, on aurait dit qu'elle parlait du temps qu'il faisait. (Il m'examina un peu longuement.) Vous posez beaucoup de questions sur les gens, pour un type qui s'occupe d'assurances. Vous essayez de pas payer ?

— Non.

— Il est mort et elle va en prison. Qui c'est qui récupère l'argent ?

— À vous de me le dire.

— Il a un frère, là-bas à Youngstown.

— Fils de pute ?

Il hocha la tête.

— Y a des chances.

Nous éclatâmes de rire.

— Je suis curieux, c'est tout. (Je bus une gorgée et changeai de sujet.) Elle était bonne cavalière ?

À cette question, il se détendit un peu et sourit.

— Z'avez jamais rien vu de pareil. Elle avait eu le titre en Junior Cutting à Las Vegas, et celui de Super Stakes Champion de l'Association nationale de cutting horse. Bon sang, c'était la meilleure que j'aie jamais vue – et j'en ai vu. (Il avala la dernière gorgée de sa bière et broya la canette dans sa main.) Elle était capable de faire tourner un cheval sur une pièce de 25 cents et d'aller enlever un taon du cul d'une vache.

Je respirai profondément et ce n'est pas sans regret que je revins à la triste actualité.

— Pourquoi brûler tous les chevaux?

Le vieil homme se remit à caresser le chien, puis il s'arrêta et secoua la tête, les yeux fermés.

— Bon sang...

— Quoi?

Il ouvrit les yeux et me regarda.

— Vous avez assuré les chevaux aussi, non?

Je n'avais rien assuré du tout, mais Eric Boss si.

— Ben...

— Et elle?

J'avais du mal à comprendre.

— Mary?

— Non, *elle*.

Je continuai à le regarder sans comprendre. Le feu crépitait et produisait des petites explosions.

— Les chevaux... Barsad ne les a pas tous brûlés.

3

27 octobre, 22 h 30.

ELLE S'APPELAIT Black Diamond Wahoo Sue et elle ne ressemblait pas aux chevaux qu'on trouvait habituellement dans les compétitions de cutting. Pour commencer, c'était une *elle*, et ensuite, elle était aussi noire qu'une nuit sans étoiles. La robe, la crinière, la queue et les jambes d'un noir profond, rare et magnifique, la grande fille avait remporté toutes les compétitions auxquelles elle avait participé. Elle était la meilleure en cutting, reining et dans les concours de reined cow-horse*. Mais ce qui fait une grande jument, c'est sa capacité à mettre au monde des chevaux qui seront peut-être encore meilleurs qu'elle, et Black Diamond Wahoo Sue l'avait fait pour des sommes supérieures à vingt-cinq millions de dollars, ce qui expliquait en bonne partie pourquoi elle était sous-assurée à une somme avoisinant les cinq millions.

Mary l'avait dressée et elle était sa monture au championnat de l'Association nationale de cutting horse, sa plus grande fierté et l'objet de la haine féroce de Wade Barsad avant cette nuit fatale où il avait brûlé vivants non pas huit chevaux, mais sept.

Nous allâmes tous les trois de l'autre côté de la maison et descendîmes un chemin plat qui brillait d'éclats de mica dans le clair de lune. Nous avions épuisé les réserves de bières – quatre pour lui et deux pour moi –, après quoi Hershel Vanskike avait dégainé une bouteille tachée de suie de Laphroaig single malt,

---

* Le *reining* est une épreuve qui s'apparente au dressage et au cours de laquelle sont testées les qualités d'un cheval de ranch : précision, docilité, contrôle, calme.

millésime 1968, qui était cachée derrière la cheminée. Jusque-là, j'avais décliné, 1968 n'ayant pas été pour moi la meilleure année.

Le portail métallique était couvert de suie, mais il était encore accroché à l'arche qui encadrait le tableau désolant de l'écurie incendiée. Elle devait être impressionnante avant le feu, mais il n'en restait pas grand-chose. Les photos dans le dossier de l'assureur montraient une construction en bois montée à la main avec des poutres brutes et des petites lampes de style mission dont les verres ambrés créaient autour du bâtiment un halo couleur bronze accueillant. Je ne savais pas si c'était la photo ou l'histoire, mais l'écurie était plus avenante que la maison, ou en tout cas, elle l'avait été.

La chaleur avait dû être monstrueuse, et il était facile de voir comment les flammes avaient sauté de l'écurie aux bardeaux de cèdre de la maison. Je contemplai les poutres calcinées et les tas de débris.

On aurait dit un charnier.

— Est-ce qu'ils les ont laissés ici ?

Il s'envoya une grande lampée de whisky et me tendit la bouteille en la balançant. Un peu du précieux liquide ambré s'échappa par le goulot. Je levai une main pour lui signifier que je m'abstenais.

— Non, merci.

— Z'avez pas tort, ce truc est affreux. Faudrait un peu de Dr Pepper. (Le vieux cow-boy hocha la tête avec une déférence imbibée qu'il n'avait probablement jamais témoignée à un être humain.) Ça a senti le cheval rôti pendant des jours. Je sens toujours l'odeur. (Il fit quelques pas.) J'avais mon fusil avec moi, passque j'savais pas trop ce qui s'passait, mais on y voyait même pas assez pour pouvoir abattre les pauvres bêtes.

Le chien renifla l'herbe brûlée et regarda le champ de ruines, puis le vacher saoul, avant de reculer et de s'asseoir sur mon pied.

— Et Wahoo Sue ?

Le vieux cow-boy lécha le papier d'une nouvelle cigarette et la roula d'une main un peu tremblante pendant que je lui tenais la bouteille.

— Bon sang, c'était un sacré cheval de course. (Il attrapa une nouvelle allumette Blue Tip dans le ruban de son chapeau et alluma sa cigarette au creux de sa main en coupe.) L'a remporté la course sur route de 40 miles entre Durant et Absalom, elle a décollé et les a tous laissés sur place. Première fois qu'elle était remportée par une femme.

Il aspira une bouffée, et j'entendis le doux ronflement de sa respiration. Il leva la tête et reprit sa bouteille. Sa voix avait une vivacité qui n'existait pas auparavant.

— Sa spécialité, c'était le cutting, mais ce cheval pouvait courir contre n'importe quoi. Je l'ai vue battre d'autres chevaux, des antilopes pronghorns, même des pick-up sur les routes du comté. Elle était pas la plus grande et pas la plus rapide, mais elle avait quelque chose qui l'empêchait de se faire battre. On voit ça, parfois, chez un animal. (Il continua à me fixer, le regard légèrement troublé par la lueur de la cigarette près de son menton et les sucres complexes qui se promenaient dans ses veines.) Et chez certaines personnes.

— Qu'est-ce qui s'est passé ?

— À peu près une semaine avant... (Il se retourna vers les vestiges de l'écurie et avala une bonne gorgée de whisky en grimaçant.) Avant ça, Wade avait fait monter ce cheval dans une remorque, il avait posé une carabine .30-30 sur le siège de son camion et il était parti. Il est parti vers les terres fédérales, au sud-est, vers Twentymile Butte et le Battlement. Il est revenu, mais sans le cheval.

19 octobre : huit jours plus tôt, la nuit.

LES YEUX de Mary Barsad étaient ouverts, mais je n'étais pas certain qu'elle fût bien là.

Je tournai le coin et je vis sa silhouette se découper parfaitement dans la lueur du lampadaire juste de l'autre côté de la fenêtre. Elle se tenait debout à côté des barreaux, ses doigts fins serrés autour des barres métalliques.

Son visage se tourna un peu, mais elle s'adressa à la lueur venue de la fenêtre.

— Quelqu'un a fermé le portail.

Je baissai les yeux vers le chien et remarquai qu'il gardait les siens rivés sur moi.

— Mary ?

— Est-ce que vous avez donné à manger à Sue comme je vous ai dit ?

Sa voix avait un timbre impersonnel, comme venue d'ailleurs.

— Madame Barsad ?

— Il faut qu'on bande ce tendon, on dirait qu'elle préfère être bandée.

Le chien aboya une fois, et je le fis taire d'un petit coup avec ma jambe. Elle sourit mais continua à regarder entre les barreaux, un peu sur ma gauche.

— Mary, est-ce que ça va ?

Je vis sa lèvre trembler un peu et un sanglot s'échappa de sa gorge.

— Les chevaux… il y a quelque chose qui ne va pas avec les chevaux.

Je ne connaissais pas grand-chose en matière de somnambulisme, mais j'avais entendu dire qu'il n'était pas recommandé de réveiller quelqu'un dans cet état, alors, je décidai de lui donner la réplique.

— Les chevaux vont bien. Je viens juste d'aller voir.

Le chien me regarda à nouveau et je haussai les épaules.

Elle tourna un peu la tête. Elle me regardait dans les yeux, maintenant.

— Ils sont blessés.

Je posai une main sur les barreaux.

— Non, je viens d'aller voir et ils…

Elle se rapprocha de moi et laissa ses mains courir sur les barreaux comme si elle jouait sur une harpe silencieuse.

— Il y a le feu.

— Non, il n'y a pas de feu.

— Je le sens… Vous ne le sentez pas ?

Sa main se jeta vers moi et elle saisit ma manche. Le chien laissa échapper un aboiement.

— Madame Barsad, il n'y a pas de feu. (Elle prit une grande inspiration qui s'interrompit à mi-chemin.) Je viens d'aller voir, les chevaux vont bien. (Elle continua à tirer sur ma manche, le regard implorant.) On dirait que la blessure au tendon de Sue s'est aggravée, alors je lui ai mis un bandage, comme vous avez dit.

Son regard soutint le mien, et après trois clignements consécutifs, les muscles autour de sa bouche se détendirent. Elle finit par sourire et laissa échapper un petit rire timide.

— Elle va bien, alors ?

— Oui, madame.

Elle lâcha ma manche et resta là.

— C'est bien. Elle est forte.

— Oui, madame. (Elle ne bougea pas et je contemplai ses yeux brillants.) Peut-être que vous devriez dormir un peu ?

Elle hocha la tête, se retourna et alla jusqu'à la couchette.

— Vous me direz comment elle va ?

— Oui, bien sûr.

Elle s'assit, replia ses jambes sous la couverture fournie par le comté et s'allongea face au mur de béton, me tournant le dos.

— Merci, Hershel.

Toute la conversation s'était déroulée dans une sorte de dissociation, et je restai là, à réfléchir à ce qui avait été dit. Je finis par hocher la tête, caressai le chien et me retournai, prêt à repartir dans mon bureau. Vic se trouvait sur le seuil, deux tasses de café à la main.

— Bordel, c'est qui, ce Hershel ?

Je la fis taire et nous allâmes boire notre café dans le hall d'accueil, à côté du bureau de Ruby. Je portai ma tasse des Denver Broncos ébréchée à mes lèvres et m'assis sur le banc.

— Elle est somnambule.

— Putain de merde.

Vic s'assit à côté de moi, et le chien s'installa en rond devant nous et roula lentement sur le dos.

— Est-ce que tu t'y connais, là-dedans ?

— Un peu. Mon frère l'était.

Elle but une gorgée de café.

— Lequel ?

— Michael. Quand il était gosse, il se levait et se promenait dans la maison avec une expression hallucinée. C'est passé en grandissant, on dirait. (Elle posa sa tasse sur son genou et me regarda.) Ma mère dit que, selon mon oncle Alphonse, mon père faisait la même chose. Apparemment, c'est génétique.

Je m'adossai et écoutai grincer les fines lattes en bois du banc.

— Est-ce que c'est dangereux de les réveiller ?

Je repensais à l'épisode auquel je venais d'assister.

Vic haussa les épaules.

— Je ne sais pas. Je ne crois pas qu'on aurait pu réveiller Michael. (Elle me regarda fixement.) Je ne suis toujours pas sûre qu'il soit réveillé.

Je ne ris pas à sa plaisanterie, et elle continua à observer l'inquiétude qu'elle lisait sur mon visage.

— De quoi elle a parlé ?

— De chevaux.

Elle frotta le ventre du chien du bout de sa chaussure.

— Ce serait logique. Il y a des facteurs environnementaux qui favorisent le somnambulisme – l'insomnie persistante, la tension, le syndrome de stress posttraumatique ou les états dissociés…

— Il est toujours question de ces chevaux qui ont été brûlés vifs.

— Dans le genre traumatisant, ça le fait. (Elle hocha la tête et prit une nouvelle gorgée.) C'est pas juste pour te faire la conversation, je te pose à nouveau la question : bordel, c'est qui, ce Hershel ?

Je me mordis l'intérieur de la lèvre – c'était une habitude dont je me débarrasserais un jour.

— Sandy a mentionné que l'homme qui travaillait pour les Barsad s'appelait Hershel – Hershel Vanskike, pour être précis.

27 octobre, 23 h 07.

HERSHEL Vanskike fit deux pas à peu près droits, puis tomba tête la première dans l'herbe sèche du chemin.

Le chien se retourna et me lança un regard, ne sachant pas comment interpréter la situation. Je regardai le vieux cow-boy allongé, immobile, à côté de ce qui restait de la bouteille qui s'était brisée sur une dalle.

— Eh bien, je crois qu'il en a eu assez.

Hershel avait dit qu'il rentrerait chez lui à cheval, mais il était évident qu'il n'était pas en état de rester en selle, et encore moins de chevaucher. En portant le cow-boy inconscient jusqu'à ma voiture, je vis que le vieux hongre était attaché à un poteau de clôture. Je calai Hershel contre le flanc de la Lincoln et le maintins là tandis que j'ouvrais la porte passager.

Il se mit à marmonner, mais je l'ignorai, l'installai sur le siège, tirai la ceinture de sécurité sur lui et l'attachai. Je jetai le dossier de l'assurance sur la banquette arrière avec le chien, puis je refermai la portière et me tournai vers le cheval. Je pris une longueur de la corde en nylon jaune que le bureau du shérif du comté de Campbell avait utilisée pour fermer le chemin d'accès et m'approchai du bai. Il se raidit, coucha les oreilles en arrière et me regarda.

Je ne bougeai pas, la corde dans les mains, et j'essayai de décider de ce que j'allais faire lorsqu'il baissa la tête et tendit le cou vers moi. Je demeurai immobile et laissai les grandes lèvres préhensiles s'approcher de mon visage. J'eus un bref moment de panique, me disant qu'il risquait de me mordre, lorsqu'il prit une grande inspiration et me renifla. Je pensai qu'il se contentait de renifler mon odeur, mais je remarquai qu'il calait sa respiration sur la mienne et qu'il reniflait mon haleine. Il s'approcha d'un pas et je passai la corde dans sa bride en le regardant droit dans l'œil.

— Tu es un drôle de cheval, toi.

Après cela, il parut impatient de partir, et je ne pouvais pas lui en vouloir au vu des événements récents.

Le chien resta à l'arrière et surveilla le bai tandis que je conduisais lentement, maintenant ma vitesse en dessous de 10 km/h pour que le cheval puisse nous suivre, la fenêtre grande ouverte, corde à l'extérieur.

Il nous fallut une bonne demi-heure pour arriver aux corrals de Barton Road, et une fois là-bas, nous ne trouvâmes pas grand-chose. Une vieille roulotte de berger était garée à côté et, dans le clair de lune, le toit arrondi brillait d'un reflet argenté, coupé en deux par l'ombre d'un poteau d'où pendait un fil électrique enfoncé dans une prise multiple. La porte arrière était éclairée d'une douce lueur jaune, où quelques papillons de nuit prisonniers ne cessaient de taper contre l'ampoule à l'intérieur de l'applique en porcelaine en forme d'assiette.

Je garai la voiture et laissai Hershel profondément endormi sur le siège passager.

J'enroulai la corde en m'approchant du bai pour le conduire dans le corral. Lorsqu'il eut terminé son rituel respiratoire, je le détachai. Il ne bougea pas, attendant que je le desselle, et me renifla une dernière fois, puis il me permit de tirer la sangle de cuir et la sous-ventrière. J'accrochai l'autre étrier sur le pommeau et soulevai la selle pour la poser sur le poteau le plus proche. Je retirai le tapis de selle et la bride, et regardai le hongre s'éloigner jusqu'au centre de l'enclos de 16 mètres, s'agenouiller pour ensuite rouler sur le dos, les quatre fers en l'air. Une demi-roulade, disent les vieux cow-boys, c'est un cheval à un millier de dollars ; une roulade complète, c'est un cheval à mille cinq cents dollars. Celui de Hershel bascula complètement de l'autre côté, puis à nouveau dans l'autre sens – un cheval à deux mille dollars.

Ça lui faisait visiblement du bien.

Je m'approchai de la selle et sortis la vieille carabine de son fourreau. Pas de doute, ce n'était pas du toc. J'examinai l'arme patinée. Dans la pénombre, le boîtier en bronze avait un éclat mat, et une sorte de petite plaque vissée dans la crosse, sur laquelle je lus : CAPORAL ISAIAH MAYS, 10ᵉ DE CAVALERIE,

MÉDAILLE D'HONNEUR DU CONGRÈS, 18 JUIN 1892. En plus petits caractères était écrit : BRAVOURE DANS LE COMBAT ENTRE LES MEMBRES DE L'ESCORTE DU CAISSIER ROBERT EDWARDS ET DES VOLEURS.

J'examinai les rayures, les éraflures, les marques – elle n'avait pas été traitée comme une pièce de musée, mais c'en était une. J'emportai la carabine historique avec moi dans la roulotte.

Je sais bien porter les gens parce que je l'ai souvent fait. J'ouvris la porte afin de pouvoir transporter sans encombre Hershel jusqu'à son lit, calai le Yellow Boy dans le coin et m'apprêtai à ressortir pour aller chercher le vieux cow-boy dans la voiture. Je m'arrêtai lorsque je vis la paroi opposée.

Dans la lueur diffuse de l'ampoule qui se trouvait derrière ma tête, je vis des photos accrochées, des photos de Mary Barsad par centaines. Je me penchai et les regardai de plus près. Elles étaient toutes tirées de magazines et certaines remontaient aux années 1970 : des photographies d'elle chevauchant un étalon blanc pendant les matchs de football, certaines où elle était sur des cutting horses et quelques-unes du temps où elle était mannequin. J'examinai les surfaces glacées et l'éblouissante jeune femme. Elle avait un grand sourire et des pommettes hautes accentuées par sa minceur, ses yeux d'un bleu profond et ses longs cheveux blonds. Elle était d'une grande beauté, mais je devais admettre que je préférais la version qui se trouvait dans ma prison. Elle était plus âgée, plus raide, mais l'âge lui avait donné du caractère et le chagrin l'avait rendue plus humaine.

Mary avait même figuré dans une publicité pour la bière Rainier. Elle était assise sur un cheval et traînait derrière elle un pack de six accroché au bout d'une sangle de cuir. Elle était retournée et regardait l'objectif, une véritable bombe sexuelle à la chevelure et au sourire ravageurs. Quels que soient vos goûts personnels, vous en aviez le souffle coupé.

Le panneau était bordé de petits rouleaux astrologiques du même genre que ceux que j'avais utilisés pour démarrer le feu près des vestiges du ranch des Barsad. Je jetai un œil alentour et allumai un petit radiateur en céramique. Cet endroit était désespérément triste et solitaire, il était un peu plus petit que les cellules de ma prison et les photos ne faisaient qu'accentuer la désespérance.

Hershel était toujours dans le cirage. Je le portai à l'intérieur, faisant accidentellement tomber son chapeau à bords plats en passant la porte, et je l'allongeai sur la couchette. Je lui enlevai ses bottes, poussai ses pieds sans ôter ses chaussettes sous une couverture de laine et remontai l'étoffe rêche jusqu'à son menton. Il poussa un profond soupir lorsque je posai doucement, après l'avoir récupéré, son chapeau taché de sueur sur son front pâle, son visage buriné et ses yeux fermés.

Je réglai le chauffage sur moyen, éteignis la lumière, refermai la porte et retournai à la voiture. Le chien était au volant. J'avais baissé toutes les vitres pour effectuer le long trajet jusque-là, et sa tête était posée sur le rebord. Je le caressai et écoutai sa queue taper sur le cuir du siège.

— Je suis fatigué. Et toi ?

La queue tapa plus fort et je regardai le ciel, la buée qui sortait de ma bouche. Il allait faire froid et je me félicitai d'avoir mis le chauffage pour le vieux cow-boy.

Je contemplais encore l'horizon lorsque, dans le corral, le hongre s'ébroua, et je suivis son regard qui se détournait de la rivière. Nous regardions tous les deux vers le sud et l'est, vers Twentymile Butte. C'était un des endroits les plus sauvages du Thunder Basin, un endroit où on pouvait se faire oublier – et cela avait été fréquent. En été, c'était comme une poêle à frire géante posée en altitude ; pendant la journée, elle chauffait jusqu'à ce que la température monte au-dessus de 40 °C, mais ensuite, comme le voulait sa nature extrême, elle descendait en dessous de zéro la nuit. C'était l'endroit parfait si vous vouliez commettre un crime.

J'entendis le bruit d'un gros véhicule approcher sur la route derrière moi. Je me tournai et attendis, tandis qu'il atteignait le sommet de la colline et ralentissait jusqu'à une vitesse d'environ 30 km/h. Les phares s'allumèrent, et avec le virage la lumière m'arriva droit dessus.

C'était un camion neuf, gros et rouge, un une-tonne à doubles roues et cabine double. Il était doté de roues et de pneus gigantesques, d'extensions d'ailes et d'un pare-buffle. Pendant un moment, on aurait pu croire que le camion allait s'arrêter, mais le gros Dodge accéléra légèrement dans le virage, le puissant moteur diesel Cummins résonna sur la route de graviers vers la Powder River, et je contemplai mon reflet dans la vitre teintée tandis que le camion disparaissait derrière la colline suivante, puis celle d'après, puis celle d'encore après.

Il n'avait pas de plaques d'immatriculation.

Je jetai la corde par terre devant le siège passager et fis bouger le chien. Sur le trajet du retour jusqu'à Absalom, je m'attardai sur la limite délicate qui sépare l'amoureux du désaxé. Il était clair que Hershel en pinçait pour son ancienne patronne, et je pensais que c'était bien innocent, mais on ne risquait rien à demander à Ruby d'aller chercher les antécédents du vieux bonhomme.

L'avant-poste de la petite ville au bord de la Powder River était encore réveillé lorsque je garai la voiture de location à côté des voies de chemin de fer. J'étais fatigué mais j'avais du travail, et il était possible qu'une partie du travail puisse se faire au AR.

J'attrapai le classeur de l'assurance sur le siège et le mis dans le coffre, où il tiendrait compagnie à mon grand sac en toile et à une petite mallette. Je remontai les vitres presque jusqu'en haut, laissant une ouverture pour le chien, et je me massai les tempes en prévision de la migraine qui commençait à m'assaillir comme une pelle à manche court. Il faudrait qu'un de ces jours, je prenne rendez-vous avec Doc Bloomfield pour ces maux de tête.

Je fermai la voiture à clé, réglai l'alarme de manière qu'elle ne soit pas déclenchée par un mouvement à l'intérieur, pris une grande inspiration et dis au chien de ne pas jouer avec la radio. C'était notre blague à nous – il savait qu'il pouvait jouer avec la radio s'il en avait envie.

Il y avait toutes sortes de gens dans le AR, et je dus admettre que je fus un peu déçu de voir le législateur vieillissant coiffé de sa casquette SHERIDAN SEED COMPANY et non la jeune femme. Il m'ignora tandis que je m'installai sur le tabouret le plus proche de la porte et posai mes coudes sur le plateau en mélaminé. Dieu merci, le volume du juke-box était bas et le téléviseur était réglé sur la chaîne météo, et silencieux.

Deux ou trois vieux ranchers étaient assis dans la pénombre à une des tables, deux gars plus jeunes jouaient au billard près du ring de boxe, et un grand individu à l'air bourru avec une barbe de deux jours, des lunettes noires et un chapeau de paille noir élégant, se tenait à l'autre bout du bar. Il parlait à une jeune femme couverte de tatouages élaborés qui lui tenait le bras et frottait sa hanche contre la sienne. Je souris, leur adressai un signe de tête, et ils me lancèrent un sourire satisfait.

— Qu'esse vous voulez ?

Je me tournai vers le barman et mon mal de tête empira.

— La compagnie simple et aimable de mes contemporains ?

Il ne dit rien et continua à me fixer.

— Une Rainier.

Il sortit une canette du frigo et la posa sur le comptoir. Il était courant de trouver des bars où on ne servait que des canettes dans les coins les plus reculés du Wyoming – personne n'a jamais été blessé par un jet de canette et personne, dans cette partie du monde, n'a jamais jeté une canette pleine.

— Un soixante-quinze.

Je sortis deux billets de un dollar de la poche de ma veste et les déposai sur le comptoir.

— Gardez la monnaie.

Il me jeta un coup d'œil sans que l'expression de son visage change, puis il prit les billets et s'éloigna. J'avais eu l'intention de l'insulter par ce geste, mais je n'étais pas certain qu'il l'ait pris de cette manière.

— Qu'est-ce qui est arrivé à la fille qui était là cet après-midi ?

Il rentra la somme dans la caisse enregistreuse, et le tiroir s'ouvrit. Il le referma et fourra l'argent dans sa poche de chemise.

— Elle travaille plus ici.

— Elle a démissionné?

Il ne répondit pas, poursuivit son chemin vers ce qui devait être la cuisine, et disparut.

Je soupirai et me massai la nuque. Un morceau de papier était collé avec du scotch sur la surface du bar, qui annonçait les Combats du Vendredi soir pour le titre de Guerrier-Invincible-de-la-Powder-River. Une demi-douzaine de noms étaient inscrits.

On croyait rêver.

La canette était bien fraîche et je la tins contre ma tempe gauche pour tenter de couper court au mal de tête qui continuait à monter. Je me demandai si je faisais bien de poursuivre cette histoire de couverture. Puis je commençai à m'interroger sur les jugements peu fiables et les difficultés apparentes d'enquêter sous couverture dans une ville de quarante habitants.

— Z'êtes perdu?

Je me tournai et regardai le type à l'air bourru avec la femme accrochée à son bras et à sa hanche, et ils eurent un nouveau sourire satisfait. Je posai la canette.

— Non.

— Je boirais pas cette pisse de ch'val, même pour gagner un pari.

Je tirai la languette et la brandis en guise de salut.

— Frais professionnels – je ne veux pas coûter trop cher à la boîte.

L'homme tira ses lunettes plus bas sur son nez, et sous le bord de son chapeau chic, ses yeux me regardèrent fixement. Avec ses paupières mi-closes, il ressemblait à un de ces cowboys de pacotille qui chantent des chansons merdiques et vendent des pick-up.

— Les compagnies d'assurances font bien assez de fric, pourquoi vous offrez pas à boire à tout le monde?

Je bus une gorgée.

— Je ne suis venu que pour une bière.

Il jeta un coup d'œil à la fausse blonde mal peroxydée.

— J'trouve que j'ai payé assez de primes d'assurances pour mériter un putain de verre.

Il n'y avait dans le bar aucun autre bruit que la musique country moderne susmentionnée, qui ne parvenait pas à décider ce qu'elle voulait être quand elle serait grande et qu'elle se serait installée à Branson. Je reposai la canette sur la surface tachée du bar de piètre apparence et regardai les noms des inscrits pour les combats de demain soir – le premier était intéressant.

— Comme je l'ai dit, je ne suis là que pour un verre.

J'entendis le frottement des pieds du tabouret lorsqu'il recula et qu'il s'avança vers moi. J'attendis qu'il ait tiré le siège voisin du mien et qu'il s'assît en se tournant face à moi.

— J'y crois pas, faut que je supplie un mec de m'offrir une bière. (Il jeta un coup d'œil par-dessus son épaule à sa petite amie qui continuait à sourire de la moitié de son visage seulement.) Putain, ça se fait, et l'hospitalité de l'Ouest alors?

Je continuai à examiner le comptoir et la feuille de papier d'un œil distrait. Ma tête me faisait un mal de chien, et ce personnage n'arrangeait vraiment rien.

— Eh bien, si c'est ça, pourquoi vous ne l'offrez pas la tournée?

Il resta silencieux une seconde puis reprit:
— Je l'ai fait… avant.
— Je suis désolé d'avoir manqué ça.
— Fiche-lui la paix, Cliff.

Je reconnus la voix et tournai la tête le peu qu'il fallait pour apercevoir le rancher aux yeux verts que j'avais rencontré près du pont plus tôt dans l'après-midi.

— Oh, mais c'est un grand garçon. Je parie qu'il est assez grand pour régler ses affaires tout seul.

Mike Niall riposta tandis que je baissai la tête et fermai les yeux pour tenter de soulager la pression de la douleur dans ma tête.

— Ouaip, je suis sûr qu'il l'est. Pour tout dire, j'parie qu'il pourrait t'enfoncer sa botte si loin dans l'cul que ton haleine empesterait le cirage Kiwi, mais tu travailles pour moi

maintenant, et si tu crois que j'vais trimbaler des balles de foin
tout seul demain matin, tu te fous l'doigt dans l'œil jusqu'au
coude.

Je sentais sur ma joue l'haleine chargée du cow-boy imbibé.

— Vous faites des combats, monsieur ?

La blonde regardait toujours droit devant elle mais elle
ouvrit la bouche.

— Mets-lui une tôle, Cliff.

Je finis ma bière d'une seule gorgée et reposai la canette vide
sur le bar. Je n'avais rien à gagner à rester ici, j'avais mal à la tête,
j'étais fatigué, et il était possible que je perde patience, alors je
me dis que la meilleure chose à faire, c'était d'aller récupérer
le chien et mon sac en toile et de me diriger vers mon lit qui
n'était que quatre portes plus loin.

J'essayai de me rappeler si j'avais de l'aspirine dans ma valise.

Je m'apprêtais à me lever et à me retourner lorsqu'il posa une
main puissante et jeune sur mon épaule. Je ne m'interrompis
pas et nous nous trouvâmes très proches l'un de l'autre. J'étais
sobre et il ne l'était pas, il devait être habitué à ce genre de
situations, mais j'étais plus grand que lui, et à ça, il n'était pas
habitué.

On repère toujours les mains. Les siennes étaient occupées,
une sur mon épaule et l'autre, fourrée dans sa poche. Et on
repère les yeux. L'un était rivé sur mon visage, et l'autre un peu
sur ma droite.

Au bout de vingt-quatre ans de métier, les instincts se mobi-
lisent dans ce genre de situations et on n'a pas besoin de réfléchir pour saisir la main posée sur votre épaule au niveau du
poignet et la tordre dans une clé inversée qui lui projette le
visage brusquement et définitivement sur la surface du bar, pour
lui immobiliser le cou de l'autre main et avancer le pied pour
lui écarter les jambes à coups de botte de manière à l'empêcher
d'avoir le moindre appui pour résister.

Mais les gens saouls peuvent avoir une intuition étonnante,
et alors que j'étais là, à réfléchir, j'étais certain qu'il voyait le
scénario complet se dérouler sur mon visage fatigué. Ses yeux

s'écarquillèrent un peu puis restèrent rivés aux miens, sa main toujours posée sur mon épaule. Mais la blonde décolorée s'était tournée et nous regardait tous les deux, et il lui apparut qu'il ne pouvait pas reculer, pas maintenant.

— Je fais des combats.

Le rancher prit à nouveau la parole.

— Cliff ?

Je ne dis rien, alors l'autre recommença.

— Je fais des combats…

Il n'en avait plus l'air tellement sûr cette fois, et il retira sa main de mon épaule. Il pointa un doigt sur le morceau de papier collé avec du scotch sur le bar.

— C'est moi, juste là, Cliff Cly. Numéro 1 sur la liste, et vous savez pourquoi ?

Je ne dis rien.

— Passque je suis le fils de pute le plus coriace de la Powder River.

Le rancher derrière moi rit dans sa barbe et l'homme qui s'était autoproclamé le plus coriace de la Powder River à la lignée incertaine se détourna pour le regarder.

— Et qu'est-ce qui te fait rire, toi ?

Le silence s'abattit pendant une seconde.

— J'prends de l'avance sur la rigolade que j'vais m'payer quand tu vas te prendre une tôle. T'es bourré, Cliff. Assieds-toi.

— J't'emmerde, vieux connard.

J'entendis la chaise bouger et je parvins tout juste à apercevoir le petit verre que Mike Niall avait posé sur le bar à ma droite.

— Barman !

Je vis le propriétaire approcher en venant de la cuisine tandis que le vieux rancher continuait :

— Cliff, si j'étais toi, je m'réserverais pour demain soir, passque tu risques d'avoir un adversaire à ta taille.

Le jeune homme répondit dans un souffle :

— Je peux mettre une trempe à tous les hommes inscrits sur cette liste. (Ses yeux revinrent se poser sur moi.) Vous voulez vous inscrire sur cette liste, monsieur ?

— Y a un problème ?

Le barman était juste de l'autre côté du comptoir maintenant, et je voyais ses mains posées sur l'étagère où était rangée la batte de base-ball. J'étais soulagé qu'elles ne soient pas sur celle où se trouvait le fusil à pompe Winchester.

Niall fut le premier à parler.

— Donne-moi un autre verre, Pat.

Le regard du barman s'attarda encore un peu sur nous, puis il tendit le bras derrière lui pour attraper la bouteille de Wild Turkey.

— Il y a quelques gars par ici avec lesquels tu risques d'avoir un peu de mal.

— Qui ça ?

Pat versa et Niall sirota son whisky avant de rendre son verre.

— Ben, le grand type qu'est entré ici cet après-midi et nous a fusillés du r'gard pour pas un rond. (Ses yeux se posèrent sur moi.) Un grand Indien est entré, il a pas dit un mot à personne – il a juste mis son nom sur la liste, il a tourné les talons et il est reparti.

Je souris et Cliff Cly se méprit.

— Vous trouvez ça drôle, monsieur ?

Je baissai les yeux sur la liste et continuai à sourire. Ma migraine se dissipait quelque peu. Elle devait se rappeler que l'autre salopard le plus coriace de la Powder River, celui dont la lignée remontait dans l'histoire de ce pays bien avant que ce soit un pays, trouverait un moyen de venir en renfort, même quand il n'en avait pas été question.

— Je vous ai posé une question.

Je regardai le cow-boy quelques instants encore, puis je le contournai et avançai vers la porte. Je laissai derrière moi le morceau de papier sur le bar qui annonçait les Combats du Vendredi soir pour le titre de Guerrier-Invincible-de-la-Powder-River, où le dernier nom inscrit sur la liste était celui de Henry Standing Bear.

4

20 octobre : sept jours plus tôt, fin de matinée.

J'AVAIS LU le rapport que m'avait faxé l'antenne du FBI de
Denver.

Vic était penchée sur mon épaule et s'impatientait tandis
que je levais les yeux des dix-huit pages.

— Tu veux que je lise à voix haute ?

— Je l'ai déjà lu.

— Alors, qu'est-ce que ça dit ?

Les résumés commentés de mon adjointe étaient toujours
plus divertissants que les rapports des Fédéraux.

Elle fit le tour du bureau et s'assit à sa place habituelle.

— Si elle ne l'avait pas tué, j'ai l'impression que quelqu'un
d'autre l'aurait fait, ou alors, il aurait passé le reste de sa vie dans
un endroit où il n'y a pas d'interrupteurs et où il faut demander
la permission pour aller pisser.

— Il avait des ennuis avec la justice ?

Elle but une gorgée de café mais ne posa pas ses pieds sur
la table comme d'habitude. Elle resta assise, les genoux agités
d'un mouvement nerveux.

— Pire.

Je soupirai et ingurgitai un peu plus de café.

— Qu'est-ce qui est pire que le FBI ?

Vic appuya son index sur son nez qu'elle plia sur le côté. Sa
voix devint nasale et elle accentua son accent de South Philly.

— Il s'est fait affranchir en tant que comptable – le terme
opératoire ici, c'est *affranchir* – chargé des opérations pour une

71

boîte de casinos, et en cinq ans, il a pu siphonner pas loin de trois millions de dollars.

— À la mafia ?

Elle lâcha son nez et sourit. Elle souriait toujours lorsqu'elle relayait des informations de ce type, à la façon dont les requins sourient en voyant des nageurs qui portent du jaune.

— Du coup, on se demande s'il est pas tombé sur la tête quand il était gosse ou s'il avalait pas des pelures de peinture au plomb comme si c'était des Cool Ranch Doritos, hein ?

— Ou alors, il était bien plus fort que tout le monde pourrait l'imaginer.

Je m'attardai sur la photo de la page 2. La victime était un homme extraordinairement beau et il aurait pu être italien, s'il avait eu un autre nom.

— Barsad ne sonne pas particulièrement italien.

Elle secoua la tête.

— Il aurait bien aimé. Il a démarré sous le nom de Willis Barnecke et il a travaillé pour une boîte de comptabilité qui avait pour clients un certain nombre de casinos d'Atlantic City. C'est là qu'il est entré en contact avec Joey "Suits" Venuto, qui lui a offert un job. Il l'a accepté, avec les trois cents bâtons qui allaient avec. Mais quand les Fédéraux ont mis la pression après une enquête sur du racket dans le quartier des docks où un concurrent a été retrouvé mort d'une balle dans la tête dans le coffre de sa propre voiture à Union, New Jersey, le nom de Willis a commencé à sortir régulièrement dans les écoutes du FBI comme un diable de sa boîte.

— Il a tué quelqu'un ?

— L'enquête n'a pas été concluante. (Elle posa sa tasse sur mon bureau et rit.) Il a été coincé pour conduite sous influence à Atlantic City, mais il en faisait tellement qu'on aurait dit qu'il était le capo de tous les capos. Il se baladait avec un drapeau italien sur sa caisse, t'imagines, et il avait des bouts de Sinatra comme sonneries sur son téléphone portable.

— Comment est-ce qu'il a fini dans l'Ohio ?

Elle ne se départit pas de son sourire de crocodile des mers salées.

— Ça, c'est la meilleure partie. Un jour, au culot, les Fédéraux convoquent Willis et lui disent qu'ils savent que c'est lui qui a exécuté le gars à Union – et voilà que Willis "Canary" se met à chanter comme Frank au Stardust. Il donne une liste de noms longue comme la portion d'autoroute qui va de la sortie 9A à la 16B, et il aide le proc' à obtenir une demi-douzaine de condamnations. Il en donne beaucoup, mais pas tout, parce que je crois qu'il n'est pas complètement demeuré. Clairement, il avait une liste quelque part et le proc' la voulait très très fort.

— Une liste ?

— Dans le peu de temps qu'il a passé en taule, il a pris l'habitude d'écrire des papillons – des notes qu'il prend sur de tout petits morceaux de papier. L'agent à qui j'ai parlé à Denver a dit que Barsad n'a jamais perdu cette habitude et qu'ils en ont trouvé beaucoup, mais pas celui avec les noms. (Elle marqua une pause, regarda son café mais laissa la tasse là où elle se trouvait.) Maintenant, qu'est-ce qu'on fait d'un type comme ça une fois qu'il a fini de témoigner autant qu'il en a envie ?

La main qui tenait mon menton remonta et recouvrit mon visage. Je la regardai en écartant deux doigts.

— Protection de témoins ?

— Bienvenue à Youngstown, Ohio, où Willis, qui porte maintenant le nom de Wallace Balentine, obtient, grâce aux Fédéraux, un poste de comptable pour Central Ohio Steel, porte une cravate et se réinvente pour se faire passer pour un respectable citoyen du Midwest. Il reprend contact avec quelques-uns de ses anciens potes, histoire de se rattraper, et en trois ans il se fait un bon petit pactole avant d'être viré et poursuivi en justice par les patrons. Wallace Balentine s'en sort pour un montant tenu secret, dont les propriétaires prétendent qu'il est bien inférieur à la somme qu'il a détournée, mais du coup il se retrouve dans tous les journaux, et c'est reparti : il faut qu'il se réinvente à nouveau, cette fois un peu plus à l'Ouest. D'abord à Las Vegas, puis ici.

Dans un soupir, j'ajoutai :

— Le rancher Wade Barsad.

Elle prit son café.

— "La Powder River, un mile de large…"

Je tripotai l'anse de ma tasse.

— Ce ne serait pas étonnant. Cela fait plus de cent ans que des gens viennent se cacher dans la région de la Powder River.

Elle se leva en même temps que moi et alla jusqu'à l'accueil où Ruby était en train de parcourir les rapports de la DEC. Je m'appuyai sur le comptoir et Ruby me tendit les feuilles.

— Est-ce que tu les as lues ?

Ses yeux bleu néon papillonnèrent au-dessus de ses demi-lunes accrochées sur un cordon de perles, qui lui donnaient franchement un air de maîtresse d'école.

— Oui.

Je hochai la tête et allai jusqu'au banc de bois situé à côté des marches. Généralement, je préférais les versions audio.

— Dis-moi tout, Sparky.

Ruby fronça les sourcils – elle n'aimait pas les surnoms.

— Elle n'a pas beaucoup de chance de s'en tirer.

Vic avait pris le rapport et lisait en silence. Elle leva les yeux.

— Le corps a été calciné. (Elle croisa les jambes et posa un coude sur le comptoir.) Mais ils ont retrouvé les six balles fondues dans son crâne.

Sentant à quel point j'étais insatisfait, le chien quitta le bureau de Ruby pour se traîner jusqu'à moi et poser sa tête sur mon genou.

— Le rapport dit que le feu – peut-être déclenché par la foudre, peut-être pas – a commencé dans l'écurie et s'est ensuite propagé à la maison.

— Ça a dû être une sacrée partie de plaisir pour T.J. et ses gars. (Je caressai la grosse tête du chien.) À quel endroit les aveux ont-ils été recueillis ?

Ruby leva un sourcil et me regarda fixement.

— Sur la scène de crime.

Je hochai la tête et m'absorbai dans la contemplation des lattes du vieux plancher et du seuil en marbre, un peu usé au milieu. Je pensai au nombre de fois où mes bottes avaient touché cette dalle dont j'avais remarqué la présence pour la première fois lorsque ma fille l'avait choisie comme endroit favori pour poser ses fesses de gamine de six ans.

Cady n'avait pas appelé ces derniers temps, et j'en souffrais. Elle et Michael, le plus jeune frère de Vic, se voyaient beaucoup. J'étais reconnaissant des attentions dont le policier de Philadelphie la couvrait, mais je me demandais où cela allait mener. Elle s'était retrouvée embarquée dans une très mauvaise histoire avant de rencontrer Michael, une histoire où elle avait fini par être très grièvement blessée.

— Et leur formulation ?

Vic lut :

— "Je rêvais de descendre ce fils de pute, je le rêvais toutes les nuits et j'ai fini par le faire. Je l'ai descendu, j'ai tiré six fois."

Le silence régnait dans le bureau au moment où je me répétais les mots :

— Je rêvais…

J'avais fini par accepter le fait que Cady était retournée à Philadelphie, mais cela ne me rendait pas les choses faciles pour autant. Je m'étais habitué à l'avoir près de moi : le café le matin quand j'essayais d'obtenir qu'elle me laisse préparer quelque chose pour le petit déjeuner ; les séances au centre de rééducation de Durant ; la manière dont elle apparaissait dans nos bureaux comme Vénus sur son coquillage et dont elle mettait tout le monde de bonne humeur ; celle dont mes adjoints, Saizarbitoria, Double Tough et Frymyer la regardaient lorsqu'ils croyaient que je ne les voyais pas ; les après-midi qu'elle passait dans mon bureau, les jambes repliées sur son fauteuil, avec un nouveau livre, dans son grand projet de lire un polar par jour ; les dîners tranquilles à la maison.

— Walt…

Je continuai à caresser le chien et croisai le regard impitoyable de mon adjointe.

— La dernière partie – elle dit qu'elle a tiré. Elle dit qu'elle a tiré six putain de fois.

Je hochai la tête et les regardai. Ruby approuva en silence et je fus un peu agacé de voir à quelle vitesse elles s'alliaient, toutes les deux.

— Walt, elle a répété sa déclaration en allant à la prison du comté de Campbell, et encore une fois aux enquêteurs, et ensuite à la DEC. En tout, elle a avoué quatre fois. (Vic secoua la tête.) Walt, c'est un crime grave avec préméditation volontaire et délibérée. (Elle marqua une courte pause.) À Philly, on appelait ce genre de choses un boulot de salopard.

Il était deux heures plus tard à Philadelphie, mais il était encore assez tôt pour l'appeler. Je jouais au dur et ne téléphonais plus aussi souvent. Je m'en sortais très bien et m'éduquais de jour en jour, ne l'appelant qu'un jour sur deux. Du moins, je *trouvais* que je m'en sortais vraiment bien jusqu'à ce que le "Pa-paaaaaa" à l'autre bout du fil me fasse comprendre que non.

Je retournai à la contemplation du plancher et citai le passage de la description légale de l'homicide que Vic avait omis.

— Tu as oublié "par une personne majeure et en pleine possession de ses facultés".

Elle enchaîna, tout en jetant le rapport sur le bureau de Ruby.

— Mary Barsad pourrait être folle, et je suis sûre que c'est la ligne de défense que vont adopter ses avocats, mais elle lui a tiré six fois dans la tête. Elle a tiré jusqu'à ce qu'elle n'ait plus de balles, et elle a tiré juste pour voir sa tête rebondir sur le matelas.

J'étudiai les veines dans le marbre du seuil et pensai aux veines qui palpitaient aux tempes de Mary Barsad, puis aux idées qu'elle devait nourrir, aux choses qui lui venaient pendant son sommeil. Je sentis des mots se former dans ma bouche, des mots qui n'étaient pas les miens.

— … mais alors commence un voyage dans ma tête qui fait travailler mon esprit quand expire le travail de mon corps.

Je pensai les avoir dits dans ma tête mais, lorsque je levai les yeux, je lus dans leur regard qu'elles pensaient que c'était moi, le dément de l'histoire.

Ruby fut la première à prendre la parole.

— Walter…

— Sonnet 27.

— Nom de Dieu. (Le regard de Vic quitta Ruby et revint se poser sur moi.) Écoute, Shakespeare. Je sais que tu cherches quelque chose pour t'occuper maintenant que Cady est partie, mais là, ça va pas le faire. Je déteste être celle qui t'annonce ça, à toi, qui a vingt-quatre ans de métier, mais certaines personnes sont en prison parce qu'elles sont coupables.

Elles avaient continué à me parler, mais leurs voix avaient décru comme si je m'éloignais d'elles dans une chute interminable tandis que leur chant de sirènes résonnait encore.

27 octobre, 23 h 36.

LE CHIEN resta à côté de moi sur les planches et contempla la chambre de motel vide. Je maintins la porte à âme creuse de ma main droite et examinai les lieux. Sur la gauche, un lit une place défoncé et à droite, une commode, mais le plus intéressant était, au fond de la pièce, la porte entrouverte de la salle de bain dont la lumière était allumée.

Des bruits me parvenaient de la salle d'eau.

J'entrai dans la chambre et posai mon sac sur le seul fauteuil présent, à côté d'une table ronde bancale. Le chien s'avança vers la porte à moitié fermée, mais j'émis un son entre mes dents et il s'interrompit. On entendait des bruits de métal contre métal, quelque chose qu'on emboîte dans autre chose, un bruit de frottement, et la porte s'ouvrit.

Juana, la jeune femme du bar, était sur le seuil, sa silhouette se découpant dans la lumière crue de l'ampoule nue de 60 watts. Je souris en appuyant sur l'interrupteur, ce qui fit apparaître des mouches mortes collées sur l'applique aux motifs enfantins de cow-boys et d'Indiens au-dessus du lit. Le chien agita la queue. Elle leva un sourcil et ne me rendit pas mon sourire, pas plus qu'au chien. Elle tenait une caisse à outils dans une main et une clé à pipe, comme une arme, dans l'autre.

— Est-ce qu'il mord ?

— Non.

Elle ne quitta pas la bête des yeux. Lui s'appliquait à donner une bonne impression en continuant à agiter la queue. Elle tenait toujours la clé, qui avait l'air énorme dans sa petite main serrée.

— Je n'aime pas les chiens.

Je ramassai mon sac par les anses et le jetai sur le lit. Il atterrit tout contre la tête de lit à la peinture écaillée.

— C'est dommage ; il aime bien les jolies filles.

Elle ne bougea pas.

— J'ai réparé vos toilettes.

Je m'assis sur le fauteuil et écoutai sa litanie de craquements, j'enlevai mon chapeau et le posai sur mon genou. J'avais encore mal à la tête et je me massai les yeux, tentative destinée à faire descendre la migraine dans mon cou.

— Content de ne pas être en infraction par rapport à la loi-qui-dit-qu'il-faut-un-chiotte-dans-toutes-les-pièces-qu'on-loue.

— Je me sentais coupable de vous faire payer le prix normal – j'ai pensé que vous devriez avoir une salle de bain en état de marche.

Je pris une grande inspiration et la regardai. Elle était en train de ranger la clé dans la boîte à outils. Le chien s'assit sur la moquette usée, vaguement verte, entre elle et la porte.

— On m'a dit que vous ne travailliez plus ici.

Elle sourit et appuya un bras mince sur la commode, qui bougea.

— Pat me vire à peu près une fois par semaine, mais personne d'autre ne veut travailler pour lui, surtout vu ce qu'il paye, c'est-à-dire, rien.

Je tâchai de détendre ma mâchoire, appuyai ma tête contre la surface fraîche de la cloison en plâtre et sortis le couplet nationaliste.

— Alors, que fait donc une jolie fille du Guatemala comme vous dans un endroit comme celui-ci ?

— Je n'ai pas de papiers, et cet endroit échappe aux contrôles.

Je hochai la tête et regardai autour de moi.

— C'est donc ça.

Elle continua à m'examiner.

— Vous êtes sûr que ça va ?

Je respirai une nouvelle fois.

— J'ai mal à la tête.

Elle ouvrit la boîte à outils et sortit un petit flacon en plastique, le déboucha et déposa six petits cachets orange dans ma paume tendue.

— Dosage pour enfants, alors, il va vous en falloir trois fois plus.

— Vous promenez de l'aspirine dans votre boîte à outils ?

— La plomberie, ça me donne mal à la tête. (Elle se tourna, prête à partir.) On peut les croquer, mais je vais quand même vous chercher de l'eau.

— Pas la peine.

Je fourrai les cachets dans ma bouche et avalai.

Elle fit une grimace.

— Comment vous pouvez faire une chose pareille ?

J'eus un petit sourire, qui devait avoir l'air un peu suffisant.

— J'ai de l'entraînement. À un certain stade de la vie, l'aspirine devient une partie considérable de l'alimentation.

Le flacon toujours dans la main, elle s'avança et s'assit sur le coin du lit. Elle s'efforçait de rester à distance du chien.

— Vous rendez tout le monde nerveux ici.

— Pourquoi donc ?

Une épaule arrondie monta et descendit.

— C'est comme ça. (Elle rejeta ses cheveux en arrière.) Peut-être parce qu'ils pensent que vous êtes un type dans les assurances.

— Hmm... (Je déglutis à nouveau, sentant les cachets d'aspirine atteindre enfin leur destination.) Est-ce que je vous rends nerveuse ?

— Non, mais je ne crois pas que vous soyez dans les assurances.

— Et qu'est-ce que vous croyez que je suis ?

— Un flic.

Je hochai la tête.

— Et que pense Benjamin ?

— Il pense aussi que vous êtes flic.

Je bâillai et me passai la main sur le visage.

— Comment vous devinez ce genre de choses, tous les deux?

Elle posa le flacon d'aspirine sur le lit et tendit le bras pour prendre mon chapeau posé sur mon genou.

— Quand on est sans papiers, on sent ces choses-là. (Elle examina l'intérieur du chapeau en feutre noir.) 7 3/4 – LONG OVAL. 10 X H-BAR HATS, BILLINGS. (Les yeux couleur ébène, jeunes mais profondément marqués par l'expérience, se posèrent sur moi.) Si vous êtes un Fédéral, et j'espère que ce n'est pas le cas, vous êtes venu dans le Montana en avion et vous avez acheté un chapeau pour passer inaperçu – ou alors vous venez de l'antenne du FBI à Billings ou à Cheyenne.

Je la regardai fixement et la douleur dans ma tête revint au galop.

— Vous suivez des cours par correspondance pour devenir détective privé, ou quoi?

— Presque deux ans de cours de criminologie à Sheridan College. (Les deux épaules se levèrent cette fois.) Plus d'argent.

Je restai là sans rien dire.

— Vous pourriez être de la police d'État, peut-être un enquêteur de la Division des Enquêtes criminelles, mais ils sont déjà venus.

Je hochai la tête.

— Benjamin et vous avez beaucoup d'imagination.

— Ou alors, vous pourriez faire partie des autorités locales, mais j'en doute – les shérifs par ici seraient pas fichus de retrouver leur cul avec un GPS.

— Ah oui?

— Ouais, tous des clones de Barney Fife*.

Je souris, cette fois de toutes mes dents.

— Alors, en vous appuyant sur l'immense expérience de deux années de cours de criminologie…

* Barney Fife est un personnage d'une série américaine des années 1960, shérif-adjoint dans une petite ville perdue de Caroline du Nord où il ne se passe pas grand-chose.

Elle reposa mon chapeau sur mon genou et se concentra sur mes yeux.

— Oups… peut-être que vous faites partie des autorités locales…

Je ris.

— Alors, est-ce que vous la connaissiez – ou lui?

— Les deux. J'ai fait le ménage chez eux pendant presque un an.

— Ils étaient comment?

— Le jour et la nuit. (Elle se pencha en avant et cala ses coudes sur ses genoux.) Elle était géniale. La maison était toujours impeccable quand j'arrivais, alors je l'aidais à faire ce qu'elle avait à faire, la peinture, les plantations – elle avait une serre.

— Je l'ai vue.

— Elle cultivait des orchidées. Je n'ai jamais vu personne par ici en faire pousser.

— Et lui?

Elle fit la grimace.

— Grande gueule. Dès qu'on l'approchait, on avait droit à son discours sur ses extraordinaires qualités. Quoi que vous ayez fait, il l'avait fait mieux que vous. Où que vous ayez été, il y avait été aussi. Ce genre de trucs.

— J'ai cru comprendre qu'il courait plusieurs lièvres à la fois.

— Il possédait cet endroit à un moment – le motel et le bar. C'en était arrivé au point où, chaque fois que quelqu'un venait prendre un verre, il devait l'écouter, alors les gens ne sont plus venus. Après sa mort, Pat a rouvert.

— Qui le possédait avant Barsad?

— Pat.

— Ils étaient associés?

Elle réfléchit.

— Je ne suis pas sûre. Les affaires de Wade étaient toujours un peu complexes.

— De quelle manière?

Elle haussa les épaules.

— Wade était impliqué dans toutes sortes de choses et il avait l'habitude d'écrire des espèces de listes sur des petits bouts de papier qu'il appelait des papillons.

— C'est comme ça que vous l'appeliez ? Wade ?

Elle scruta mon visage.

— On dirait que vous savez déjà un peu quel genre de type c'était.

— Un peu.

— Il m'a fait du rentre-dedans un jour, chez eux. Je l'ai repoussé mais il est devenu plus insistant et il a fallu que je sorte un déplantoir pour le convaincre que je n'étais pas intéressée.

— Et ça a marché ?

— Pendant un moment, mais il fallait lui rappeler de temps en temps. Il était comme ça.

— J'ai entendu dire que quelques filles étaient plutôt intéressées.

Elle resta silencieuse un moment.

— Quelques-unes.

— Et si par hasard, j'étais intéressé, moi aussi, où pourrais-je trouver ces femmes ?

Elle me regarda de plus près.

— Je ne vais pas donner de noms parce que je ne suis pas sûre, mais si j'avais cette envie, j'irais voir dans les environs immédiats du ranch. Barsad n'était pas du genre à se donner beaucoup de mal pour trouver de la compagnie féminine. Vu son physique, il n'avait pas besoin d'aller bien loin.

— Un joueur de base-ball flemmard – il attrapait si ça passait pas loin mais il n'allait pas se fatiguer outre mesure ?

— Exactement. (Elle sourit.) Il y a une vente aux enchères chez Bill Nolan demain matin à 10 heures. À mon avis, tout le monde va y être. Ça pourrait être l'occasion de rencontrer tous les joueurs.

Je me penchai en avant pour caler mes coudes sur les accoudoirs du fauteuil.

— Vous n'avez toujours pas répondu à *la* grande question. Est-ce qu'elle l'a tué ?

Elle laissa échapper un profond soupir et se leva en me regardant.

— Vous êtes du coin?

— En gros, oui.

— Il y a un mythe sur cet endroit.

Je n'essayai pas de cacher ma confusion.

— Cet endroit précis?

— Non.

Elle alla jusqu'à la commode, ramassa sa boîte à outils et resta immobile, à la tenir entre elle et le chien à nouveau.

— Plus sur l'Ouest, ou alors, le monde entier.

— Peut-être que c'est ma migraine, mais je ne vous suis pas.

— Le mythe, c'est qu'on est censé être libre – vous voyez le genre, toujours se remettre en selle, et tout le reste?

— Et...?

— Je ne crois pas que ça s'applique forcément à tout le monde, en particulier aux femmes.

Elle esquissa un pas vers la porte, mais le chien ne broncha pas. Elle me lança un regard en dessous.

— Vous voulez bien le rappeler près de vous?

J'émis le même son entre mes dents, ramassai le flacon d'aspirine et tapotai le dessus de lit. Il grimpa aussitôt, agitant la queue et souriant.

— Il n'avait rien après vous, pourtant. (Je lui tendis le flacon.) Vous voulez reprendre votre aspirine?

Elle ouvrit la porte et je la regardai réfléchir à ce qu'elle allait dire ensuite et à ce qu'elle n'allait pas dire, puis elle reprit, sa voix accompagnée du léger bourdonnement des ampoules jaunes anti-insectes à l'extérieur:

— Forcément du coin, ou de Billings. Comment pourriez-vous avoir le chien, autrement? D'une façon ou d'une autre, vous êtes un *dark horse* ça, c'est certain.

Elle referma la porte et j'écoutai le bruit de ses pieds chaussés de sandales de cuir qui s'assourdit peu à peu sur les planches.

J'étais en ville depuis à peine sept heures, et j'avais déjà été débusqué par une quasi-débutante.

20 octobre : sept jours plus tôt, midi.

J'avais posé le dossier de la DEC sur mon bureau.

— Mais putain, qu'est-ce que tu cherches ?

— On lui avait diagnostiqué une insomnie chronique.

— Et alors ?

Vic entra et s'assit sur la chaise à côté de Saizarbitoria, qui mangeait son déjeuner posé sur ses genoux. Le Basque était une des dernières recrues de notre petit contingent des Hautes Plaines et il se remettait lentement d'une agression subie deux mois auparavant, où il s'était fait taillader un rein.

J'avais pris des dispositions pour que son retour se fasse en douceur, mais la récupération était lente. Je l'avais affecté au tribunal, ainsi qu'à un certain nombre de tâches moins fatigantes, mais une lumière semblait s'être éteinte dans les yeux du Basque, comme si le noir de ses pupilles avait englouti l'étincelle qui y dansait auparavant.

Sancho essuya du bout de son index un peu de l'excellente mayonnaise qu'il avait au coin de la bouche. Sa femme, Marie, lui préparait son déjeuner tous les jours et lui confectionnait des sandwichs qui paraissaient incroyables. Il but une gorgée de Mountain Dew.

— On lui a prescrit à la fois de l'Ambien et du Lunesta.

J'étais en train de reprendre les pages faxées du rapport, lorsque Ruby apparut sur le seuil.

— Joe Meyer sur la une.

Nous échangeâmes tous un regard. Ce n'est pas tous les jours qu'on reçoit un appel du bureau du procureur général de l'État, encore moins de Monsieur le procureur général en personne. Je décrochai le téléphone et appuyai sur le bouton.

— Hé, Joe…

— Mais qu'est-ce que tu fabriques ?

J'aimais bien Joe. Il était attaché aux traditions du Wyoming et l'un des quelques individus nommés dans cet État qui respiraient l'intégrité.

— Je suis en train de regarder un de mes mousquetaires qui mange son déjeuner sur ses genoux, et je me dis que j'ai atteint l'âge où le fait de sauter quelques repas ne me ferait pas de mal.

Il y eut un silence.

— Depuis quand ta juridiction s'étend-elle jusqu'au comté de Campbell ?

Je me penchai en arrière dans mon fauteuil en prenant la précaution de glisser mon pied sous le bord du bureau de manière à ne pas basculer – une mesure de sécurité que j'avais adoptée après avoir appris son efficacité à mes dépens.

— Oh... allez, Joe. C'est juste de la curiosité.

— Eh bien, moi, j'ai deux enquêteurs de la DEC qui sont furieux comme des chats auxquels on a tiré la queue. (Je regardai le rapport faxé que Saizarbitoria avait demandé à la Division.) Ils veulent savoir pourquoi le célèbre Walt Longmire s'intéresse tout à coup à cette affaire.

Vic me regardait, une expression franchement amusée sur le visage.

— Ben, elle va passer les deux prochaines semaines dans *ma* cellule et...

— Il va falloir que je dise deux mots à Sandy Sandberg à ce propos.

— Mais Joe...

Un profond soupir me parvint du fin fond de la capitale de l'État.

— Toi et moi, nous savons tous les deux que c'est la raison pour laquelle le sournois de Powder River t'a envoyé cette femme. (La chose m'était effectivement venue à l'esprit.) Tu n'as pas eu assez à faire, ces derniers temps ?

Au cours des douze derniers mois, Joe s'était mouillé pour moi auprès du ministère de la Justice, de la police de Philadelphie et du bureau du procureur général de Californie. Je soupirai à mon tour.

— Peut-être que tu devrais rester un peu plus près de chez toi dans les semaines qui viennent.

Je posai le dossier sur mon bureau.

— Je suis né dans ce coin de la Powder River.

— Ça, je le sais, Walt. (Le silence s'installa aux deux bouts de la ligne.) Tu sais que nous avons le plus grand respect pour tes compétences, ici, à Cheyenne.

— Est-ce que tu l'as rencontrée? (Le silence à nouveau.) Mary Barsad, l'as-tu rencontrée?

— Non, je ne peux pas dire que...

— Moi, je l'ai rencontrée, et je ne pense pas qu'elle soit coupable.

Il y eut le plus long silence de la conversation, et je restai là, à attendre. Mes deux adjoints cessèrent de mâcher et m'observèrent tandis que je contredisais le personnage le plus haut placé dans le système judiciaire du Wyoming.

— Walt, tu dois faire attention. J'ai eu un autre appel du ministère de la Justice. Ils voulaient savoir à quel titre exactement tu étais impliqué dans cette affaire.

— Quoi?

— Je leur ai dit d'aller pisser ailleurs, mais, au niveau de l'État, il y a des gens qui envisagent de mettre pas mal d'argent dans les caisses de Kyle Straub – des pubs télé, des émissions de radio, ce genre de choses. Je sais qu'apparemment rien de cela n'a un rapport quelconque avec le prix du bétail dans le comté de Crook*, mais si tu tiens à te mouiller pour cette femme, il vaut mieux que tu saches ce que tu risques.

Je regardai mes deux adjoints, dont j'espérais que l'une reprendrait les rênes de la maison d'ici deux ans.

— Qu'est-ce que le FBI a à voir là-dedans, en dehors du fait qu'avant sa mort, ils le promenaient dans tout le pays comme une maladie vénérienne?

— Ce n'est pas par moi que tu l'as appris, mais on commence à parler d'un poste de U.S. Marshal.

---

* *Crook* signifie "escroc" en anglais.

J'éclatai de rire. L'idée était ridicule.

— Joe, je ne suis même pas certain de vouloir encore être le shérif du comté d'Absaroka.

— Tout ce que je dis, c'est que si tu décides de faire ça, tu ferais mieux de t'assurer de le faire bien.

— Ben… c'est en général de cette manière que j'aborde toutes mes enquêtes. (Je regardai par terre.) C'est la raison pour laquelle tu m'as appelé ?

— En gros, oui.

Je ris de l'absurdité de la chose.

— Écoute, j'apprécie que tu surveilles mes arrières, mais tu peux dire à tous ceux qui voudront l'entendre, y compris le ministère de la Justice, que mes ambitions politiques commencent et s'arrêtent ici, dans le comté d'Absaroka.

— Je le ferai, mais de ton côté, tu fais attention. D'accord ?

— Promis, Joe. Dis bonjour à Mary.

— Ce sera fait.

Je raccrochai et mes deux adjoints me regardèrent fixement. Vic, bien entendu, fut la première à ouvrir la bouche.

— C'était quoi, ces salades ?

Je contemplai le téléphone et repensai à la conversation que je venais d'avoir.

— Je crois que je viens de me prendre un coup de semonce en pleine poire de la part du ministère de la Justice.

Ils m'observèrent tous les deux, mais je changeai de sujet :

— Ambien et Lunesta ?

Sancho releva la visière de sa casquette.

— Quoi ?

— J'imagine que ce sont des somnifères ?

Vic jeta un coup d'œil à Sancho, puis à moi, ne voulant pas lâcher.

— Putain de merde, qu'est-ce qui se passe ?

— Rien, des idioties politiques. (Je repris le dossier et me mis à observer les annotations dans la marge.) C'est quoi, ce truc sur la FDA*.

Saizarbitoria lança un coup d'œil à Vic, qui ne me quittait pas des yeux, puis dit :

— L'Ambien a été retiré du marché par la FDA, qui l'a jugé peu fiable. Ensuite, ils ont proposé d'ajouter des avertissements plus musclés dans les notices. C'est un sédatif hypnotique qui a un effet secondaire connu sous le nom de "comportements somnambuliques complexes".

— C'est à Rawlins que t'a entendu parler de ça ?

Le Basque avait été gardien dans l'unité de sécurité maximale du pénitencier.

— Sur internet. Quand on a reçu le rapport de la DEC, j'ai fait des recherches. Techniquement, ça se produit pendant le sommeil à ondes lentes, ou sommeil sans mouvement oculaire rapide. Le sujet est généralement incohérent alors que ses yeux restent ouverts, et il y a même des cas où les gens s'habillent, se déshabillent, font la cuisine, mangent et conduisent des voitures – complètement absents.

Je me penchai en avant.

— Attends, tu as un ordinateur ?

Sancho avait pris le bureau à côté de celui de Vic, mais il maintenait sa porte fermée la plupart du temps, une habitude que je trouvais quelque peu antisociale, quand on pense que je n'avais même pas de poignée de porte. Je me tournai vers Vic.

— Il a un ordinateur ?

Elle haussa les épaules.

— Il sait s'en servir.

— Je pourrais apprendre. (J'examinai le dossier.) Est-ce qu'il faut une ordonnance pour ces substances ?

Sancho reprit son sandwich.

* La Food and Drug Administration est un organisme fédéral chargé, entre autres, de contrôler la mise sur le marché des médicaments.

5

21 octobre : six jours plus tôt, l'après-midi.

Il était assez significatif qu'Eric Boss ait fait la route depuis Billings juste pour avoir cette conversation.

— Je sais que c'est beaucoup te demander, Walt, mais tu me rendrais un immense service. On est dans cette affaire à hauteur de presque neuf millions de dollars, et s'il y a la moindre embrouille, je veux juste m'assurer que ce n'est pas nous qui allons payer la note.

Je finis mon café et poussai la tasse vers Dorothy pour qu'elle me la remplisse.

— Qu'est-ce que tu veux que je fasse, exactement ?

L'agent d'assurances repoussa le chapeau blanc cassé de style *cattleman* qu'il avait sur la tête, et je remarquai la présence de l'épingle à chapeau – un crucifix doré – dont l'éclat rivalisait avec celui du sourire de Boss.

— Eh bien, rien d'illégal. (Il adressa son sourire à la chef-cuisinière-plongeuse.) Elle est bonne, la tarte du jour, jolie dame ?

Elle le regarda d'un air plus que méfiant tout en versant le café.

— Seriez-vous sur le point de créer des ennuis à notre shérif ?

— Non. (Il saisit sa tasse et lui fit un clin d'œil avant de prendre une gorgée.) C'est juste que j'ai un dossier dur et j'ai besoin d'un dur à cuire pour le traiter.

Elle reposa la verseuse sur l'un des réchauds et jeta le marc de l'autre, puis prépara un nouveau pot.

— Si vous le mettez en danger, vous allez apprendre vite fait ce que "dur" veut dire.

Boss l'ignora et se pencha pour attraper une sacoche qui portait l'inscription COW-BOYS FOR CHRIST gravée sur le cuir travaillé à la main. Il en sortit un épais dossier et posa le tas de papiers sur le comptoir entre nous.

— Tu me connais, Walt, je ne rechigne pas à payer lorsque la demande est justifiée, mais j'ai besoin de savoir si c'est le cas de celle-ci.

— Tu n'as pas des enquêteurs qui font ce genre de choses ?

— Si, et le dernier que j'ai envoyé a failli y laisser sa vie. (Il but un peu de café.) C'est un drôle de ramassis de hors-la-loi, là-bas. La loi du pays n'a plus cours à Absalom, et j'ai besoin que quelqu'un y aille et l'instaure à nouveau.

— À hauteur de neuf millions de dollars.

— Exactement.

— "On fait des repas pour se divertir, le vin rend la vie joyeuse et l'argent répond à tout" ?

Je ne voyais aucune raison de parler à l'agent d'assurances de ma conversation téléphonique avec Sandy Sandberg ou de celle avec le procureur général Joe Meyer, pour le coup, pensant qu'il était plutôt réjouissant de recevoir des offres pour effectuer une mission qu'on avait déjà décidé d'entreprendre.

— Ecclésiaste, 10:19. (Je ramenai le dossier contre ma tasse et regardai le visage déconcerté de l'homme blond.) Qui est le bénéficiaire, dans tout ça ?

Il fallut un instant à Boss pour réagir.

— Barsad a un frère à Youngstown, Ohio. Quand je l'ai eu au téléphone, on aurait dit qu'il était content d'apprendre que Wade était mort.

— Il n'est pas apparu ?

— Non, mais je ne crois pas que ces deux-là aient été très liés.

— Qu'est-ce qu'il a dit de l'épouse, Mary ?

Il réfléchit.

— Il n'a rien dit.

— Aucune question sur les raisons pour lesquelles elle l'a fait ou comment elle l'a fait? (Boss secoua la tête.) Et ça ne te paraît pas bizarre?

— Un peu, mais apparemment, ils étaient brouillés, alors peut-être qu'il n'a jamais rencontré la femme.

Vic ouvrit brusquement la porte du Busy Bee et s'assit sur le tabouret à côté du mien. Boss me regarda, puis regarda Vic.

— Bonjour, jeune dame.

Je continuai à examiner le dossier sans lever les yeux.

— Tout va bien, elle est avec moi.

Se décidant à courir le risque, Boss commanda la tarte mousseline au potiron et jeta un nouveau coup d'œil à Vic.

— Nous étions juste en train d'échanger sur le fait que les gens s'infligent les uns aux autres toutes sortes de choses horribles, jeune dame, mais ça se passe entre Dieu et eux. Je suis plus intéressé par la tâche qui m'échoit.

Du coin de l'œil, je vis Vic hocher la tête.

— Amen.

J'arrivai à la page des informations personnelles. Il y figurait quelques numéros correspondant au frère de Wade – bureau, maison et un portable.

— Ça t'ennuie si je l'appelle?

— Je t'en prie.

Je lus les chiffres et avançai une hypothèse:

— Alors, tu penses qu'il a brûlé tous ces chevaux pour monter une arnaque à l'assurance?

— Je ne sais pas, mais je dirais que ça colle assez avec le personnage, s'il l'a fait.

Je tournai quelques pages.

— Le problème étant que la DEC n'a trouvé aucune trace d'un incendie criminel, c'est ça?

L'agent d'assurances sourit à l'intention de Vic, et l'effet produit fut à mi-chemin entre un vendeur d'orviétan et un orvet. Il l'observa attentivement tandis que Dorothy lui versait une tasse de café. Elle l'agrémenta de la dose de crème requise et de quatre sucres.

— Exactement.

— Vous voulez de la chantilly sur votre tarte ?

Il regardait toujours Vic lorsqu'il répondit.

— Oui, madame. Ce serait parfait.

Je suivis le regard de l'agent d'assurances, puis levai les yeux vers le crucifix accroché à son chapeau.

— Peut-être que ton patron essayait de le frapper d'un coup de foudre et qu'il l'a raté.

Son visage se colora un peu, gêné qu'il était d'avoir été surpris à mater mon adjointe.

— Mon patron ne rate jamais son coup, bon sang. (Il se pencha en avant et toucha le bord de son chapeau en s'inclinant vers Vic.) Excusez mon langage, jeune dame.

La tasse de café s'était immobilisée en chemin, juste devant ses lèvres.

— Ouais, bon, faites gaffe à ce que vous dites, putain.

28 octobre, 0 h 48.

J'ÉTAIS allongé à écouter les voix fortes et la musique country, et je réfléchissais à toute l'énergie que j'allais devoir déployer pour enfiler mes vêtements, aller à côté frapper à la chambre n°3 et leur demander de baisser le son et la voix.

Il n'y avait pas beaucoup de place pour qu'on soit deux sur le lit, mais la bête avait insisté. Elle était étalée au bas du lit, et j'avais tenté de m'endormir en diagonale avec les pieds qui dépassaient. C'était impossible. Je décidai donc de faire usage du seul support de lecture disponible dans la chambre.

Je glissai un index dans la Bible que j'avais trouvée dans le tiroir de la table de nuit et qui avait été laissée là par les Gédéons pour les voyageurs en quête de salut – Absalom était apparemment un territoire prédestiné. Il y eut un gros coup frappé contre le mur et le chien se redressa au bout du lit. Un grondement sourd commença à monter entre ses babines retroussées.

— Doucement, doucement…

Je pris une grande inspiration et tournai la tête de manière à pouvoir lire les chiffres du radio-réveil, verts comme du plutonium à moitié fondu.

0 h 52

La migraine se prolongeait et je commençais à me dire que j'aurais dû me procurer les mêmes médicaments que Mary Barsad. La fête dans la chambre voisine avait commencé un peu après minuit, et une heure plus tard, elle battait son plein.

Je retirai mon index, regardai fixement Samuel 2 et lus à haute voix :

— "Des fils naquirent à David, à Hébron ; ce furent : son aîné Ammon, né d'Ahinoam de Yizréel ; son cadet Kiléab, né d'Abigayil, la femme de Nabal de Karmel ; le troisième Absalom, fils de Maaka, la fille de Talmaï roi de Geshur…"

Je marquai une pause et regardai les grands yeux marron du chien.

— Tu comprends tout ça ?

Sa tête retourna se poser sur le dessus-de-lit taché.

— Ça fait beaucoup de descendance.

Je sautai pour atteindre la partie savoureuse.

— "Or Absalom était monté sur un mulet ; et le mulet étant entré sous les branches entrelacées d'un grand chêne, la tête d'Absalom fut prise dans les branches du chêne, et il demeura entre le ciel et la terre."

Je donnai du bout du pied un petit coup à la bête, mais elle m'ignora.

— Voilà ce qu'on gagne à monter une mule.

Je poursuivis mon numéro d'acteur.

— "Et ayant pris trois dards en sa main, Joab les enfonça dans le cœur d'Absalom, qui était encore vivant au milieu du chêne. Puis dix jeunes hommes, qui portaient les armes de Joab, environnèrent Absalom, le frappèrent et l'achevèrent."

Comme si les trois dards n'avaient pas suffi. Je titillai à nouveau le chien, mais il ne bougea pas.

— On dirait que tout ce qu'ils font, dans ce livre, c'est se reproduire et massacrer des gens. Dans l'Ancien Testament, du moins.

Le volume de la radio dans la pièce à côté monta. C'était une station de Durant et je reconnus la voix de Steve Lawrence qui présentait la chanson suivante : "C'est un vieux tube, mais c'est du bon, *Cattle Call*, du paysan du Tennessee, M. Eddy Arnold."

Je me souvins que c'était une des chansons préférées de ma mère. Un type du nom de Tex Owens l'avait écrite en attendant d'enregistrer une émission de radio. Il avait commencé à neiger à Kansas City ce soir-là, assez faiblement, au début, mais ensuite la neige avait fini par l'empêcher de voir les immeubles de l'autre côté de la rue.

1 h 05

Owens avait grandi dans un ranch – un peu comme moi – et il avait nourri beaucoup de bétail l'hiver. Il savait ce que c'était, pour les animaux, que de rester dehors dans les intempéries, l'humidité et le froid. Il avait ressenti de la compassion pour tous ces animaux et il aurait bien aimé les faire rentrer et leur donner un peu de maïs.

1 h 06

Une demi-heure plus tard, il avait écrit la musique et quatre strophes. Je voyais encore le petit 45 tours sur le tourne-disque portatif de ma mère, les chaudes après-midi du mois d'août. J'étais lycéen et je trouvais que cette chanson était une des plus ringardes que j'aie jamais entendues. Je disais qu'on aurait dit des chèvres qui chantaient la tyrolienne. Ma mère savait que je détestais ce morceau, alors elle le mettait constamment. C'était peut-être à cause d'elle que certains me prenaient pour un petit malin.

1 h 07

Je surpris mes lèvres à suivre les paroles. Je ne suis pas un bon chanteur – les preuves ne manquent pas, je suis un désastre, mais j'ai du coffre. Mon père appelait ça ma voix des montagnes et m'interdisait d'en faire usage dans la maison. Lorsque je me mis à chanter, le chien se tourna et me regarda, une oreille dressée. Depuis le peu de temps que nous nous connaissions, il ne m'avait jamais entendu chanter. Encouragé par l'attention qu'il me portait, je chantai plus fort.

Puis encore plus fort.

Je suis pratiquement certain que je faisais trembler les murs lorsque le chien joignit sa voix à la mienne.

— "Ooooooooooo, ooooooooo, dooooooooo-dee dee-dooooo, dooooooo, dooooo doo-doo-doo-dee… For hours he'd ride on the range far and wide/When the night winds blow up a storm./His heart is a feather in all kinds of weather,/When he sings his cattle call… Oooooooooo, ooooooooo, doooooooo dee dee – oooooo, doooooo, dooooo doo-doo-doo-dee…*"

Je me déchaînais sur un dernier refrain de bêlements tyroliens et le chien hurlait de concert lorsque je remarquai qu'ils avaient éteint la radio, à côté. Il y eut un bon bout de conversation, et j'entendis un certain nombre d'exclamations pendant qu'un personnage s'agitait dans la chambre voisine. Il proférait jurons et menaces tandis qu'une femme riait. Puis elle rit à nouveau.

Cinq secondes plus tard, le personnage tambourinait à ma porte. Le chien aboya. Je posai la Bible sur la table de nuit, me levai et enfilai mon jean et mes bottes.

J'ignorai le Colt .45 rangé dans mon sac et ouvris la porte.

— Vous seriez pas une espèce de putain de comédien?

Comme je l'avais soupçonné, c'était Cliff Cly. Il devait avoir décidé de transférer sa fête dans une chambre. Il portait toujours le même chapeau de paille en forme de chip avachie, ses lunettes de soleil et sa barbe de deux jours, et il arborait un T-shirt sans manches sur lequel était écrit PRO BULL RIDING TOUR. Il tenait une bouteille de Jack Daniel's et avait une épaule appuyée contre le chambranle de la porte pour se caler. Le chien grogna dans mon dos, et je tournai la tête pour le faire taire, puis je revins au cow-boy de pacotille.

* "… Pendant des heures, il chevauchait dans la montagne lointaine/Quand les vents de la nuit déchaînent une tempête./Son cœur est une plume par tous les temps,/Quand il chante son appel aux bêtes…"

— Pardon?

Il se pencha un peu plus, et les effluves d'alcool étaient si puissants qu'ils durent me griller tous les poils du nez.

— J'ai dit : vous seriez pas une espèce de comédien?

Je scrutai son visage, l'intensité vacillante de son regard, son nez allongé.

— Je ne me prends pas tellement au sérieux, si c'est ce que vous voulez dire.

Il pencha la tête et essaya de concentrer son regard sur mes yeux, et je vis à quel point il était imbibé.

— Vous... (Il émit un rot sonore.) Vous me prenez au sérieux?

— Là, tout de suite? Pas vraiment.

Il resta encore là quelques instants, puis il repoussa le chambranle de la porte. Il vacilla une seconde, tenta de brandir la bouteille, mais le mouvement était si lent et maladroit que je ne me donnai même pas la peine de lever la main pour me protéger. Je le regardai perdre l'équilibre.

— Oh merde...

Je tendis le bras et essayai de l'attraper, mais je fus trop lent et il bascula en arrière et atterrit sur le dos avec un bruit sourd liquide. La bouteille de whisky dégringola la légère pente couverte de graviers en direction de ma voiture de location.

Je fis un pas en avant et m'accroupis sur les planches tandis que le chien sortait de la chambre au petit trot pour contempler avec moi Cliff Cly dans son état de semi-inconscience. Je me retournai vers le chien.

— Je sais que ça fait deux fois la même nuit, mais généralement, les gens ne se comportent pas comme ça.

Le chien me regarda sans savoir si je disais la vérité ou si j'essayais juste de défendre mon espèce. Je ramassai Cliff, le mis sur son séant et l'appuyai contre mon épaule.

— Ça va?

Son chapeau tomba, sa tête s'écrasa contre ma poitrine, les lunettes tout de travers, et il lâcha un autre rot.

— J'suis genre déglingué de partout, alors, c'est difficile à dire.

Je ne pus m'empêcher de sourire.

— Bon, essayons de vous ramener dans votre chambre.

Il était lourd et je sentais bien que l'essentiel de son poids était constitué de muscle, mais je parvins à passer un de ses bras sur mes épaules et à le soulever jusqu'à une position vaguement debout en l'attrapant par sa ceinture, une sorte de chaîne de moteur chromée. La porte de sa chambre était encore ouverte, les lumières allumées, et je nous fis avancer dans cette direction. Le chien le renifla puis s'en détourna. Il ne sentait vraiment pas bon.

Lorsque je parvins à la porte, je reconnus la femme tatouée et potelée du bar. Elle était assise sur le lit, en culotte et soutien-gorge, et elle était visiblement enceinte d'environ quatre mois – un fait dissimulé plus tôt par ses vêtements. Sa bouche, dessinée avec du rouge à lèvres très foncé, décrivait un O parfait.

— Vous pouvez m'aider ?

Elle regarda derrière moi de ses yeux peints au crayon noir.

— Où est le Jack ?

Je portai Cly jusqu'au lit et l'allongeai, le nez dans ses pieds.

— Je peux me tromper, mais je crois qu'il en a eu assez.

Elle se leva et alla jusqu'à la porte. Elle avait dans le dos un paon dont les plumes d'un vert et d'un bleu flamboyants se déployaient vers sa nuque.

— Ouais, mais moi, j'ai même pas commencé.

Je faisais rouler Cliff sur le flanc en me disant qu'il pourrait cuver en dormant là où il se trouvait, lorsque j'entendis un petit cri sortir de la bouche de la jeune femme. Je me retournai : le chien était debout sur le seuil et elle s'était immobilisée, tétanisée. J'approchai et j'écartai le chien d'un mouvement du pied pour la faire passer. Il parut peiné et nous regarda avec la tête d'un Grendel grincheux.

— Où est la bouteille ?

Avant de pouvoir m'en empêcher, je jetai un œil en direction de la voiture, vers le chemin en pente.

Elle leva les yeux vers moi et ses cheveux blonds basculèrent du côté gauche de son visage. Je crois que les racines foncées étaient un choix esthétique délibéré.

— Vous êtes le type du bar.

Je tendis le bras à la recherche de mon chapeau, puis je me souvins que je l'avais laissé sur la table dans ma chambre.

— Oui, m'dame.

— Est-ce que je vous connais ?

— Je ne crois pas.

— Vous me paraissez familier…

Je ne parvenais pas à situer son visage, et il était peu probable que j'oublie les tatouages ; je ne devais jamais l'avoir arrêtée.

— Je dois avoir un de ces visages qu'on voit partout.

Elle fit une grimace qui se voulait un sourire.

— C'est un visage plaisant.

— Merci, il est un peu fatigué, à cette heure, alors je vais aller le mettre au lit.

Elle descendit la petite pente à pas de loup, pieds nus sur les graviers, se baissa pour ramasser la bouteille et sautilla jusqu'aux planches. Elle tenait le whisky et son ventre avec sa main gauche. Son autre bras était tendu – il arborait une locomotive au milieu de motifs floraux et une citrouille de Halloween qui remontaient jusqu'à son épaule en arabesques bleues, violettes, jaunes et rouges.

— J'm'appelle Rose.

Qui, par n'importe quel autre nom. Je restai là une seconde puis lui tendis la main. Sa poigne était vigoureuse.

— Vous l'avez cogné ?

— Non, il a perdu connaissance.

— Il n'y a pas eu de bagarre ?

— Non, la phase perte de connaissance a eu lieu avant que la phase bagarre puisse commencer.

Elle secoua la tête.

— Ça, c'est Cliff tout craché. Ces cow-boys de rodéo croient tous que tenir huit secondes est une bonne performance. (Elle monta son autre main sur laquelle une dentelle d'encre s'enroulait autour de ses doigts avant de se transformer en serpents qui s'entremêlaient en montant.) La plupart des gens sont incapables de lui tenir tête comme ça.

— Pourtant, vous le poussiez à la bagarre, il y a quelques heures à peine.

Elle sourit, franchement cette fois.

— On se rase, le soir, dans la grande ville. Je cherchais juste un peu d'animation.

Elle jeta un coup d'œil à l'intérieur de la chambre qu'elle partageait avec Cliff, puis revint à moi :

— Ça fait que quelques semaines qu'il est dans le coin, mais j'peux vous dire, il est fêlé.

Je hochai la tête.

— Je m'en souviendrai.

— On dirait que vous êtes de ces types qu'oublient pas grand-chose.

Je la regardai brandir la bouteille et constatai qu'il y restait cinq bons centimètres. Je pensai à une jeune femme que je connaissais, une princesse indienne née avec le syndrome d'alcoolisme fœtal.

— Et si vous ne faisiez pas ça ?

Elle s'interrompit.

— Quoi ?

— Faites-moi plaisir, ne buvez pas.

Pendant les cinq mois à venir, me dis-je, mais il fallait bien commencer quelque part.

— Pourquoi ?

— Vous êtes enceinte.

Elle baissa les yeux vers son ventre, feignant la surprise.

— Ouah, je me demande bien comment c'est arrivé…

Il y a un côté épuisant à jouer les grands chevaliers de la morale dans ce genre de situations, mais on le fait quand même.

— Comment s'appelle votre bébé ?

Elle passa sa main sous son ventre et sourit.

— Tortillon.

Ça allait être plus dur que je ne l'avais pensé.

Elle eut un mouvement d'épaules crâneur et s'appuya contre les bardeaux qui recouvraient le mur extérieur du motel, puis elle serra les bras autour de sa poitrine et frissonna.

— C'est ce qu'il fait, il se tortille.

Je restai là, à la regarder sans rien dire – j'en avais probablement déjà trop dit. Je tendis la main pour récupérer la bouteille, mais elle la cacha dans son dos et une expression de défi attendu passa fugacement sur son visage.

— Hé, pas question...

Je pris une profonde inspiration et m'étonnai de ma capacité à supporter un stade de fatigue encore plus avancé que celui que j'avais atteint auparavant.

— OK.

Je me retournai et partis vers ma chambre.

— Comment ça, OK?

Je lui lançai un regard par-dessus mon épaule puis tendis le bras vers le AR.

— Si je vous la prends, qu'est-ce qui me dit que vous ne retournerez pas au AR en chercher une autre, pleine cette fois?

Elle m'observa quelques instants, le visage encore plus hébété:

— Au quoi?

Je secouai la tête juste pour m'éclaircir un peu les idées et m'assurer qu'il n'y avait que moi dedans.

— Au BAR.

Elle pencha la tête d'un côté et ses cheveux blonds tout raides oscillèrent un petit peu pendant que son regard se focalisait sur moi. Je restai immobile, et elle se retourna et commença à fermer la porte derrière elle du bout de son pied. Elle avait toujours la bouteille dans une main, et de l'autre, elle se tenait le ventre – la confrontation de deux mondes.

— Monsieur le Bon Samaritain, vous êtes pas dans la bonne ville.

La porte se referma doucement.

Ouh là.

Je restai là à songer à Tortillon et aux chances qu'il ou elle avait dans la vie, me demandant quelles chances nous avions tous dans un endroit comme Absalom.

❧

Je m'apprêtai à retourner dans ma chambre lorsque je remarquai que le camion garé devant le AR était un Dodge rouge à doubles roues, flambant neuf et sans plaques. Je fis signe au chien d'entrer puis saisis ma chemise posée sur le fauteuil.

— Couché, et cette fois, c'est un ordre.

Il ne me quitta pas des yeux quand je fermai la porte.

Je fis le tour du camion par l'arrière et ne vis pas d'immatriculation temporaire collée sur la vitre arrière que j'aurais pu avoir manquée la première fois. C'était probablement un jeune rancher qui s'était fait son premier, deuxième ou troisième paquet en travaillant dans le gaz de charbon, ou un des garçons du coin qui revenait se faire mousser au milieu des quarante habitants de sa ville natale. Il y avait un million de raisons possibles pour expliquer la présence du camion, et un autre million pour qu'il n'ait pas de plaques. Je ne savais pas bien pourquoi je faisais une fixation sur ce Dodge, si ce n'était la plus vieille motivation du répertoire du policier – l'intuition.

Je poursuivis mon tour et m'arrêtai à côté de la portière passager. Elle était verrouillée. En examinant l'intérieur, derrière la vitre fumée, je vis une Winchester calibre .30-30 à levier d'armement calée contre le tableau de bord.

Je jetai un coup d'œil vers le bar. Les lumières étaient éteintes dans la salle principale, mais il en restait quelques-unes allumées derrière, dans la cuisine. Je crus entendre des voix et décidai de faire le tour pour voir qui s'y trouvait. Je pris par la droite, contournai le bâtiment principal et montai sur un petit promontoire jusqu'à la route qui passait derrière le motel. Il n'y avait pas d'éclairage public à Absalom, et si on y ajoutait le banc de nuages qui cachait la lune, il était difficile de se frayer un chemin entre les hautes herbes, les poubelles et les vieilles pièces détachées de voitures sans faire de raffut. Je finis par découvrir un sentier qui menait derrière la cuisine de l'établissement.

Une lumière était allumée dans le petit couloir qui reliait le bar à la cuisine, et apparemment, deux hommes parlaient. Je m'approchai un peu et parvins à discerner le profil de Pat à côté d'un téléphone à pièces fixé au mur – il avait le dos contre la cloison et les bras croisés. Dans l'ombre, un homme plus grand gesticulait avec fébrilité. Ils parlaient à voix basse, mais la conversation était animée et je parvins tout juste à comprendre l'essentiel.

Le propriétaire du bar leva la tête et regarda l'autre homme d'un air de défi. Ils n'échangèrent aucune parole pendant quelques instants, puis le grand se remit à parler encore plus bas, l'index tendu à quelques centimètres du visage de Pat.

Avant la cuisine se trouvait un vestiaire. J'ouvris doucement la porte à moustiquaire et me glissai à l'intérieur – enfin, je me glissai aussi légèrement que possible. Les lattes du plancher couinèrent et gémirent sous mon poids.

Je restai là, parfaitement immobile, mais la conversation s'arrêta.

J'attendis un moment, puis je me penchai en avant pour voir, mais la lumière était éteinte et les deux hommes, partis. Je battis en retraite dans le coin et restai où je me trouvais, attendant le bruit suivant – celui du chargeur tubulaire du fusil de chasse que j'avais vu sur l'étagère sous le bar.

Je pouvais courir, mais je ne le fais pas très bien. Je pouvais entrer d'un pas léger comme si j'étais à la recherche d'un petit casse-croûte et me prendre quelques grammes de plomb pour ma peine, ou je pouvais rester là, silencieux comme un bison dans un bosquet de jeunes trembles, et prétendre que si je ne pouvais pas les voir, c'était qu'ils ne pouvaient pas me voir.

J'entendis un bruit de pas dans le bar. Qu'il s'agisse de Pat ou de l'autre homme, ils ne respectaient pas les règles. La première chose qu'on dit toujours aux gens qui sont confrontés à un cambriolage, c'est: faites connaître votre présence en allumant toutes les lumières, criez à votre femme d'appeler le 911 et lâchez les chiens avant de sortir le .38 du placard. Ne jamais, surtout jamais, se promener en catimini dans sa propre maison en même temps qu'un intrus.

Personne ne parlait, personne n'allumait les lumières, et j'avais le pressentiment que personne n'était en train d'appeler le 911.

Il y eut des chuchotements et j'entendis quelqu'un venir dans le couloir, traverser la cuisine et s'avancer vers le vestiaire où je me trouvais. Il se déplaçait lentement et avec précaution. Je vis d'abord le canon du fusil de chasse et je réussis même à en deviner le diamètre – un calibre 20 – dans le rayon émis par la lune, qui avait bien entendu choisi de sortir de l'écran de nuages.

Si la chose se déplaçait de dix centimètres sur la gauche, elle serait pointée directement sur mon ventre.

Le tireur avança d'un pas et je parvins à distinguer les mains qui tenaient le fusil de chasse ainsi que la bague maçonnique en or. Le propriétaire du bar et législateur des toilettes avança en plein clair de lune, cligna des yeux et regarda par la porte à moustiquaire sur ma droite. Le canon trembla une seconde, puis l'homme fit deux pas de plus, les yeux toujours fixés dehors, scrutant l'arrière mal entretenu de son établissement.

Je voyais clairement son visage. Il lui manquait son couvre-chef, visiblement le contour de son œil le plus proche était enflé, et il était barbouillé de sang du nez jusqu'à la racine des cheveux. Je regardai à nouveau sa main et vis le sang encore humide.

Manifestement, l'autre homme l'avait cogné.

Je n'avais pas respiré depuis qu'il était entré dans la pièce minuscule et je ne respirai toujours pas. Je le vis approcher son visage de la porte pour pouvoir examiner la végétation plus attentivement. Son œil enflé ne devait certainement pas l'aider, mais il dut voir quelque chose, parce qu'il se tourna soudain vers moi et me regarda droit dans les yeux.

Le cri était déjà en train de sortir de sa bouche lorsque je saisis le fusil à deux mains et fis pivoter la crosse vers le haut, en plein dans son menton – le coup émit le même bruit qu'une balle de base-ball proprement frappée. Il oscilla quelques instants avant de partir en arrière, mais j'étais au point maintenant, et j'attrapai une bretelle de sa salopette et tirai son corps vers moi.

Je ralentis sa chute jusqu'au sol avec mon bras et l'appuyai contre le mur, sur ses jambes repliées. Je pris son pouls – rapide mais présent.

Dans les vapes.

Je me demandai pourquoi il n'avait pas tiré. J'examinai le Winchester et découvris la raison : il avait dû mettre la sûreté par réflexe, une erreur que font beaucoup de tireurs inexpérimentés. Content qu'il en fasse partie, je défis le cran de sûreté et me redressai. J'entendis des pas résonner dans le silence et j'avançai de manière à avoir une vision plus précise du petit couloir qui menait vers la pièce de devant. Je ne voyais qu'une petite partie du bar.

Rien.

Je laissai mes yeux s'accommoder à la pénombre et les transformai en détecteurs de mouvement, puis j'entrai dans la cuisine proprement dite. Il y avait deux sandwichs au bacon sur deux assiettes posées sur le plan de travail, et quelques canettes de Coors. Un des sandwichs avait été mordu une seule fois, et de l'autre, il ne restait que quelques miettes. Le dîner avait dû être interrompu par les affaires, puis j'avais débarqué.

Le plancher se remit à gémir sous mon poids au moment où je fis un premier pas dans le couloir. Je gardai les yeux rivés sur la surface du bar, m'attendant à ce que quelqu'un bondisse par-dessus le comptoir en tenant une arme à deux mains pour me balancer quelques balles dans la poitrine.

Je levai le fusil jusqu'à mon épaule et essayai de me rappeler de quelle manière s'ouvrait la porte d'entrée. Je décidai que c'était de gauche à droite et choisis de me concentrer sur la moitié droite, la plus vaste du bar. À la télévision et dans les films, on vous fait croire que la bonne manière de procéder, c'est de bondir dans la pièce, de pointer votre arme d'abord dans une direction puis dans l'autre, mais sans renforts, il y a au moins 50 % de chances que vous entriez dans ladite pièce les pieds devant.

Dans la pénombre et si vous êtes seul, la règle, c'est d'avancer courbé et très lentement. Je me baissai pour rester sous le niveau du comptoir, rasai le mur et scrutai la partie où se trouvait le ring improvisé, sinistre et vide. Je fis pivoter le fusil vers ma gauche en le tenant au niveau du bar pour examiner la zone où se trouvaient les quelques tables et les chaises dépareillées.

Toujours rien.

J'étais sûr que je n'avais pas entendu la porte d'entrée s'ouvrir et tout aussi certain que l'autre homme devait encore se trouver à l'intérieur lorsque le gros Dodge gazouilla et les lumières intérieures s'allumèrent. Je contournai le bar, m'avançant d'un pas rapide vers le devant, lorsque quelque chose bougea sur ma gauche, pointa et tira.

Je chancelai, trébuchai sur une chaise qui se trouvait là, tombai et me précipitai à quatre pattes pour m'abriter derrière le comptoir. Il avait visé haut. Il se leva et continua à avancer, passa derrière le bar et marcha vers moi en continuant à tirer avec ce qui résonnait comme un 9 mm. Les balles du semi-automatique traversèrent l'affiche publicitaire de la bière sur le mur et allèrent se perdre dans le plafond tandis que je me calai contre la plinthe et pointai à nouveau le fusil vers le tireur. Je décidai de viser haut moi aussi, puisque tout ce que je voulais, c'était le repousser suffisamment longtemps pour pouvoir le voir.

Je tirai et entendis le fracas de la baie vitrée du bar qui dégringolait devant, sur les planches, immédiatement suivi du grondement du Dodge dont le gros moteur diesel se mettait en route.

J'abandonnai l'idée d'un démarrage à distance et me dis qu'il avait dû simplement canarder pour se couvrir le temps de sortir par la porte et de battre en retraite.

Je me levai péniblement et me propulsai en prenant appui sur le bar, vers le tas d'éclats de verre produits par l'explosion de la vitre principale. Je m'arrêtai en dérapant dans l'éclat éblouissant des pleins phares du camion.

Je levai le Winchester en semi-extension, le canon pointé directement sur la vitre noire de la portière passager. Les vieilles habitudes ont la vie dure, et les mots sortirent de ma bouche avant que je puisse les retenir.

— Shérif, pas un geste !

Le temps d'une fraction de seconde, il ne se passa absolument rien, si ce n'est les deuxième, troisième, quatrième et cinquième interrogations; on ne sait pas qui ils sont, on ne sait pas s'ils vont obéir, on ne sait pas s'ils sont encore armés, on ne sait pas s'ils vous visent encore, on ne sait pas s'ils sont impliqués dans l'affaire, et on ne veut pas tirer, même après s'être fait tirer dessus, à moins d'y être absolument obligé.

Le gros camion rugit et les feux de recul illuminèrent l'arrière. Je baissai le canon du Winchester, visai le radiateur et appuyai sur la détente. Un cliquetis sonore retentit.

Rien.

J'armai le fusil alors que le Dodge démarrait en trombe en marche arrière, faisant gicler les graviers en une pluie meurtrière, avant de passer en marche avant. Je visai les pneus arrière et appuyai à nouveau sur la détente.

Clic.

Rien.

Le camion disparut par-dessus la crête à la sortie de la ville avant de réapparaître sur la colline suivante, fonçant à un train d'enfer sur Powder River Road, les feux arrière rougeoyant dans la nuit comme des balles traçantes.

Je repartis et entendis des bruits provenant des chambres du motel – des gens qui criaient, des gens qui couraient, et probablement maintenant, des gens qui appelaient le 911. Je calai le fusil de chasse contre le comptoir en contreplaqué, tirai le levier d'armement en arrière sans le repousser vers l'avant et examinai le magasin vide du Winchester.

Je levai la tête et vis le propriétaire du AR, toujours inconscient, avachi contre le mur du vestiaire baigné par le clair de lune. Tout en posant le fusil sur le bar, je regardai mes mains tremblantes et dis à mi-voix, autant pour lui que pour moi :

— Mais qui est assez idiot pour ne mettre qu'une seule cartouche dans un fusil ?

6

28 octobre, 6 h 11.

J'ATTENDAIS sans parler à l'arrière de la voiture de patrouille du shérif du comté de Campbell, essayais de ne pas m'attarder sur la multitude de taches qui constellaient la banquette et regardais l'ancien shérif du comté d'Absaroka, maintenant à la retraite, et l'actuel et très actif shérif du comté de Campbell expliquer à un adjoint pourquoi il ne pouvait pas m'arrêter. L'adjoint ne paraissait pas très content de la tournure que prenaient les événements mais, avec moins d'un an de pratique et confronté à presque un demi-siècle d'expérience, il n'avait pas beaucoup de recours possibles.

Sandy rit avec Lucian et ils revinrent vers la voiture et montèrent tous deux à l'avant. Ils se retournèrent et me regardèrent à travers les mailles du grillage qui sépare celui qui arrête de celui qui est arrêté, souriant tous les deux comme des opossums.

Mon ancien patron unijambiste secoua la tête.

— Putain de bordel de Dieu.

Je haussai les épaules du mieux que je pus, les mains menottées, lui fis un signe de tête et regardai Sandy.

— Alors, t'as décidé que t'avais besoin de renforts ?

Il sourit et jeta un coup d'œil vers Lucian.

— Il a dit que tu t'étais probablement perdu et qu'on devrait partir à ta recherche.

Tout le monde aimait Sandy, et si ce n'était pas le cas, il lui suffisait de sourire et ça changeait du tout au tout.

— Il a aussi dit que des gens allaient probablement te tirer dessus.

Je ne dis rien, et il reprit :

— Mon adjoint a vraiment très très envie de te mettre en prison.

— J'ai refusé de lui présenter mes papiers et je ne lui ai pas donné beaucoup d'informations. Je lui ai dit que je t'attendrais. Apparemment, il ne sait pas qui je suis ?

Le jeune homme nous regardait depuis les planches devant le AR.

Lucian s'interposa.

— Il pense que t'es au moins Dillinger mais, en même temps, il retrouverait pas sa bite même si on la lui mettait dans la main.

Sandy croisa les bras sur le dossier de la banquette avant.

— Alors, que s'est-il passé ?

Je leur racontai.

— La vache.

Il soupira.

Je me penchai en avant.

— Qu'a dit Pat ?

— Le propriétaire ? (J'approuvai d'un signe de tête.) Il était en train de fermer quand il a entendu quelque chose derrière et il est allé voir.

— Avec le fusil ?

Le shérif du comté de Campbell grogna.

— Il n'a pas mentionné ce détail, jusqu'à ce qu'on lui demande comment la vitre avait été explosée de l'intérieur et projetée sur la chaussée.

Je le regardai.

— Et... ?

Lucian rit.

— Il dit que quelqu'un est passé en voiture et a tiré quelques balles dans le bar, sans s'arrêter. Selon lui, ça arrive régulièrement quand il demande qu'on lui règle les ardoises. Et il leur balance toujours quelques pruneaux, juste pour les dissuader de continuer.

Je cherchai une position plus confortable.

— Et concernant le fait qu'il était inconscient lorsque l'adjoint est arrivé ?

— Il dit qu'il a glissé et qu'il s'est cogné la tête.

— Dans le vestiaire ? Derrière ?

— Il dit que c'est là qu'il va généralement quand des gars tirent devant.

Je mis mes mains menottées sur le côté.

— Eh bien, puisqu'il ne dit pas qu'il a été frappé par quelqu'un, est-ce que vous pensez qu'il a la moindre idée de l'auteur du coup ?

Lucian s'interposa.

— Difficile à dire, mais puisque tu t'es mis en scène d'une manière franchement pas discrète et que t'as annoncé à la cantonade, y compris au type du camion, que t'étais un shérif, il serait peut-être temps de filer comme un pet – avant que ça sente trop mauvais.

Je regardai Lucian et pensai à la femme enfermée dans ma prison pendant que le silence s'installait dans la voiture de patrouille.

— Est-ce que tu es allé à la prison ?

— À la mienne ?

— La mienne.

Nos yeux se croisèrent, et comme toujours, je fus frappé par la noirceur de ses pupilles. Peut-être devrais-je les mettre en présence, Saizarbitoria et lui.

— Tu l'as rencontrée ?

Sa voix changea et se fit plus douce.

— Oui.

— Tu penses qu'elle est coupable ?

Il prit une grande inspiration et l'air sortit de ses narines comme un coup de fusil.

— Elle est en train de brûler ses vaisseaux dans sa tête, et j'suis pas certain qu'il était l'un d'eux. (Il m'observa.) Quel rapport avec le rodéo de ce soir ?

— Tout. (Il émit un bruit de gorge.) Quelqu'un m'a appris ça, il y a longtemps.

Le silence retomba. Aucun d'eux ne me regardait.

— Bon. (L'ex-shérif du comté d'Absaroka renifla et plissa le nez.) J'ai jamais fait ces conneries d'enquête sous couverture – t'as rendu plein de gens inquiets, sûrs que t'allais déconner et te faire descendre par ici.

Je pensais que le vieux shérif avait été envoyé pour voir si j'allais bien, mais il ne l'admettrait jamais. Je changeai de sujet pour lui épargner toute gêne supplémentaire.

— Que disent les gens du motel?

Il y eut une pause pendant que Sandy se préparait à parler. Lucian et moi le regardâmes.

— Pas des masses de choses.

Il se gratta le cou et posa une main tannée par le soleil sur le tableau de bord. Le lourd bracelet cubain arrondi qui entourait son poignet scintilla dans le soleil matinal.

— Il y a une petite nana tatouée qui dit que tu as tabassé son jules, mais en dehors de ça, c'est la routine, comme d'habitude sur la Powder River – y a personne qu'a rien vu.

— Qui a appelé le 911?

— Un anonyme, sexe féminin, depuis le téléphone à pièces devant le bureau de poste/bibliothèque, plus haut.

Je réfléchis et ne conclus qu'à un seul nom.

— Tu vas voir ce que tu trouves sur le Dodge?

— Ouaip.

La main posée sur le tableau de bord alla attraper la radio.

— Encore une chose.

Lucian et lui se tournèrent pour me regarder.

— Ouais?

— Enlève-moi ces fichues menottes.

21 octobre: sept jours plus tôt, le soir.

J'AVAIS suivi le chien, qui avait pris l'habitude d'aller jusqu'aux cellules.

Mary Barsad lui passait la main sur le dos. Elle était assise par terre à côté des barreaux et elle leva les yeux lorsque j'entrai.

— Joli chien. Où l'avez-vous eu ?
— Par une amie.
— Ils n'en voulaient plus ?
Je réfléchis à ce que j'allais dire.
— Heu... non.
Il était encore tôt et Vic allait bientôt revenir, alors j'approchai une chaise pliante et m'assis.
Son regard se porta à nouveau sur le chien.
— De quelle race est-il ?
Je haussai les épaules.
— Quand il y a du bacon dans le coin, je jurerais qu'il est à moitié loup.
— Saint-bernard et un peu de berger allemand, je dirais. (Elle le gratta sous le cou.) Et autre chose, mais je ne suis pas certaine de savoir quoi.
— Vous vous y connaissez, en animaux.
Elle laissa échapper un petit rire.
— Oui, mais visiblement, je ne sais pas bien juger les êtres humains.
Je me penchai en avant, les coudes calés sur les genoux.
— Ce qui me fait penser à une question.
Les yeux ultra-bleus se levèrent.
— S'il vous plaît, ne me demandez pas pourquoi je me suis retrouvée avec Wade.
Nous continuâmes à nous regarder.
— Vous savez, ma fille a vécu une relation très destructrice à Philadelphie, et j'ai bâti une théorie sur le sujet. (Elle ne me quittait pas des yeux.) Je crois que notre cœur est l'organe le plus intrépide que nous ayons, si l'on en croit le nombre de fois où il est capable de commettre la même erreur, encore et encore.
Elle ne détourna pas son regard.
— Vous savez que le cœur n'est qu'un muscle, n'est-ce pas ?
Je souris.
— Alors, peut-être que l'exercice nous rend plus forts.
Ses yeux s'étaient détachés des miens.
— Ou bien on en perd un morceau chaque fois.

28 octobre, 10 h 10.

LE PREMIER CAFÉ que je réussis à boire, je le trouvai à la
vente aux enchères chez Bill Nolan. Je le pris à une roulotte
stationnée à la sortie de Wright et appelée le Chuck Wagon, et
Dieu merci, ils ne me connaissaient pas. J'emportai mes deux
sandwichs au jambon et à l'œuf et mon café jusqu'à la voiture
de location et donnai au chien son petit déjeuner par la fenêtre.

La majorité des objets qui allaient être mis aux enchères se
trouvaient dans un grand manège au toit de tôle, l'équipement
lourd aligné le long d'une clôture. Je m'approchai et jetai un œil.
Je n'étais pas seul, une foule considérable de ranchers étaient
arrivés tôt. La date était tardive pour une vente aux enchères, et
la plupart des tâches que ces machines en bon état serviraient à
accomplir étaient déjà achevées pour l'année. Les prix seraient
bas, et si on avait besoin d'un andaineur, d'une lieuse ou d'un
tracteur pour l'an prochain, c'était le bon moment.

J'échangeai quelques signes de tête mais, heureusement, je ne
reconnus personne. Je gardai un œil ouvert au cas où je verrais par
hasard un Dodge rouge à doubles roues. Jusque-là, rien.

J'étais généralement mal à l'aise dans ce genre d'occasions
car j'avais le sentiment que participer à des enchères faisait un
peu charognard. Je ne pouvais m'empêcher de me rappeler celle
qui avait eu lieu chez mes parents après leur décès. J'avais trié
leurs affaires et je n'avais pas gardé grand-chose, mais lorsque le
moment était venu de la vente aux enchères, j'avais été démangé
par l'envie féroce de renchérir sur tout, comme un gardien de
musée qui essaie de faire en sorte que la collection ne soit pas
dispersée.

Je possédais toujours la propriété, mais je n'y étais pas
retourné souvent.

— Quelque chose qui vous plaît ?

Je me retournai et vis Juana et Benjamin qui m'observaient
tandis que je tripotais d'une main distraite un Massey

Ferguson 775 avec andaineur – tout au moins, c'était ce qu'on lisait sur l'étiquette collée sur son flanc.

— Non, ça sent trop le travail.

— Vous n'aviez pas dit que vous étiez né dans un ranch ?

Je la regardai.

— Pas à vous.

Elle sourit et me regarda pendant que Benjamin détaillait les machines.

— Est-ce que vous avez bien dormi ?

— Non, mais les toilettes fonctionnaient magnifiquement bien, ainsi que la douche. (J'inclinai la tête vers le jeune hors-la-loi.) Comment allez-vous ce matin, jeune homme ?

Elle lui donna un petit coup de hanche, mais il nous ignora et enfonça ses mains plus avant dans les poches de son jean.

— Il est fâché parce que je ne veux pas acheter une remorque à chevaux, pour Hershel et lui.

— Hershel est là ?

D'un mouvement de menton, elle désigna le bâtiment en tôle.

— À l'intérieur, en train d'examiner la remorque.

Je donnai une petite tape sur le chapeau que Benjamin ne quittait jamais.

— Vous avez des projets, les deux brigands ?

Il hocha la tête et se mit à parler à toute vitesse.

— Il dit qu'on va aller au Battlement un jour. Il y a une butte où il y a les dinosaures enterrés et les cercles de tipis et où il y a les tombes secrètes des *buffalo soldiers*[*] et des Indiens…

Il s'interrompit brusquement, se rappelant qu'il était en pleine bouderie.

Je l'observai alors qu'il regardait sa mère.

— Hé, ça commençait tout juste à devenir intéressant.

Il baissa la tête et garda les yeux rivés par terre.

[*] Les *buffalo soldiers* sont des soldats afro-américains envoyés à l'Ouest entre 1867 et 1896 pour combattre les Indiens qui trouvèrent que leur chevelure crépue rappelait le pelage des bisons.

— On ne peut pas y aller sans remorque. C'est trop loin pour les chevaux et il n'y a pas d'eau.

— J'ai entendu parler de cet endroit. C'est au sud et à l'est d'ici, c'est ça ? Sur Twentymile Butte ?

Il mâchouillait les cordons de son chapeau mais il les recracha pour répondre.

— Ouais.

Je hochai la tête et nous avançâmes ensemble le long des machines, vers la porte du manège, Benjamin restant à la traîne. Au bout de quelques instants, Juana se remit à parler.

— Apparemment, il y a eu du grabuge au bar, la nuit dernière ?

— Je ne sais pas. La plupart du temps, je dormais.

Elle continua à me regarder.

— C'est pour ça qu'ils vous ont arrêté ?

Je ne répondis pas, et elle ne me quittait pas des yeux.

— J'ai été remis en liberté provisoire – sans caution.

Elle leva un sourcil mais ne poursuivit pas plus avant.

— Vous avez l'air fatigué.

Je hochai la tête à nouveau et nous avançâmes vers les objets plutôt liés aux loisirs qui devaient être mis aux enchères en fin de matinée.

— Est-ce que vous allez venir aux combats, ce soir ?

Je ris, parce que j'avais complètement oublié la chose.

— Je crois que j'ai vu quelqu'un que je connais sur la liste.

— L'Indien ? (Je me tournai et regardai ses yeux couleur chocolat à cuire où brillait une étincelle de malice.) Il a demandé après vous, ou après quelqu'un qui vous ressemble.

Elle se redressa jusqu'à atteindre une taille de 1,60 m et répéta, avec un accent cheyenne appuyé en imitant Henry jusque dans l'absence de contractions :

— Un homme grand avec un grand chien qui probablement donne l'impression qu'il préférerait être ailleurs.

— On dirait que c'est moi. Qu'est-ce qu'il a dit d'autre ?

Elle me gratifia de son sourire à la forme parfaite. Ses lèvres étaient roses aujourd'hui.

— Il a dit qu'autrefois vous étiez son acolyte, mais que vous aviez mal tourné.

— Ha ha.

— Que vous lui aviez volé son chien.

— Tiens donc.

— Et qu'il vous avait pisté depuis les Territoires du Nord-Ouest et qu'il allait maintenant être obligé de vous mettre une raclée.

Je sirotai mon café et jetai un coup d'œil à un demi-tonne à petit plateau modèle 1960 qui ressemblait à un réfrigérateur avec des roues et qui me paraissait vaguement familier. Un homme était debout devant le capot ouvert et parlait à un autre qui devait avoir une trentaine d'années. L'air de rien, je dirigeai nos pas dans cette direction.

— Refait, avec seulement 52 000 km au compteur, levier de vitesses au plancher et suspension renforcée. Je l'ai acheté à un rancher au nord d'ici.

Juana s'appuya sur le pare-chocs et leva les yeux vers l'homme qui parlait tandis que je m'écartais un peu.

— Salut Bill.

— Hé, *chica*. (Il lui rendit son sourire.) Comment ça va ?

Le jeune homme, voyant là l'occasion rêvée, s'écarta d'un pas nonchalant.

Bill Nolan le regarda s'éloigner.

— Ah, ces jeunes. Si y a pas la radio par satellite et le régulateur de vitesses, ils en veulent pas.

Elle se tourna un peu vers moi.

— Bill, est-ce que tu connais Eric Boss ?

Il marqua une pause à peine perceptible puis tendit la main.

— Vous êtes le type des assurances qui inquiète tout le monde.

Il n'avait pas l'air de se souvenir que nous avions fréquenté, il y avait bien longtemps, l'école à classe unique de la Powder River avec trois ans d'écart.

— Comment vous expliquez ça ?

— Oh, toute forme d'autorité rend les gens d'ici nerveux.

Il n'avait pas changé au point que je ne puisse pas le reconnaître. Toujours mince comme un fil de clôture, mais avec quelques années de plus. Son père, Sidney, un vendeur de voitures né, avait été le propriétaire de la station-service Powder River Red Crown au bord de la rivière, au nord, et sa mère faisait de la glace à la pêche qu'elle vendait cinq cents le cône.

Je me souvenais que Bill avait un talent étrange quand il était enfant : il pouvait imiter les coyotes. C'était un don qu'il avait acquis lorsque son père avait bâti deux cabanes pour recevoir des touristes à côté de la station-service, sur la berge de la rivière. Les touristes venus de l'Est étaient toujours déçus s'ils n'entendaient pas toutes les nuits des cris d'animaux, alors Sidney envoyait son propre fils près de la rivière pour les imiter. Il le faisait très bien, et je me demandai s'il en était encore capable.

Les années avaient sculpté des rides et des sillons dans son visage, et il faisait à peu près une tête de moins que moi et pesait un tiers de mon poids. Ses cheveux étaient devenus blancs, mais ses sourcils étaient encore noir corbeau et restaient son trait le plus caractéristique.

— Vous cherchez un camion, monsieur Boss ?

— Non, je crains que non, mais je voudrais vous poser quelques questions, si vous le permettez.

— Là, vous commencez à m'inquiéter.

Je jetai un coup d'œil à Juana et Benjamin, mais la jeune femme était déterminée à rester. Elle croisa les bras et s'appuya contre le vieux tacot.

— Je me demandais juste si vous pourriez me parler un peu de vos relations avec les Barsad.

Il lança un regard sous ses sourcils broussailleux. Le sens en était clair.

— On dirait que la conversation va durer un peu, et j'suis, genre, un peu occupé aujourd'hui, avec la vente aux enchères…

— On pourrait en discuter une autre fois, alors ?

Juana fit reculer Benjamin pendant que Nolan refermait le capot du camion.

— C'est préférable. J'ai encore des trucs à emballer à la maison, et j'y serai plus tard dans l'après-midi. Je dois avoir deux ou trois canettes de thé glacé dans une glacière – le réfrigérateur sera parti, entre-temps.

— Ce sera parfait.

Il regardait déjà par-dessus mon épaule, vers l'endroit où le commissaire-priseur s'installait à l'intérieur.

— Vers 2 heures ?

— Très bien.

Il m'adressa un hochement de tête machinal et s'éloigna. Juana ne s'était pas suffisamment éloignée pour risquer de manquer un mot.

— Toujours en train de rassembler les suspects habituels ?

Je lui lançai un regard appuyé, que je couronnai d'un sourire.

— Pourquoi vous ne laisseriez pas vos manuels de côté, pour une fois ?

22 octobre : six jours plus tôt, le matin.

C'ÉTAIT le troisième numéro avec le préfixe de Youngstown que je composais. Le premier était un téléphone fixe où j'avais laissé un message, le deuxième était un service de messagerie professionnel où j'avais laissé un autre message.

— Je voudrais parler à Wendell Barnecke.

— C'est moi.

J'entendis marmonner et j'eus l'impression d'avoir interrompu le déjeuner du dentiste.

— Monsieur Barnecke, je suis le shérif du comté d'Absaroka, dans le Wyoming…

— Est-ce qu'il s'agit de mon frère ?

Vic et Ruby étaient dans mon bureau, en face de moi, et elles écoutaient, les yeux rivés sur moi. Le dentiste était sur haut-parleur, ce qui pouvait expliquer la mauvaise qualité de la ligne, mais cela n'occultait pas le fait que le frère de Wade paraissait trop empressé.

— Oui, exactement.

— Alors, je n'ai vraiment rien à ajouter. J'ai dit aux agents qu'il… (Il y eut une pause et j'écoutai le bruit de fond qui ressemblait à des rafales de vent.) De quel bureau avez-vous dit que vous dépendiez ?

Je me penchai pour frotter les oreilles du chien. Toucher la bête me procurait un certain réconfort.

— Bureau du shérif, comté d'Absaroka, Wyoming.

— Shérif, écoutez… vous êtes le shérif de quel comté ?

— Absaroka. J'assiste…

— Ce n'est pas le comté dans lequel vivait Wade.

— Non, mais…

— Écoutez, je ne sais rien des affaires de mon frère, de sa vie, rien, okey ? J'aimerais bien que vous arrêtiez tous de me contacter. Je vous ai dit tout ce que je savais. Je ne lui ai même pas parlé depuis qu'il a quitté Youngstown, il y a six ans.

— Alors, comment se fait-il que vous sachiez dans quel comté il vivait, monsieur Barnecke ?

Il y eut un silence encore plus long, et je regardai les deux paires d'yeux féminins qui m'observaient.

— Shérif, je n'ai fait que cela depuis sa mort, répondre aux questions que me posent le FBI et les enquêteurs de la police de l'État de l'Ohio, sans compter les gens de votre Division des Enquêtes criminelles et les agents du bureau du shérif du comté de *Campbell*.

Je baissai les yeux vers le rapport posé sur mon bureau.

— Wendell… – me permettez-vous de vous appeler Wendell ?

— Non, je ne vous le permets pas.

Un silence encore plus long s'installa, et j'entendis le chant à dix notes d'une sturnelle. Le cadre avait l'air joli, même si je ne savais pas où Wendell Barnecke se trouvait pour déjeuner. Je me le représentai assis sur un banc à côté d'une mare, dans un parc où les arbres à feuilles caduques commençaient tout juste à passer au rouge et jaune. Puis je me mis à espérer qu'un érable lui tombe dessus.

— Non, je ne vous permets pas de m'appeler par mon prénom. Vous ne me connaissez pas, et je ne vous connais pas…

Je l'interrompis avant qu'il ne puisse poursuivre sa tirade.

— Connaissiez-vous sa femme?

— Laquelle?

— Mary, celle que nous avons en garde à vue.

Sa voix changea de ton.

— Non, je ne l'ai jamais rencontrée.

— Eh bien, la situation étant ce qu'elle est…

— Shérif, puis-je vous dire quelque chose qui vous simplifiera la tâche?

— Bien sûr.

Il parla lentement.

— Juste pour que les choses soient claires. Je ne sais pas qui a tué mon frère, mais celui qui l'a fait avait probablement une assez bonne raison. (J'entendis un bruit de froissement, probablement les emballages de son déjeuner.) J'ai grandi avec lui et, au risque de m'incriminer moi-même, je vous dirais que je suis content qu'il soit mort.

— Je vois.

— Je n'ai jamais rencontré sa dernière femme, mais je suis certain que c'est une femme très bien. (Son ton changea à nouveau mais demeura guindé.) Je suis navré de la situation dans laquelle elle se trouve, et je suis encore plus désolé que son chemin ait un jour croisé celui de mon frère, mais dans la vie, on récolte ce qu'on a semé.

Il soupira et il y eut encore des froissements de papiers. On aurait dit qu'il remballait son repas. Visiblement, je lui avais gâché son déjeuner.

— Bon, s'il n'y a pas autre chose…

— Vous rendez-vous compte que la police d'assurance était importante et qu'elle pourrait donner lieu à une somme considérable…

Il rit, et son rire n'était pas aimable.

— Vous plaisantez, shérif? Quel que soit le montant que Wade ait réussi à obtenir avec toutes ses manigances là-bas, il devait certainement plus que ça à quelqu'un, quelque part. Je suis encore en train de rembourser certaines de ses dettes ici. Il devait de l'argent à tout le monde, et je suis sûr qu'une fois que toutes les parties concernées auront fini de dépecer sa carcasse, il ne restera rien d'autre que des dettes pour quiconque avait quelque chose à voir avec mon frère. C'était sa façon de faire des affaires.

— Monsieur Barnecke, vous avez mentionné les autres épouses de votre frère…

— Shérif, puis-je savoir pourquoi vous me posez toutes ces questions ? J'avais cru comprendre qu'il y avait des preuves apparemment indiscutables que sa dernière femme l'avait tué et qu'elle était passée aux aveux.

Je pensai à Mary Barsad, qui n'était qu'à deux portes de l'endroit où je me trouvais.

— Eh bien, les preuves ne sont pas concluantes, mais Mme Barsad a effectivement avoué…

Il m'interrompit.

— Alors, pourquoi tout ça ?

Saizarbitoria apparut sur le seuil, un plateau en carton du Busy Bee à la main.

— Il y a un certain nombre de questions…

J'entendis un profond soupir.

— S'il y a des questions, alors pourquoi le FBI ne les a-t-il pas posées, ou les agents de la police d'État, ou le shérif du comté de Campbell, en l'occurrence ?

Je levai les yeux vers Vic, qui secoua la tête.

— Eh bien…

— Pourquoi est-ce que je me retrouve à vous parler ?

Je gardai les yeux fixés sur le bouton rouge.

— Je pensais que vous pourriez être intéressé, que vous voudriez être au courant de la progression de l'enquête…

— Shérif, j'ai un scoop. Je n'en ai rien à foutre. Okey ? Wade est mort, et si j'en crois toutes les informations que je reçois, on dirait que c'est sa femme, la coupable. Maintenant, à moins que vous ayez d'autres informations à me communiquer… ?

Vic, Ruby, Saizarbitoria et le chien me regardèrent tous.

— Non.

— Alors, je voudrais que vous notiez ce numéro de téléphone. (Je ramassai un stylo et écrivis soigneusement.) C'est mon avocat, Sheldon Siegel. Tout contact ultérieur que vous voudriez avoir avec moi passera par lui. Maintenant, si nous en avons terminé, il faut que j'aille m'occuper d'une molaire incluse et d'un traitement de canal.

Après avoir énoncé un adieu peu chaleureux, je raccrochai, content de ne pas avoir de travaux dentaires à subir à Youngstown, Ohio, l'après-midi même. Je levai les yeux vers mon personnel aux aguets, et comme je m'y attendais, Vic fut la première à parler.

— Quel enculé.

Ruby remonta ses lunettes de lecture.

— Visiblement, ils ne s'aimaient pas beaucoup…

Sancho nous regarda tous.

— Si j'ai bien compris, le frère ne s'est pas montré vraiment coopératif ?

Je me levai mais laissai mon chapeau sur mon bureau.

— On pourrait le dire comme ça.

J'allai jusqu'à la porte et lui pris des mains le déjeuner de la prisonnière.

Le Basque tendit le reçu à Ruby et me regarda.

— Vous allez essayer, aujourd'hui ?

Malgré notre courte conversation, Mary Barsad en était à son quatrième jour de grève de la faim. Le chien me suivit jusqu'aux cellules et au repas qui ne serait probablement pas mangé.

Elle était assise dans sa position habituelle, et j'approchai la chaise pliante pour m'asseoir à ses côtés. Elle écarta brièvement les mains de son visage pour jeter un œil au chien, mais elle se cacha très vite à nouveau derrière ses longs doigts fins.

— Le déjeuner. (J'ouvris le sac sur mes genoux et en examinai le contenu.) Un sandwich chaud au fromage, des frites au sel aromatisé, une salade et une pomme.

Le chien me regarda plein d'espoir – c'était lui qui avait bénéficié de la résistance de Mary, jusqu'ici.

— Vous savez, je vais cesser de donner vos repas au chien, il commence à grossir.

Elle ne dit rien.

Je respirai un grand coup.

— Mary, si cette situation perdure, je ne vais pas avoir d'autre choix que de vous transférer à nouveau à la prison du comté de Campbell, puis à Lusk, au pénitencier des femmes, où on vous fera manger de force à travers un tube.

Elle ne dit toujours rien, le visage toujours caché dans ses mains, et je restai là, son déjeuner sur les genoux. Peut-être était-ce à cause de la conversation téléphonique que je venais d'avoir, ou de la situation dans laquelle elle me mettait, mais je commençais à être un peu agacé.

— Vous ne parlez pas, vous ne mangez pas – qu'est-ce que vous faites, alors ?

À ma grande surprise, ses mains descendirent un peu. Sa voix était parfaitement posée.

— Vous ne savez pas ? Je tue les gens en leur tirant dans la tête.

Les yeux d'un bleu surnaturel s'étaient posés sur moi pour la première fois depuis quatre-vingt-seize heures. Je pensai à une autre grande blonde que je n'avais pas réussi à sauver et déglutis pour avaler une petite tranche de mon passé.

28 octobre, 10 h 33.

HERSHEL examinait la remorque à chevaux que voulait Benjamin et que ni l'un ni l'autre ne pouvait s'offrir.

— Comment vous vous sentez ?

Hershel se retourna, les traits un peu brouillés par la gueule de bois, et il me regarda tout en se roulant une cigarette.

— Alors, comme ça, vous avez laissé mon cheval de douze ans d'âge me fracasser la tête ?

— C'est plutôt ce whisky de vingt ans d'âge qui vous a fracassé la tête. (Je contemplais la peinture mate poudrée qui s'écaillait sur la remorque à quatre places.) Qu'est-ce qu'elle vaut?

Le vieux cow-boy haussa les épaules, et je crois que ça lui fit mal. Il sortit l'allumette Blue Tip de son chapeau et alluma sa cigarette roulée. Je comptai six allumettes dans son ruban à chapeau, et je me dis que, ces derniers temps, Hershel devait surveiller sa consommation de tabac.

— P'têt un billet de mille.

Un râtelier pour deux fusils avec une barre de sécurité, un plancher en bois pourri, des pneus dans un état douteux et des fenêtres en plastique cassées; si les commissaires-priseurs en obtenaient sept cent cinquante, ils auraient de la chance. Du bout de sa botte, Benjamin traçait des lignes dans le sable.

— J'ai entendu dire que vous pensiez emmener ce petit hors-la-loi au Battlement?

Hershel regarda le petit garçon, puis il revint à la peinture bleue passée de l'antique remorque.

— Elle vaudrait un million que ce serait pareil. (Il adressa à Benjamin un sourire amer, très édenté.) J'suis fauché comme les blés – s'ils vendaient des bateaux à vapeur sur la Powder River à dix cents l'unité, tout ce que je pourrais faire, c'est courir sur la berge en gueulant que c'est trop cher.

Je lançai un coup d'œil à Juana. Elle leva les yeux au ciel et nous regardâmes tous les deux le commissaire-priseur tenter de tirer vingt dollars supplémentaires d'un diffuseur d'engrais avant de proposer l'objet convoité par nos deux cow-boys.

— Pourquoi pensez-vous que Nolan vend son domaine?

Elle s'appuya contre la remorque et rangea ses cheveux derrière ses oreilles.

— Il voulait s'en débarrasser pour ne plus avoir affaire aux conneries de Wade.

Je la rejoignis et m'appuyai, moi aussi, contre la remorque. Bill avait l'air assez satisfait. À l'évidence, la vente se passait bien.

— Personne ne lui a dit que ce n'est plus franchement un problème?

— Ouais, mais je crois qu'il s'était fait à l'idée de vendre, alors, il y va.

La voix familière du commissaire résonna dans l'enceinte du bâtiment.

— Nous avons maintenant un exemplaire unique d'une remorque à atteler de 1968, marque WW à chargement par l'arrière. Qu'est-ce que j'entends, qu'est-ce que j'entends ? Prix de départ à mille, mille dollars ! C'est parti !

Ce n'était pas franchement parti, parce que personne ne renchérissait.

Le commissaire-priseur était Larry Brannian. Il venait de mon comté, et de là où je me trouvais, je pouvais lire BRANNIAN AUCTIONEERING SERVICES, DURANT, WYOMING sur la sono. C'était un bon vieux cow-boy et le meilleur commissaire-priseur de l'État. Il portait un bolo en turquoise et corail qui tressautait sur le col de sa chemise blanche habillée, amidonnée de frais, quand il parlait. Il fut un peu gêné d'avoir démarré les enchères trop haut.

— Huit cent cinquante, huit cent cinquante par ici, huit cent cinquante…

La foule ne broncha pas.

— Sept cents, sept cents dollars pour ce bel équipement avec des pneus qui… (Il se pencha pour mieux voir les pneus lisses et couverts de pourriture sèche, sur notre gauche.) Des pneus qui retiennent l'air !

Il y eut un grand éclat de rire dans la foule au moment où son regard croisa le mien, et il rit.

— Eh ben, il doit se passer quelque chose de louche dans le coin.

Je baissai la tête et rabattis un petit peu mon chapeau. Je regardai derrière moi, comme si Larry parlait de quelqu'un d'autre. Le commissaire-priseur percutait vite et bien, il revint à son sujet :

— Sept cents ?

Maintenant que le désastre avait été évité, je contemplai le malheur épouvantable que partageaient Benjamin et Hershel lorsque le vieux vacher commença à bouger, avant de se raviser. Un guetteur leva le bras et pointa un index vers un endroit que nous ne pouvions pas voir, derrière la remorque.

— Hep!

— J'ai sept cents par ici, sept cents, quelqu'un à sept cent cinquante?

Mike Niall, qui était appuyé contre le mur opposé, leva les yeux et hocha la tête. Un autre guetteur le repéra.

— Hep!

— Sept cent cinquante ici. Qui me propose huit cents?

Il regarda les gens que nous ne pouvions pas voir sur notre droite, et le guetteur s'écria à nouveau:

— Hep!

— Huit cents! Huit cents dollars. Quelqu'un à huit cent cinquante?

Mike Niall releva le bord de son chapeau de paille Resistol plein de taches de sueur et cracha sur le sol sableux.

— Hep!

— J'ai huit cent cinquante par ici.

Brannian regarda vers l'enchérisseur mystère et son guetteur cria à nouveau.

— Hep!

— Neuf cents! Neuf cents dollars. On arrive aux choses sérieuses! Tapis en caoutchouc, bat-flanc capitonnés, mangeoire, et un compartiment pour ranger la selle!

Le guetteur se tourna à nouveau vers Niall, mais on voyait que la volonté du rancher faiblissait – à juste titre.

Je contemplai Hershel et Benjamin, deux cow-boys qui avaient soixante ans d'écart mais qui partageaient la fraternité des cavaliers et une chose que nous avions tous: le désir d'aller voir un lieu magique.

— Neuf cents une fois!

Ma mère m'avait inculqué à un très jeune âge une leçon qui s'était renforcée avec mon expérience au Vietnam et mes vingt-quatre années en tant que shérif du comté d'Absaroka. Elle disait que je devais protéger et chérir les jeunes, les vieux et les infirmes, parce qu'à un certain moment je serais tout cela à la fois, avant que s'achève mon propre voyage.

— Neuf cents deux fois!

Jusque-là, j'en avais été deux sur trois.

Je levai la main au-dessus de la foule.

— Hep!

Je n'allai pas plus loin. Un grand Cheyenne très beau passa sa tête pour voir contre qui il enchérissait désormais. La jeune femme et les deux cow-boys me regardèrent, surpris. Henry Standing Bear jeta un coup d'œil à notre petit groupe et haussa les épaules. Entretenir sa couverture, ça a un prix.

7

28 octobre, 15 h 17.

ON SE SERAIT CRU chez UPS, avec tous les cartons entassés dans la cuisine du vieux ranch Nolan, et j'eus quelque difficulté à trouver un endroit où m'asseoir. Je choisis un tabouret pliant, qui était calé contre le mur, et sirotai mon thé glacé. Je refusai une gorgée d'une bouteille de whisky de seigle que Bill m'avait proposée avant de s'en servir une double dose dans un verre – c'était la seconde fois depuis que j'étais arrivé. Je m'interrogeai sur la raison pour laquelle les vieux cow-boys du coin avaient si spontanément recours à la boisson. Bill alternait whisky et emballage d'assiettes, et il rangeait ensuite sa vaisselle dans des cartons.

— Je vous le dis, si vous cherchez à vous convaincre de ne plus jamais acheter quoi que ce soit de votre vie, il suffit que vous soyez obligé d'emballer tout ce que vous possédez déjà. (Il brandit un plat pour que je puisse l'examiner.) Vous avez besoin de vaisselle, monsieur Boss ?

Je secouai la tête et pensai à tous les cartons encore présents dans ma vie, alignés le long des murs de ma maison.

— Vous partez où ?

— Vous ne me croirez jamais, j'ai acheté un appartement à Denver, dans le quartier de LoDo. (Il s'interrompit un instant et but à la santé de la Queen City.) Je me suis dit que j'allais tenter la vie en ville, voir si ça me plairait. Manger dans les restaurants, boire des cafés à cinq dollars, et voir si les Rockies pourront un jour gagner le championnat.

Il sourit.

Je me sentis coupable de lancer le sujet suivant.

— Avoir Wade Barsad pour voisin, ça vous a détourné de votre ranch?

Il réfléchit un moment.

— Oh, il ne restait plus grand-chose du ranch après que je lui en avais vendu la plus grande partie. Tout ce que j'avais, c'était cette vieille maison, 100 hectares et la nouvelle maison. (Il jeta un coup d'œil autour de lui.) J'ai tout mis en vente à Gillette et à Sheridan, ce sera probablement vendu d'ici la semaine prochaine.

Je bus un peu de thé.

— Vous n'avez pas envisagé de racheter l'autre partie, plutôt?

L'expression de son visage se durcit, mais il lui était difficile de combattre l'alcool.

— Pas vraiment. Mes parents possédaient ce ranch et une vieille station-service sur la berge est de la Powder River, mais j'ai toujours eu l'impression que leurs trois jobs leur suffisaient à peine pour joindre les deux bouts. (Je reconnus la résignation qui transparaissait dans sa voix.) Je crois que je m'en suis lassé, c'est tout.

— Pas de famille?

— Non, je suis le dernier à être assez crétin pour rester. J'avais une femme. (Il regarda autour de lui comme si elle pouvait se trouver dans un des cartons.) Mais j'ai dû l'égarer quelque part.

Ses yeux finirent par se poser sur le verre de whisky, dans une expression significative.

— Des enfants?

— Ouais, mais on dirait qu'ils ont suivi le chemin de leur mère.

Je l'observai.

— Libre comme l'air, donc.

— On dirait bien.

Il continua à contempler le liquide ambré dans lequel baignaient les glaçons pendant un bon moment encore, puis il agita le verre, le posa et recommença à emballer sa vaisselle.

— Vous n'avez pas besoin de tourner autour du pot. Vous pouvez me poser des questions sur Wade, ça m'est égal. Je n'ai rien à cacher.

— De l'avis général, il méritait de se faire descendre.

Il laissa échapper un petit rire.

— Je l'ai entendu dire par plusieurs personnes.

— Vous ne paraissez pas lui en vouloir beaucoup à cet homme.

Il replia les rabats sur le carton, en prit un autre par terre et jeta un coup d'œil à la pile d'assiettes dépareillées posées sur le comptoir.

— Hé, vous êtes sûr que vous n'avez pas besoin de vaisselle ?

— Ouaip, j'en suis sûr.

Je continuai à l'observer.

Il ramassa la bouteille sur le comptoir, remplit son verre à nouveau et but une gorgée au goulot dans un geste un peu théâtral.

— Je me suis fait grassement payer par lui.

— Ce qui veut dire ?

Il haussa les épaules.

— La plupart des gens du coin qui le détestaient à mort le détestaient parce qu'il les avait grugés d'une façon ou d'une autre. Il m'a payé rubis sur l'ongle quand il a acheté le ranch. Peut-être que je l'ai eu au sommet de la courbe, quand il en avait encore plein les poches.

— Ça s'est détérioré, ensuite ?

Il reposa la bouteille sur le comptoir et contempla la vaisselle au rebut, mais son enthousiasme pour l'emballage paraissait être retombé – j'aurais été dans le même cas. Tout en ruminant, il tendit le bras, débrancha et décrocha du mur une pendule métallique des années 1950 en forme de soleil, une des plus hideuses que j'aie jamais vues.

— Ça oui.

— Il n'y connaissait pas grand-chose en gestion de ranches ?

Il regarda la pendule couverte de la graisse accumulée par des années passées au-dessus de la table de cuisson, le fil qui pendait jusqu'au sol, et on aurait dit que le temps était mort.

— Vous avez besoin d'une pendule ?

— Non.

Il parut déçu.

— Si vous commencez pas à prendre des trucs, je vais arrêter de vous parler.

Je tendis la main vers la pendule – elle était encore plus vilaine de près.

Il sourit, satisfait à l'idée qu'il y avait au moins quelque chose dans la cuisine qu'il n'allait pas devoir emballer.

— Il savait pas distinguer une génisse d'un bœuf, pour ce que j'en ai vu, mais il s'est pointé ici dans son énorme Cadillac noire à un moment où tout le monde ne pensait qu'à partir.

Je posai la pendule sur un carton, espérant qu'il ne s'en apercevrait pas si je la laissais.

— Il voulait votre ranch ?

— Hé, c'était une aubaine pour moi. La banque se préparait à le saisir. J'étais sacrément content de le voir arriver.

— Et d'où venait l'argent ?

— D'un autre État, les deux fois.

— Les deux fois ?

— Il a acheté à peu près la moitié de mon ranch il y a quatre ans, et l'autre moitié, il y a environ un an. (Il sirota un peu de son whisky rafraîchi, le posa sur le comptoir avec la bouteille et se remit à emballer la vaisselle.) Mais vous le savez, tout ça. (Il leva les yeux vers moi.) J'veux dire, vous l'assuriez, non ?

Je ne répondis pas à sa question.

— Est-ce qu'il a jamais dit d'où venait l'argent ?

Il attrapa le scotch d'emballage.

— Il y a eu beaucoup de rumeurs autour de ça. Certaines personnes se demandaient comment un rancher aussi nul pouvait avoir de telles rentrées d'argent.

— Que disaient-elles ?

— Oh, les trucs habituels. Certains parlaient de drogue, d'autres de la mafia, et d'autres pensaient qu'il faisait partie du programme de protection des témoins.

— Vraiment ?

— Ça n'aurait pas été le premier à débarquer par ici. (Il finit de scotcher le carton et le posa sur le lino.) Il a été poursuivi en justice à peu près une demi-douzaine de fois, une fois par l'hôpital de Gillette, une fois par les gens qui livrent le propane, une fois par Mike Niall, une fois par Pat, le type du bar, et deux fois par moi.

— À quel sujet était-ce, l'hôpital ?

Il saisit la bouteille et remplit à nouveau son verre, ce qui faisait la quatrième fois, d'après mes comptes.

— C'était après son affaire avec Niall, qui a failli se le faire à cause de têtes de bétail que Wade lui avait vendues. Ils se sont battus, Wade est allé chercher un fusil dans son camion et Mike s'est cassé la main en essayant de le lui prendre.

— Ce serait le fusil dont sa femme Mary se serait soi-disant servie pour le tuer ?

Son regard évita le mien. Il reprit son verre.

— Je préférerais ne pas commenter.

— Et avec Pat, du bar ?

Il s'appuya contre le comptoir et cala son coude au creux de son bras plié, le verre à côté de sa tête. Il avait toujours les yeux baissés.

— Pat devait une petite fortune à Wade, et plutôt que de la lui rendre en argent, il lui a donné la moitié du bar. Au fait… ?

Il ouvrit le tiroir le plus proche et contempla l'assortiment d'ustensiles.

— Vous avez pas besoin de couverts ?

Je ne dis rien et il referma le tiroir avec un soin exagéré, typique d'un homme presque saoul.

— On a eu un petit problème de droit de passage, mais je voudrais revenir à quelque chose que vous avez dit, à propos de Mary.

J'attendis, mais il ne dit rien.

— Je vous écoute.

Il ne bougea pas pendant un long moment, et je fus presque triste que la vieille pendule graisseuse soit débranchée – au moins, on aurait eu quelque chose à écouter.

Il finit par dire.

— Vous voulez pas venir faire un tour avec moi ?

— Pardon ? (J'attendis mais il n'ajouta pas un mot.) Je crois que je ne vous suis pas.

Il posa son verre mais ramassa la bouteille à moitié vide.

— Il faut que j'aille là-bas, un peu plus haut sur la route, et j'espérais que vous m'accompagneriez.

— Maintenant ?

— Ouaip, si ça vous ennuie pas de conduire, parce que je m'en tiens une belle.

Il s'éloigna du comptoir, la bouteille dans la main gauche, et resta là, les yeux rivés sur la dalle en béton du porche, tenant de l'autre main la porte à moustiquaire ouverte.

— Voilà un truc qui va me manquer.

— Quoi donc ?

Il gesticula de la main tenant la bouteille.

— Quelqu'un me laisse une bouteille de whisky tous les deux ou trois jours. (Il sourit.) Je dois avoir un admirateur secret.

Je me levai de mon tabouret. Tout en avançant, il me lança par-dessus son épaule :

— Hé, oubliez pas votre pendule.

22 octobre : six jours plus tôt, l'après-midi.

J'AVAIS regardé ses yeux, délavés comme une vieille paire de Wranglers, et j'avais l'impression que toute leur couleur était partie dans l'essorage.

— Je fais des rêves.

Je savais déjà de quoi il était question dans ces rêves, mais il y avait d'autres sujets que je voulais aborder et je me disais qu'un petit retour en arrière pourrait aider à poser le contexte, alors je lui demandai :

— À propos de quoi ?

— De chevaux.

Je grignotai un morceau du sandwich triangulaire au fromage que nous partagions. J'avais déjà déjeuné, mais un marché était un marché. C'était la première véritable réponse que j'obtenais d'elle, et je savais qu'il fallait que j'avance lentement.

— Quels chevaux ?

Elle amena la moitié du sandwich jusqu'à sa bouche et la tint là, sans manger.

— Tout est orange, et il y a ces éblouissements de lumière circulaire qui ne cessent de s'étendre vers moi – il fait chaud, mais j'arrive à les voir au loin, ils me regardent. (Elle prit une profonde inspiration et c'était comme si elle était toujours en transe.) Ils sont tous morts.

Je ne dis rien.

— Cette nuit-là... J'étais allée chez un ami qui avait été malade. Quand je suis rentrée, il n'était pas là.

— Votre ami ?

— Non, Wade.

Je marquai une pause.

— C'était la nuit de l'incendie ?

— Non, avant.

J'attendis. J'étais troublé mais je ne voulais pas risquer d'interrompre le flux.

— Lorsque je suis rentrée à la maison, il n'était pas là. Et mon cheval non plus.

— Wahoo Sue ?

Elle regardait par terre, le sandwich toujours au bord des lèvres.

— Il a dit qu'il l'avait tuée, mais ce n'était pas vrai. Je le connaissais bien, et je sais combien il aimait infliger des tortures.

Elle releva les yeux et sourit. Il n'y avait pas la moindre joie dans son sourire.

— Regardez-moi. Qui est l'ami à qui vous avez rendu visite ?

Son sourire disparut.

— Je ne crois pas que je vais vous le dire.

J'attendis. Elle mordit dans son sandwich, pour la première fois et mâcha sans enthousiasme.

— Pourquoi ?

Elle tendit le reste de son repas au chien entre les barreaux.

— Vous ne croyez pas qu'il y a assez de gens qui ont des ennuis avec tout ça ?

Je contemplai le chien qui tendit doucement le museau et prit le morceau qu'elle tenait dans ses doigts effilés.

— Non, je ne crois pas.

Je regardai par la fenêtre de Virgil White Buffalo. Il avait été notre pensionnaire pendant environ une semaine l'été précédent et il avait beaucoup aimé regarder les enfants de la garderie jouer dans la cour de l'école.

— Voilà ce qui se passe. (Je me tournai vers Mary.) Je ne crois pas que vous soyez coupable, et ça signifie que le coupable est quelqu'un d'autre. Et d'une manière indirecte, il est de ma responsabilité de découvrir qui c'est.

Je pris une profonde inspiration et me dis que si j'abattais toutes mes cartes, peut-être qu'elle les verrait, elle aussi.

— Nous avons un meurtrier là, dehors, quelque part, et je n'ai aucune intention de le laisser s'en tirer. Alors, qui est votre ami ?

28 octobre, 15 h 30.

LE SYNDROME petite taille/gros camion, c'était comme ça que Lucian l'appelait.

Là, au milieu du manège désormais vide, se trouvait un Dodge doubles roues d'un rouge éclatant. Je m'arrêtai. Le chien poursuivit son chemin, renifla les pneus puis se retourna pour nous regarder, Bill et moi. Je jetai un œil à l'ancien rancher, qui sourit tout en avalant une nouvelle gorgée de whisky.

— Il est beau, hein ?

Je me contentai d'un hochement de tête sans rien dire, me demandant ce qu'il espérait gagner en me présentant un véhicule que j'avais déjà rencontré deux fois, une fois aux corrals de Barton Road et à nouveau tôt ce matin, lorsque j'avais tenté de tirer dans le radiateur avec un fusil de chasse vide. Il avait des plaques, maintenant, mais il y avait de fortes chances que ce soit le même camion.

— Une vie à faire tourner un ranch et c'est le premier pick-up neuf que j'ai jamais acheté.

Je contemplai la taille de l'engin.

— Ça va être un peu difficile de faire un créneau à Larimer Square.

Il haussa les épaules. Apparemment, il n'avait pas le moindre motif qui l'empêchât de me montrer le camion.

— Vous pouvez sortir le bonhomme des grands espaces, mais vous ne pouvez pas sortir les grands espaces du bonhomme.

Je le vis s'approcher de la portière du conducteur, puis se rappeler qu'il m'avait demandé de conduire.

— Désolé, la dernière chose que je voudrais, c'est piloter cet engin après trop d'eau-de-feu.

Je fis le tour et jetai un œil à l'intérieur, à travers les vitres teintées – la même Winchester était toujours appuyée contre le siège passager.

Même véhicule. Forcément.

Lorsque je levai les yeux, je vis que Bill me regardait.

— Un pick-up neuf – vous êtes sûr que vous acceptez mon chien ?

Il me regarda une seconde de plus puis haussa les épaules en ouvrant la portière passager.

— C'est qu'un camion.

J'ouvris de mon côté et entendis le signal qui signifiait que les clés étaient dans le contact, puis j'ouvris la portière arrière et regardai le chien bondir sur la banquette gris ardoise toute neuve et se poster en sentinelle au milieu. Le truc était bourré d'électronique moderne, avec un GPS intégré, un lecteur de DVD et la radio par satellite. La bête à poil me lança un regard rapide qui signifiait "Comment se fait-il que nous n'avons pas un camion comme celui-ci ?" Ce n'était pas la première désillusion qu'éprouvait le chien depuis ses débuts dans le service public.

Je jetai à nouveau un coup d'œil à l'intérieur et ne vis pas le 9 mm, mais ce n'était pas parce que je ne voyais pas le semi-automatique qu'il n'était pas là, dans le compartiment de la portière, dans la console centrale ou dans la boîte à gants.

Bill monta et coinça le calibre .30-30 entre ses jambes, avec la bouteille. Il avait l'air ahuri et il fit la grimace lorsque j'hésitai.

— Allez, on y va.

Il tendit le bras et frotta les oreilles du chien. Le canon de la Winchester pencha et ma tête se retrouva en ligne de mire.

— Comment s'appelle votre chien ?

— Le chien.

Il me regarda, surprit mon regard sur la carabine et la redressa.

— C'est pratique.

Je tournai la clé, observai le voyant de préchauffage s'allumer puis s'éteindre et démarrai le gros diesel. Pour la première fois depuis longtemps, je regrettai de devoir mettre ma ceinture.

Il me fit franchir les doubles portes, descendre le chemin du ranch jusqu'à Powder River Road. Nous allions vers le nord. Nous traversâmes la ville et passâmes devant l'ancienne usine. On était en train de clouer du contreplaqué sur l'encadrement de la baie du bar. Bill ne fit aucun geste de la main, illustrant la réputation qu'avait la ville d'être peu accueillante, et nous poursuivîmes en montant la côte jusqu'au pont condamné à côté duquel étaient garés des camions du WYDOT.

Il adressa un salut aux quelques ouvriers qui marquèrent une pause pour contempler le signe de prospérité ostentatoire représenté par le nouveau camion, alors que nous passions sur les planches lissées par les pneus. Il me fit signe de m'arrêter sur l'aire de l'autre côté.

— Non, laissez tourner, je veux juste leur poser une question rapide.

Il descendit sa vitre et interpella un homme roux et moustachu qui se tenait à l'arrière de la remorque de la compagnie du téléphone.

— Hé !

L'homme se retourna et s'approcha. C'était encore un autre individu maigre comme un clou et il paraissait un peu incongru avec son énorme ceinture à outils autour de la taille et le chapeau de cow-boy noir à larges bords sur sa tête. Je le reconnus ; c'était Steve Miller, l'homme qui avait branché le téléphone dans ma maison et dont la fille, Jessie, avait planté un pick-up Datsun dans un fossé d'irrigation il y a un an.

Je me demandais comment j'allais préserver ma couverture lorsque l'homme du téléphone me repéra et s'apprêta à parler, mais Bill lui coupa la parole :

— Hé, Steve, combien de temps vous allez laisser ce téléphone d'urgence sur le poteau ?

Steve me fit un signe de tête qui ne dura pas plus d'une seconde, puis il jeta un coup d'œil par-dessus son épaule au combiné bleu en plastique qui était encore relié à la boîte de dérivation.

— Pas longtemps. On s'en servira jusqu'à ce qu'ils enlèvent le pont.

Nolan sortit le bras et attrapa le coude de l'homme.

— Rendez-moi service, laissez-le là jusqu'au week-end. C'est coupé, chez moi, et ce serait assez pratique.

Steve me regarda à nouveau et je détournai les yeux en espérant qu'il ne prononcerait pas mon nom.

— Ben... t'es pas censé t'en servir, Bill. (Ses yeux se posèrent sur moi à nouveau.) C'est pas légal.

Je me dis que cette phrase devait m'être destinée.

— J'm'en sers pas pour appeler l'autre bout du monde. C'est juste que j'en ai besoin jusqu'au week-end, d'accord ? En cas d'urgence.

Sans attendre la réponse, il appuya sur le bouton et la vitre teintée remonta.

Steve recula d'un pas. Je lui adressai un imperceptible signe de tête en enclenchant le levier sur DRIVE et démarrai.

Bill allongea son bras sur le dossier et regarda à travers le pare-brise arrière pour voir si l'homme du téléphone faisait le moindre mouvement vers le téléphone d'urgence sur le poteau. Dans le rétroviseur, je le vis nous regarder, puis il pivota et retourna à la remorque.

Nolan regardait droit devant.

— Ils vont le démonter.

Je lui lançai un coup d'œil.

— Le pont?

— Ils ne devraient pas le reconstruire. Ils devraient juste laisser cette ville en rade.

C'était presque exactement ce qu'avait dit Niall.

— Pourquoi ça?

Il avala une grande goulée de whisky et se lécha les babines.

— Elle est maudite. (Il cala son dos contre la banquette et gesticula avec la bouteille à bout de bras vers la rivière derrière nous.) Vous savez, autrefois, la ville était de ce côté-là de la rivière.

Je feignis l'ignorance.

— Vraiment?

— Ouaip. (Il se mit à jouer avec le guidon sur le .30-30 et rassembla ses souvenirs.) Camp Bettens était là-bas, quelque part, à environ huit kilomètres d'Absalom – qui s'appelait Suggs il y a environ un siècle. (Il marqua à nouveau une pause.) On dirait que vous étiez militaire. C'est le cas?

Je gardai les yeux sur la route.

— Oui.

Il renifla et hocha la tête.

— Ça se voit.

— C'est-à-dire?

Il eut un sourire énigmatique.

— Une précision dans les mouvements, et rien ne semble vous échapper. (Il s'éclaircit la voix.) Une nuit de l'année 1892, deux *buffalo soldiers* sont entrés dans le saloon à Suggs et ont été accueillis par pas mal d'insultes raciales. (Il secoua la tête et rit en contemplant la bouteille d'alcool.) Vous imaginez, ce ramassis de piliers de bar, de filles de joie et de hors-la-loi décrétant soudain que leur abreuvoir leur est réservé? (Il rit à nouveau.) Ces gars-là étaient du 10e de cavalerie, les compagnies G et H, et ils venaient de rentrer de Cuba et des Philippines. Et je vais vous dire, c'était pas des clowns.

— Hershel Vanskike a une vieille carabine Henry qui vient de…

— Vous y croyez, vous, que ce vieux fou, il a ce truc dans un fourreau de selle accroché dans une roulotte de berger sur Barton Road ?

— Il dit que c'est sa fortune, qu'elle lui paiera sa retraite.

Nous traversâmes la Highway 14/16, qui était la principale route goudronnée, et puisque Bill ne me donnait aucune indication du contraire, je poursuivis vers le nord sur Powder River Road. Je suivis une longue ligne droite où le gravier passa du gris au rouge schiste et levai les yeux vers une pancarte sur laquelle on lisait VOUS ENTREZ DANS LA RÉSERVE DES CHEYENNES DU NORD. Il y avait des buissons de genièvre nains et d'ébène de montagne, certains ayant réussi à atteindre la taille d'arbres miniatures, mais la plupart étaient restés à l'état de buissons, et d'épais remblais rocheux émergeaient de la vallée que la Powder River avait creusée.

— J'imagine que ces *buffalo soldiers* ont rapidement quitté les lieux, qu'ils ont préféré changer de crémerie et aller dans un autre établissement plus ouvert ?

— On peut dire ça. (Il prit une nouvelle gorgée, mais plus petite. Apparemment, il essayait de ralentir sa consommation.) Ils ont échappé à la fusillade, mais ils se sont fait canarder tout le long du trajet jusqu'à Camp Bettens. Le soir suivant, vingt soldats sont revenus à cheval à Suggs, ils ont pris position sur deux lignes, une debout, une à genoux, sur la rue principale, et ils ont balancé une volée de plomb dans le saloon.

Je coulai un regard vers lui et constatai que sa Winchester tressautait toujours entre ses genoux.

— Je parie que ça a mis un peu d'animation.

Il hocha la tête et serra les genoux pour tenir son arme tandis que j'enchaînais les virages le long des falaises sur les berges de la rivière. Nous montions.

— Comme vous pouvez l'imaginer, ça a riposté dans tous les sens, mais la seule personne dans le bar qui a été blessée, c'était le barman, touché au bras, et il a réussi à tirer une balle qui a tué un des soldats. L'escadron du 10ᵉ est reparti en laissant un de leurs morts dans la rue, et les gens du coin ont continué à les canarder jusqu'à leur campement. Les soldats sont passés en cour martiale et ils ont tous été affectés rapidement à Cœur D'Alene, dans l'Idaho.

Je jetai un coup d'œil au chien dans le rétroviseur. Même lui regardait l'homme avec la carabine.

— Fin de l'histoire ?

— Pas exactement. (Il jeta un œil par sa vitre et regarda la rivière, dont l'eau était encore d'une couleur chocolat laiteuse et fatiguée.) Deux mois plus tard, un des *buffalo soldiers* est revenu, il est entré dans le saloon, il a levé le canon d'un gros Colt Walker .44 et a tiré dans l'œil gauche du barman.

— Je suppose qu'il n'a pas survécu à celle-là ?

— Non. (Il prit une grande inspiration et exhala lentement en rotant.) Ils ont organisé une battue et sont partis à la recherche du soldat, mais ils ne l'ont jamais retrouvé. Certains disent qu'il est venu se perdre ici, sur la réserve, mais d'autres disent qu'il a été aidé par un rancher du coin et qu'il a réussi à s'enfuir.

— Intéressant.

Il se tourna sur la grande banquette en cuir et me regarda avec plus d'attention que jamais.

— N'est-ce pas ?

Il continua à contempler mon profil, et je notai l'endroit où se trouvaient ses mains, l'une nonchalamment posée sur le canon de sa carabine, l'autre tenant la bouteille.

— L'histoire se cache partout dans ces collines. On en connaît certains bouts, d'autres non. (Il ne bougea pas.) Je m'interroge.

— Sur quoi ?

— Sur l'histoire, quand elle meurt. (Il s'adossa sans me quitter des yeux.) Comme l'arbre qui tombe dans la forêt quand il n'y a personne pour le voir ? J'veux dire, si personne ne se rappelle l'histoire, est-ce qu'elle s'est quand même passée ?

J'observai la route devant moi, un ruban rouge tendu au milieu d'un long coupon de tissu kaki, et pensai aux notions indiennes attachées à la route noire et la route rouge. Selon la spiritualité indienne, la route noire était celle de l'égoïsme et des ennuis, alors que la rouge était celle de l'équilibre et de la paix.

Je souris et secouai la tête lorsque je remarquai un véhicule garé le long de la ligne droite et un homme grand au teint foncé appuyé au pare-chocs arrière, le visage levé comme un tournesol.

Je lâchai la pédale de l'accélérateur et répondis à Bill.

— L'histoire, c'est l'histoire – elle ne change pas.

Il secoua la tête tandis que je ralentissais.

— Pas vraiment. Pensez à toute l'histoire dans cette région qui n'a jamais eu de témoins, qui n'a jamais été écrite – elle est morte, non ?

J'arrêtai le Dodge un peu après le vieux trois-quarts de tonne vert et mis le levier de vitesse sur la position PARK.

— Non.

Bill se pencha pour regarder à travers le pare-brise arrière l'homme grand qui n'avait pas bougé, prenant toujours le soleil et ne prêtant aucune attention à notre arrivée.

— Hé, c'est pas le grand type contre lequel vous enchérissiez pour ma remorque à chevaux ?

J'ignorai le ton soupçonneux et confirmai d'un signe de tête.

— Ouaip, je crois bien.

J'avais la main sur la poignée de la porte avant qu'il ne reprenne.

— Vous êtes sûr que vous voulez y aller ? Ces gars-là peuvent avoir la dent dure quand ils n'obtiennent pas ce qu'ils veulent.

— Je vais prendre le risque, il est peut-être en panne.

Il regarda à nouveau par-dessus son épaule.

— Vu l'état de son vieux tacot, je serais pas surpris.

Je laissai le chien dans le camion pour éviter qu'il ne salue la Nation Cheyenne avec trop d'enthousiasme et notai que Bill ne m'offrit ni sa carabine, ni de m'accompagner. Je franchis les dix mètres dans la poussière de schiste. La route rouge s'étirait jusqu'à l'horizon bleu. Je m'arrêtai à deux mètres, comme si je ne connaissais pas l'Ours. Sa tête resta penchée en arrière et ses yeux restèrent fermés lorsqu'il dit d'une voix douce :

— Y aurait-il un problème, Monsieur l'Agent ?

— Attention, tu vas griller ma couverture.

Je jetai un coup d'œil derrière moi, mais Bill n'avait pas bougé et il était toujours à la place passager. Je me retournai.

— Tu es en panne ?

Il ne bougeait toujours pas.

— Nous nous reposons.

Je remarquai les manches roulées et la graisse et la saleté sur ses bras croisés.

— Donc, tu es en panne.

— Non, on se repose.

Je hochai la tête et m'approchai un peu, m'appuyant sur le flanc bosselé du Rezdawg, dont la peinture verte et blanche paraissait avoir été appliquée avec une spatule.

— Qu'est-ce que tu fais ici ?

— C'est la réserve. Je vis ici.

— Je veux dire ici, précisément.

Un œil s'ouvrit légèrement pour me regarder.

— Je t'attendais.

— Ha ha, et comment savais-tu que je viendrais par ici ?

Il parut agacé que je lui gâche son bain de soleil et finit par ouvrir les deux yeux. Il tourna la tête pour me regarder.

— Je ne le savais pas. (D'un mouvement des yeux, il désigna le camion.) Lui le savait.

— Je vois.

— Où vas-tu ?

Je regardai brièvement vers le nord, où le paysage devenait plus sauvage et les berges de la rivière plus escarpées, puis vers Bill, qui s'était retourné, la carabine désormais posée verticalement sur la banquette.

— Je crois qu'on m'emmène dans la campagne pour m'exécuter.

Henry hocha la tête et ses yeux se fermèrent à nouveau.

— C'est une belle journée pour ça.

— Ouaip.

Nous savourâmes tous deux le soleil quelques instants. La surface pâle des rochers émettait une lumière crayeuse, sale, presque blanche. Sa voix se remit à gronder dans sa poitrine.

— Alors, tu es prêt pour les combats de ce soir?

Je secouai la tête et sentis un peu de colère monter.

— Mais qu'est-ce qui a bien pu te passer par la tête?

Il sourit à peine, comme si un esprit fugace lui effleurait le visage.

— C'est une chose à faire.

Je secouai la tête en signe de désapprobation.

— Tu n'es plus aussi jeune qu'avant, tu sais.

— Toi non plus, et tu te balades en camion avec quelqu'un qui va te descendre.

Je grognai.

— Quand je vais rentrer en ville…

— Si tu rentres en ville.

— Si je rentre en ville, je vais attraper cette feuille de papier et barrer ton nom.

Il ferma les yeux à nouveau.

— Je ne le ferais pas, si j'étais toi.

— Pourquoi?

— C'est la meilleure couverture que nous puissions avoir. Il est absolument impossible qu'un citoyen bien comme toi soit assez stupide pour être ami avec quelqu'un qui combat pour le titre de Guerrier-Invincible-de-la-Powder-River.

Il avait raison.

Je jetai un coup d'œil vers le Dodge. Bill avait probablement verrouillé les portières. On était en pays indien, après tout.

— Faut que j'y aille, sinon, il va commencer à avoir des soupçons.

— Tu veux que je te suive?

Je contemplai la grande étendue qui nous entourait.

— Je voudrais bien, mais je ne crois pas que tu puisses le faire sans être vu.

— Mon peuple et moi, nous savons faire ces choses-là…

En plus de mon mal de tête, je commençais à en avoir plein le dos.

— Ha ha.

Les yeux noirs se refermèrent.

— Comme tu veux.

Je tapotai la surface tachetée du pick-up le plus laid des Hautes Plaines.

— De toute manière, il est complètement bourré, et je ne voudrais pas surmener le Rezdawg.

L'œil regarda le camion puis moi.

— Il a presque fini de se reposer.

Je tournai les talons, prêt à partir, mais il reprit :

— Le Rezdawg n'est têtu qu'en ta présence. Il entend ce que tu dis et ça le vexe. Tu devrais t'excuser.

Je me penchai un peu pour donner plus de poids à mes paroles.

— Il n'est pas question que je présente mes excuses à ton vieux tacot.

Il haussa les épaules et ferma à nouveau les yeux.

— Quand il refusera de démarrer et que tu te feras exécuter, faudra pas nous rendre responsables.

— Je ne le ferai pas. À plus tard.

— Tu sais où il t'emmène, n'est-ce pas ?

Je m'interrompis et le regardai.

— Peut-être.

Il soupira et je discernai un petit signe sous son bras croisé.

— *Wacin yewakiye.*

Bonne chance. En effet.

Lorsque j'arrivai au camion, je constatai qu'il était verrouillé. Je tapai à la vitre et regardai Bill chercher dans son nouveau véhicule la commande qui me permettrait d'ouvrir la portière.

— Alors, c'était quoi, le problème ?

Je démarrai le diesel.

— Il est prêt à échanger les véhicules. L'un pour l'autre.

La Winchester reposait sur ses genoux, mais elle était toujours pointée sur moi et j'étais parfaitement conscient que l'arme n'avait pas de sûreté. Je plaçai le levier en position DRIVE.

— Où allons-nous ?

Il lança un coup d'œil au grand Indien, puis vers moi, et eut quelques instants d'hésitation, puis il pointa dans la direction que nous suivions depuis le début.

— Par là, sur encore trois kilomètres environ entre les vallons, puis à droite à la ravine, il y a un vieux chemin.

Je déboîtai doucement, de manière à ne pas soulever trop de poussière rouge pour Henry, et continuai à suivre le cours de la rivière, restant juste en dessous de 60 km/h. Comme il l'avait annoncé, il y avait une ravine qui allait vers le nord-ouest, mais l'accès à la route était barré par deux fils de fer barbelés distendus accrochés à un vieux poteau retenu par un anneau artisanal.

Je me tournai vers lui et il haussa les épaules.

— Je sais que c'est contraire au code de conduite, mais vous voulez bien y aller ? Je suis tellement bourré que je risque d'y laisser un doigt.

La tradition dans l'Ouest veut que ce soit toujours le passager qui aille ouvrir les portails, ce qui explique que les cowboys se battent toujours pour être assis au milieu, à la place où l'on n'a pas d'autre responsabilité qu'éviter une rencontre malencontreuse de son scrotum avec le levier de vitesses.

Je sortis du camion, allai jusqu'au portail improvisé et tendis l'oreille pour savoir si la vitre côté passager se baissait et si j'entendais le bruit du canon du .30-30 qui se pose à tâtons sur le rétroviseur.

Rien.

Je défis l'anneau et tirai le poteau qui tenait les deux fils de fer barbelés sur le côté du chemin peu emprunté. Bill me fit signe de remonter et j'obéis. Je fis passer l'énorme camion dans l'espace étroit entre les deux poteaux et m'arrêtai de manière à pouvoir retourner sur mes pas pour refermer derrière nous, une autre tradition de l'Ouest, mais Bill me fit signe de poursuivre.

— Allez-y, il n'y a pas de bétail.

Je remarquai qu'il ne buvait plus au goulot.

Nous arrivâmes au sommet d'un promontoire, puis nous prîmes un virage en épingle à cheveux, nous éloignant de la rivière jusqu'à un endroit où le chemin couvert de cactus et de sauge contournait certains des rochers que Henry et moi avions contemplés depuis la route.

Le chemin s'arrêtait dans un champ en friche, puis, lentement, il s'enfonçait dans un pâturage sec qui suivait les courbes des collines. Lorsque nous parvînmes au sommet de la colline la plus proche, je vis de légères dépressions là où la route se poursuivait vers le nord et l'ouest et des rochers plus hauts sur notre droite, dressés dans le sol comme des molaires – l'endroit idéal pour tuer quelqu'un, si c'était ce que vous aviez en tête.

Je regardai le rancher.

— Et maintenant?

Il s'éclaircit la voix et tendit le bras vers le paysage épuisé.

— Continuez par là, vers les montagnes.

Les collines devenaient plus nettes à mesure que nous avancions, et les hautes herbes sèches se balançaient par vagues qui venaient s'écraser sur les contreforts des Bighorns. Progressivement, le chemin devint plus visible, et au loin j'aperçus un portail de ranch, une grande arche faite de grosses poutres dégrossies avec une enseigne penchée accrochée par des chaînes au-dessus et sur les côtés.

Une paire de bâtiments se dressaient dans un pré de terre basse au pied des falaises jaune clair, qui étaient de la même teinte que la maison, l'écurie et les dépendances. La pierre des constructions, les ombres des trembles immenses qui venaient juste de prendre une couleur or poussiéreux et les grands auvents en bardeaux de cèdre donnaient de la fraîcheur, même de loin. Je sentis l'émotion me serrer la poitrine en contemplant tout cela.

J'arrêtai le camion au portail. Nous restâmes là un moment, puis Bill sortit et j'ouvris la portière pour le chien. Nous nous retrouvâmes tous les trois devant la grille à bétail, et Bill me fit signe de continuer, ce que je fis, bien qu'il tînt toujours la

.30-30 à la main. Il tenait aussi toujours la bouteille, même si c'était d'une main peu assurée, mais je n'avais plus très peur de me prendre une balle dans le dos. Je me baissai pour gratter le chien derrière l'oreille.

— Allez, tu as déjà franchi ces grilles avant.

Bill nous suivit jusqu'aux épais barreaux qui formaient le double portail pivotant. Les pièces qui le composaient étaient faites à la main et je voyais toutes sortes de finitions personnelles dans le fer forgé, qui dénotaient un talent dépassant de loin les capacités de la plupart des propriétaires de ranches. Même les chaînes qui tenaient l'enseigne au-dessus de nos têtes paraissaient faites à la main.

Bill s'appuya sur le plus haut barreau, posa la Winchester à plat et la recouvrit de ses bras croisés.

— Le type qui a bâti cet endroit était forgeron de métier, mais il tâtait aussi de la maçonnerie.

— Ah...

Je calai mon coude sur l'endroit usé qu'on aurait saisi pour tirer la targette artisanale. Je voyais que les barreaux de dix centimètres étaient lisses aux endroits où les cavaliers s'étaient frottés contre le portail pendant plus d'un demi-siècle, de manière à pouvoir l'ouvrir sans descendre de leur monture, s'épargnant ainsi l'ignominie de devenir des cow-boys à pied.

— Il savait ce qu'il faisait. Dos aux falaises, accès facile à l'eau, et ces magnifiques montagnes au loin.

Bill resta là un moment, à respirer les parfums du vent qui tournait et qui, après avoir balayé la terre basse, remontait le long des falaises entourant une cuvette parfaite où avait été bâti le domaine. L'air y était doux et lourd de l'humidité porteuse de vie qui montait de la rivière.

— Il avait une femme qui était probablement la plus jolie créature de la région de la Powder River et qui était aussi musicienne. Elle jouait du piano, si je me souviens bien.

Quelques genièvres et quelques trembles opiniâtres poussaient dans les fissures des rochers au pied des falaises, imitant le scintillement des grands modèles qui s'élançaient à côté du ranch. Une vieille route conduisait jusqu'au groupe de bâtiments, mais tant qu'on n'était pas tout près, l'endroit restait caché. Il fallait savoir qu'ils étaient là pour y arriver.

Je tournai sur moi-même pendant que le chien faisait le tour du propriétaire en reniflant les odeurs, et je sentis mes yeux devenir un peu humides.

— Et qu'est-ce qui leur est arrivé ?

Bill resta le dos à la barrière, la carabine maintenant calée contre les barreaux, et me fit un geste du menton qui m'invitait à le rejoindre. Il gratta son cou à l'endroit où sa pomme d'Adam protubérante tendait la peau, le regard toujours posé sur l'enseigne du ranch.

— Ils avaient un fils qui jouait au football, attaquant de première ligne, à l'USC, mais je crois pas qu'il soit jamais devenu grand-chose.

Les chaînes qui tenaient la pancarte cliquetaient contre les goupilles dans le vent et se détendaient, produisant le même son que des éperons sur un plancher de bois. Une foule de souvenirs revenait maintenant, et tout ce que je pouvais faire, c'était rester là et prendre les coups comme un sac de plaquage.

Il finit par baisser la tête et prit une gorgée de whisky. Je levai les yeux vers le ciel et lus le nom que je connaissais aussi bien que le mien. Parce que c'était le mien.

Les rafales battaient la planche de bois, mais les lettres que mon père avait gravées profondément dans les volutes du bois étaient encore tout à fait lisibles.

LONGMIRE.

8

28 octobre, 17 h 40.

J E LUI RENDIS la bouteille et demeurai immobile, sentant la
brûlure persistante dans ma gorge tandis que je repensais à
ce qu'avait dit Henry au bord de la route rouge – qu'il savait où
nous allions.

— Tu t'es rappelé ma famille, après toutes ces années, Bill?
Il exhala profondément et fit la moue.

— Ouais. J'avais appris que Martha avait un cancer, et je
sais que j'aurais dû prendre contact, mais je ne l'ai pas fait, et
après, c'est juste devenu de plus en plus dur de trouver le courage de le faire.

Il bougea, toujours à la recherche d'un endroit confortable
pour son postérieur sur la barrière, et jeta un petit caillou sur le
chemin qui descendait jusqu'à la maison de mon père.

— Je me disais bien que je te reverrais un jour. (Il rit.) Je
vais te dire, je commençais à m'inquiéter en pensant que j'allais
devoir t'écrire une lettre de Denver. Merde, je préférerais me
prendre une balle plutôt que d'écrire une lettre.

Je marchai vers le bord de la falaise et contemplai les
reflets dans l'eau de Buffalo Creek qui serpentait jusqu'à la
retenue que mon père et moi avions construite. Je me tins
sur le promontoire qui dominait l'endroit où j'avais grandi,
essayant de détourner la vague d'histoire et d'émotion qui me
submergeait.

— Après leur mort, j'ai cessé de venir par ici.

— Je sais.

Il but une nouvelle gorgée de whisky et fit un geste de la main vers la jolie maison avec ses arches de pierre qui ombrageaient le porche de devant, puis vers moi. Sa voix se répercutait sur la paroi rocheuse.

— C'est drôle comme on peut avoir sa vie quelque part et, un jour, plier bagage et s'en aller.

— Depuis combien de temps sais-tu que c'est moi ?

Il sourit.

— J'ai rencontré Eric Boss, et il ne ressemblait pas à ce que tout le monde décrivait. Je lis les journaux, et tu y as été souvent, ces derniers temps.

— Peut-être bien.

— Ensuite, je t'ai aperçu au bar, hier soir.

— Tu étais là ?

— Non. Je m'apprêtais à entrer, mais je t'ai vu, j'ai fait demi-tour et je suis rentré chez moi.

— À quelle heure ?

Il sourit.

— Tu parles comme un shérif, maintenant.

Je ne souris pas.

— À quelle heure ?

Il s'éclaircit la voix et cracha sur le côté, vacilla un peu et marqua une pause. On aurait dit qu'il allait vomir, mais il lâcha juste un grand rot et se tourna vers moi.

— Vers 11 heures et demie. Apparemment, tu te prenais un peu la tête avec l'autre, le Cly.

— Qui d'autre sait qui je suis ?

Il fit la grimace.

— Personne.

— Personne ?

Ses yeux restèrent impassibles sous les sourcils.

— Personne que je connais.

Je pris une grande inspiration et regardai à nouveau la maison, puis l'enseigne.

Il plissa les yeux en me regardant puis les écarquilla quand il suivit mon regard.

— Bon sang. Il n'y a pas tant de Longmire que ça par ici, et j'ai entendu les histoires qu'on racontait à propos de ton grand-père et du *buffalo soldier* en fuite.

— Tu as reconnu Henry, là-bas sur la route ?

Il attendit une minute, conscient que j'avais changé de sujet.

— Ouais. Je crois qu'il y a plus de gens qui le connaissent, lui, qu'il n'y en a qui te connaissent, toi. C'est une célébrité, dans le coin… Il jouait au foot, lui aussi, non ?

— Halfback pour les Cal Bears, ça ne s'invente pas.

Il hocha la tête, peut-être un peu plus ostensiblement qu'il n'aurait dû.

— Vous étiez plutôt de bons joueurs, tous les deux. Qu'est-ce qui s'est passé ?

— Le Vietnam. (Je me retournai vers la maison, mes yeux ne pouvaient pas s'en détacher.) Est-ce que tu penses que quelqu'un a fait le lien ?

— En tout cas, personne n'a rien dit, mais tu les rends nerveux. (Il secoua la tête.) Qu'est-ce que tu fiches ici, Walt ?

Je ramassai la .30-30 et examinai la culasse – elle était chargée, finalement. Je la gardai et levai les yeux.

— Tu sais, j'ai pensé que tu avais peut-être d'autres raisons de m'emmener jusqu'ici.

Il mit du temps à réagir, mais lorsqu'il le fit, il parut troublé puis un peu choqué.

— Moi ? (Nos yeux se posèrent sur la Winchester.) J'emporte ce truc avec moi partout où je vais maintenant. Avec tout ce qui se passe dans le coin, je me dis qu'on doit se protéger.

Je franchis à nouveau le portail et m'appuyai sur la calandre de son camion.

— Qui d'autre a un Dodge rouge comme le tien ? (Il resta immobile, le regard vide.) Ton nouveau camion. Est-ce que quelqu'un en a un identique ?

— Non, je ne crois pas.

— Quand est-ce que tu as mis les plaques ?

Il réfléchit.

— Ce matin. Je les ai reçues par la poste hier.

— Est-ce que quelqu'un se sert de ton camion?

— Non.

Puis il se ravisa :

— J'ai laissé Hershel le prendre pour amener certains des engins à la vente aux enchères, mais c'est tout.

Je repensai à la veille au soir, quand j'avais porté le cow-boy chez lui.

— Est-ce que tu roulais sur Barton Road près des corrals hier soir?

Il rit.

— C'est toi qui as ramené Hershel? (Il rit à nouveau.) Je fais toujours un crochet pour m'assurer qu'il est bien dans sa roulotte. (Il secoua la tête.) Je rentrais chez moi.

— Quand j'ai vu ton camion aux corrals, il m'a dépassé et il a pris la direction du sud et puis de l'est.

Il y eut un silence – nous savions tous les deux qu'il habitait au nord et à l'ouest. Il renifla et se cacha le visage derrière sa main.

— Je prends parfois Barton jusqu'à Middle Prong et ensuite je fais la boucle par Wild Horse – j'me balade. (Il descendit sa main et y posa son menton.) Tu serais étonné de toutes les choses qu'on fait quand on pense qu'on ne reverra jamais un endroit.

Je regardai par-dessus mon épaule et vis quelqu'un à cheval sur la route qui montait au sommet de la falaise avant d'en suivre la crête.

— Et au bar?

— Quand?

— Après.

Il parut sincèrement troublé.

— Comme je t'ai dit, je suis rentré et j'ai accroché mes clés à côté de la porte comme je le fais toujours.

— Alors, tu n'étais pas au bar à Absalom à environ une heure et demie ce matin?

— Certainement pas. Comme je disais, j'étais à la maison et je dormais. J'étais au lit à minuit, j'en suis certain. (Il plongea la main dans la poche de sa chemise, en sortit un flacon en plastique et l'agita.) J'ai pris deux de ces machins-là – et boum boum, extinction des feux.

Je tendis la main et il me lança le flacon. Je lus l'étiquette et levai les yeux vers lui.

— Où est-ce que tu t'es procuré les médicaments de Mary Barsad ?

Il m'observa.

— Ce n'est pas ce que tu crois.

Je ne dis rien.

— Je t'assure.

Il tendit le bras pour récupérer le flacon, mais je serrai les doigts. Il laissa tomber sa main.

— Elle me les a donnés. J'avais du mal à dormir et elle a pensé qu'ils pourraient m'aider.

— Et ça marche ?

— Comme un coup de massue sur un bœuf. (J'attendis.) On était amis, c'est tout. (Il me regarda, essayant d'identifier ma réaction.) Je la voyais passer à cheval et on parlait. Un jour, elle a commencé à s'arrêter et boire un café. On avait de longues conversations, et pour te dire la vérité, je crois qu'elle avait de la peine pour moi – eh merde, Walt, je l'ai laissée faire.

— Alors, j'imagine que tu la connais assez bien ?

Il hocha la tête.

— Tu crois qu'elle a descendu Wade ?

Il prit une grande inspiration.

— Bon sang, je sais pas…

Il descendit de la barrière, s'étira et marcha vers le milieu de la route, les deux paumes calées sur les reins. Il parla à la falaise :

— J'aimerais penser qu'elle ne l'a pas fait, mais elle dit qu'elle l'a fait, alors, qu'est-ce que t'en penses, toi ?

Je décidai de ne pas dévoiler tout mon jeu.

— Je ne sais pas.

— Mais ils l'ont trouvée avec le fusil…

Je connaissais l'histoire. Je l'avais entendue de la bouche de Hershel et lue dans les rapports du comté de Campbell, mais je me dis que j'allais jouer le jeu.

— Qui l'a trouvée?

— Ben… Hershel. Ensuite, il est venu me chercher.

— Il l'a amenée avec lui?

— Non, il l'a laissée assise dans la cour, mais il a pris l'arme et il est venu me chercher.

— Il l'a laissée assise dans la cour avec la maison qui brûlait?

Il se tourna vers moi. Sa voix était tendue et les mots étaient emportés par le vent.

— Il n'y avait que l'écurie qui brûlait quand il est venu me chercher, mais le temps qu'on y retourne, la maison aussi était en feu. On l'a retrouvée assise à l'endroit où Hershel l'avait laissée.

— Hershel n'était pas entré avant pour examiner Wade? Voir s'il était mort?

— Ouais, maintenant que j'y pense, peut-être qu'il l'a fait. (Il secoua la tête.) Moi, j'aurais pas pu.

Je jetai le flacon de pilules en l'air, le rattrapai et le brandis sous son nez.

— Dans la cuisine, tu as dit quelque chose à propos de Mary, quelque chose que tu voulais me montrer. C'était ça?

Il approuva d'un signe de tête et sourit.

— Ouais, je me disais que c'était la seule façon sûre de te convaincre de venir avec moi.

Je hochai la tête. Le chien avait passé tout ce temps assis sur mon pied, mais il leva la tête lorsqu'il remarqua que le cavalier, qui avait un petit enfant sur la selle avec lui, n'était plus qu'à une centaine de mètres. Je regardai le jeune homme sous le chapeau de cow-boy. Tom Groneberg, à qui je louais les lieux, et le petit garçon de deux ans qui l'accompagnait me reconnurent tous les deux et se mirent à agiter la main.

— Ça t'ennuie que je les garde?

— Pas si tu penses que ça peut aider, mais tu veux bien m'en laisser deux pour la route? (Je m'approchai, ouvris le capuchon et déposai deux cachets blancs allongés sur lesquels était gravé "S421" dans sa main ouverte.) On ne sait jamais quand on va avoir une nuit difficile.

Ou un jour difficile. C'était rien de le dire.

22 octobre : six jours plus tôt, la nuit.

DANS SES YEUX s'étaient reflétés les lampadaires dont la lumière entrait par la fenêtre de Virgil. Elle semblait ne jamais être vraiment endormie, et la pensée m'était venue qu'elle aurait dû essayer la position debout, comme les chevaux.

Je me levai, mais elle ne bougea pas, et je tapotai doucement ma cuisse pour que le chien m'emboîte le pas. Nous nous glissâmes dans le couloir principal et allâmes jusqu'au bureau de Vic. Je l'entendais taper doucement sur son clavier.

Son bureau était très petit et sur tous les murs étaient alignés les codes de la loi du Wyoming, mais elle l'aimait ainsi encombré. Ses jambes étaient étendues sur son bureau, les chevilles croisées et les pieds nus, et elle avait posé le clavier sur ses genoux. Le chien s'installa par terre, sa grosse tête posée entre ses pattes, et je m'assis sur la chaise grise en plastique.

— "What's new, Pussycat ?"

Elle me fit signe d'attendre une seconde, continua à taper un message, et cliqua sur "ENVOYER". Elle marmonna une réponse à ma question.

— "I've got flowers and lots of hours to spend with you. So go and powder your cute little pussycat nose.*" (Elle se tourna et soupira – le travail d'un adjoint n'est jamais fini.) Le toxicologue à Cheyenne me fait du gringue.

— Pendant ton temps de travail ?

Elle leva un sourcil.

— Ouais, je prends où je peux.

J'ignorai son commentaire.

— Je pensais que Saizarbitoria allait creuser le sujet de…

Elle m'interrompit.

— Je l'ai renvoyé chez lui.

— … ce traitement.

* Célèbre chanson extraite de la bande originale du film de Clive Donner, *Quoi de neuf, Pussycat ?* (1965). "Quoi de neuf, Pussycat ?" / "J'ai des fleurs et des heures à passer avec toi. Alors va poudrer ton joli petit nez de Pussycat."

— Non merci, j'ai ce qu'il me faut.

Elle me regarda alors que j'attendais et finit par lever les yeux vers le plafond et se mettre à réciter :

— Le Lunesta, c'est-à-dire l'Eszopiclone, est un sédatif hypnotique de la famille des cyclopyrrolones, ni une benzodiazépine, ni un imidazopyridine. C'est un médicament qui a été mis au point dans les années 1980, amélioré et testé dans les années 1990, et aujourd'hui on peut se le procurer facilement sur ordonnance.

Elle reposa le clavier sur son bureau, mais continua à exhiber ses jolies chevilles. Ses bottes et ses chaussettes étaient par terre, à côté de la corbeille à papiers. La soirée était chaude, alors elle les avait enlevées et elle montrait ses pieds aux ongles parfaits. Elle avait roulé le bas de son jean pour le raccourcir, une chose qu'elle faisait beaucoup l'été – ce choix vestimentaire était sans doute son chant du cygne –, et ses mollets musclés se montraient ainsi parfaitement à leur avantage.

— Il agit sur les récepteurs GABA du cerveau, mais au-delà de ça, on ne sait pas vraiment comment ça marche.

Elle jeta un œil sur l'écran de son ordinateur, enfonça une autre touche, et le logo du laboratoire pharmaceutique apparut et une publicité se mit en route. Vic coupa la musique sirupeuse et me regarda.

— La plupart de ces médicaments hypnotiques et sédatifs restent un mystère pour les laboratoires qui les fabriquent – mais ça ne les empêche pas de les vendre aux gens qui souffrent d'insomnie chronique, comme ton amie, là-bas.

— Donc, les cachets sont réglo ?

Elle hocha la tête.

— La DEC a fait tous les tests possibles et devine. (J'attendis.) Ce sont des somnifères. (Elle jeta un œil sur l'écran où un couple batifolait sur une plage au coucher du soleil.) Le seul effet que la plupart des gens ressentent, c'est un goût amer et métallique dans la bouche qu'on appelle *dysgueusie*. (Elle m'observa, la tête un peu penchée.) T'y crois, toi, y a un putain de terme scientifique pour dire goût amer et métallique ?

Je hochai la tête.

— Autrefois, on l'appelait tout simplement la peur.

— Cinq à dix minutes après avoir pris le cachet, on a le goût dans la bouche. (Elle désigna l'écran d'un mouvement du menton.) Dix à quinze minutes plus tard, on est dans les choux, sommeil lent paradoxal en moins d'une heure.

— Est-ce qu'on peut faire une overdose ?

— Ouais. Si on dépasse 36 milligrammes, faut se préparer à un cocktail de charbon actif ou à un lavage d'estomac, et on a des chances d'abîmer son rein ou son foie. Ensuite, selon l'ampleur des dégâts, on passe à la caisse.

— C'est-à-dire ?

— On passe l'arme à gauche.

Je soupirai.

— Cependant, il y a une précision importante concernant notre affaire. Ce traitement est forcément temporaire. (Elle me regarda fixement.) La Belle au bois dormant utilise ce truc depuis presque deux ans. Qui sait quelle quantité de cette saloperie est stockée dans son système ou quel effet ça a.

— Usage illégal ?

— Il y a un petit créneau sur le marché des toxicos pour cette substance, puisqu'elle est inscrite au tableau IV de la DEA* et qu'elle est facile à trouver. Ils s'en servent pour gérer la descente après avoir pris de la coke, de la meth, du LSD, de l'ecstasy, toutes les drogues stimulantes. Les patients atteints de déficit attentionnel avec ou sans hyperactivité l'utilisent pour redescendre après avoir passé la journée sous des variantes d'amphétamines.

Elle désigna son écran où les heureux personnages s'écroulaient sur des couettes géantes en duvet, entourés d'immenses papillons somnolents qui planaient. Tout compte fait, c'était un peu déprimant.

— T'y crois, à ces conneries ? Si on atteint le point où on s'abrutit de médocs pour pouvoir s'endormir le soir, c'est qu'on n'a probablement pas une vie idyllique.

---

* La Drug Enforcement Administration est un service de police fédéral chargé de mettre en application la loi sur les stupéfiants.

— Généralement, une Rainier supplémentaire me suffit.

Je m'apprêtai à me lever quand elle fit passer sa chaise de l'autre côté, enroula les mollets nus susmentionnés autour des miens et s'approcha tout près en attrapant mes cuisses avec ses mains adroites.

— Moi, je mise sur une chaude et moite soirée de sexe acrobatique. (Elle se pencha en avant et nos nez ne furent plus séparés que par une quinzaine de centimètres.) Ça marche à tous les coups.

Je ne bougeai pas.

— J'ai entendu dire que ça pouvait être très addictif aussi.

Son visage s'approcha encore et sa voix ne fut plus qu'un chuchotement rauque.

— Ouuais…

— J'envisage toujours d'aller à Absalom.

Elle se pencha encore plus.

— Tu sais, j'ai l'impression qu'on est en train de développer un schéma pas très sain. Chaque fois que je parle de boulot, tu parles de sexe, et chaque fois que je parle de sexe, tu parles de boulot.

Je regardai le sourire se creuser sous ses pommettes et s'élargir.

— Un truc genre passif-agressif?

Je sentais ses mains me frotter les cuisses et la chaleur monter.

— Les deux me vont, j'ai ma propre paire de menottes.

Je reculai sur ma chaise et brisai le charme tandis qu'elle me lançait un regard.

— Quoi?

Je pris une inspiration.

— J'ai une question à te poser. Une question sérieuse.

— OK.

— Est-ce que tu veux être shérif dans deux ans?

Elle recula dans son fauteuil et réfléchit.

— C'est une proposition sérieuse?

— Ouaip.

Elle respira profondément et me lança un regard dur.

— Pourquoi est-ce que tu me demandes ça maintenant ?

La question était légitime, mais j'avais longuement réfléchi à l'échéance.

— Eh bien, les élections ont lieu le mois prochain, et pour le moment, je n'y ai pas mis beaucoup d'enthousiasme.

Elle dévoila son impressionnante canine dans un sourire.

— Il me semble que tu ne mets pas beaucoup d'enthousiasme dans tout ce que tu fais. (Elle enleva ses jambes.) Quoi, t'as peur de pas être réélu ?

Ce fut mon tour de respirer profondément.

— On ne parle pas de moi. (J'énonçai la phrase suivante lentement.) On parle de toi.

Ses yeux se baissèrent et son regard se posa sur ses mains qui me serraient toujours les genoux.

— Écoute… Je connais mes limites.

— Qu'est-ce que tu veux dire ?

— Je n'ai aucun talent pour l'administratif.

Je haussai les épaules.

— Moi non plus ; c'est pour ça que j'ai Ruby.

— Moi, je n'aurai pas ce luxe, parce que dès que tu partiras à la retraite, elle prendra la poudre d'escampette. (Elle regarda autour d'elle comme si le personnel s'était soudain rassemblé dans son bureau avant de partir.) Ils partiront tous, et je serai plantée dans ce putain de mausolée toute seule.

— Je pense que tu te sous-estimes.

— Vraiment ? (Elle ajouta un mouvement de tête dubitatif, caractéristique des moments où elle avait plus de choses à dire que ce que pouvait énoncer une seule bouche.) Ferg est pour ainsi dire déjà à la retraite. Double Tough lâchera l'affaire dès qu'une exploitation méthanière lui proposera un salaire annuel de soixante mille. Frymyer, l'Agent le Plus Secret du monde – qui a la moindre idée de ce que Frymyer va faire ? Et Saizarbitoria ? Tu crois qu'il sera content de rester adjoint toute sa vie ?

— Il vient d'arriver de son pénitencier, il n'est pas prêt à être shérif.

— Il le sera dans deux ans.

— Peut-être pas.

Je voulais mettre un peu plus de distance entre nous, alors je m'abîmai dans la contemplation des livres rangés sur ses étagères avec la place vide laissée pour l'interrupteur.

— Le Basque ne te paraît pas un peu bizarre, ces derniers temps ?

Sa tête se pencha un peu sur le côté.

— De quelle manière ?

— Depuis qu'il a été poignardé.

Elle réfléchit.

— Peut-être un peu. Il est plus silencieux. Pourquoi ?

— Ça fait un moment que j'essaie de le faire revenir dans nos rangs, mais il ne montre pas beaucoup d'entrain.

Elle soupira.

— Ben, il a perdu un rein, alors peut-être qu'il a droit à un peu de stress posttraumatique. (Elle se cala contre son dossier, posa un coude sur l'accoudoir et glissa un ongle assorti à ses orteils entre ses dents.) Et toi ?

— Comment ça, moi ?

— Je reviens au sujet de départ de cette putain de conversation. Est-ce que tu seras mon adjoint si je deviens shérif ?

Je me penchai en avant, sortis son doigt de sa bouche et posai ma main sur la sienne.

— Comme je l'ai dit tout à l'heure, on ne parle pas de moi, mais de toi.

— Je t'ai posé une question très simple.

Je ne répondis pas et elle hocha la tête à nouveau.

— C'est bien ce que je pensais.

28 octobre, 19 h 25.

BILL nous déposa, le chien et moi, à côté de ma voiture de location et dit qu'il nous verrait plus tard, aux combats. Je repris la morne route de graviers vers Absalom. Un panache de poussière ocre s'élevait sept ou huit mètres derrière moi avant d'être aspiré par les vents puissants et emporté vers Twentymile Butte et le Battlement. La falaise de soixante mètres de ce site remarquable se dressait comme une espèce de Monte Cassino de la Powder River, le long de la large vallée de Wild Horse Creek, qui reflétait les lueurs automnales alors que les scories scintillaient comme du platine gravé.

Lorsque j'avais à peu près l'âge de Benjamin, j'avais lu *Le Sixième Continent* d'Edgar Rice Burroughs dans la chambre du fond du ranch que nous venions de visiter, et j'avais soupçonné dans mon for intérieur que des dinosaures erraient sur la hauteur inabordable d'une cinquantaine kilomètres carrés que je voyais presque tous les jours. J'avais raison dans un sens, mais je me trompais dans la chronologie – j'étais décalé de quelques millions d'années.

Sheridan College avait fait des fouilles sur la butte et on y avait trouvé le squelette fossilisé non pas d'un dinosaure, mais d'une créature volante d'une longueur de presque trois mètres. J'avais vu le *Diatryma* dans le musée, là-bas, et j'avais lu avec application la petite plaque en cuivre qui établissait qu'il s'agissait d'un des plus grands prédateurs de l'éocène, une époque où le Wyoming était une jungle dense, subtropicale, au bord d'une mer intérieure.

Du point de vue géologique, je suis certain qu'il s'est passé beaucoup de choses depuis, mais sur le plan social, je ne crois pas qu'il se soit passé grand-chose. Parfois une antilope et beaucoup d'oiseaux contemporains s'installaient dans la roche, mais le plateau était trop haut et le vent trop puissant pour que les bêtes puissent y paître, et il n'y avait pas grand-chose à chasser. Du coup, peu de gens faisaient le voyage jusque-là.

Une nouvelle route avait été ouverte à l'endroit où une entreprise d'exploration énergétique avait cherché du gaz et du pétrole, ce qui aurait pu conduire à des investigations plus poussées, mais comme pouvait le laisser présager le caractère inhospitalier du Battlement, tous les puits creusés à cinq mille mètres s'étaient avérés vides.

Au fond, j'en étais content. J'avais toujours l'espoir qu'il pourrait se trouver quelques dinosaures qui se seraient attardés là-haut.

Juste à la sortie de la ville, je m'arrêtai au passage à niveau et regardai un train de charbon de la Burlington Northern & Santa Fe passer en grondant sur les rails noirs scintillants qui étincelaient comme du vif-argent dans le crépuscule. Mon esprit se mit au diapason du rythme des wagons, chaque pensée accrochant la suivante et l'emportant dans son sillage.

J'avais expliqué à Tom Groneberg et à son fils, Carter, que nous étions juste en balade et que nous avions pris la vieille route du ranch par habitude. Il m'avait demandé si j'avais bien reçu son chèque ce mois-ci, et je lui avais confirmé que c'était le cas. Il avait ajouté que sa femme Jennifer et lui avaient acheté la propriété à l'ouest et qu'ils espéraient toujours posséder un jour une maison à eux. Je lui avais assuré qu'ils étaient chez eux aussi longtemps qu'ils le voudraient.

Je lançai un regard par-dessus mon épaule en direction du cimetière et pensai à deux des tombes qui s'y trouvaient.

Je tendis le bras et grattai le chien derrière les oreilles au moment où le dernier wagon passait et décrivait la grande courbe le long de Clear Creek, au sud vers les Bighorns.

— Thomas Wolfe dit que tu ne peux plus rentrer à la maison.

Il me regarda de ses grands yeux expressifs puis se tourna vers les collines, plus loin, le long de la route de graviers, cherchant peut-être ses ancêtres morts depuis longtemps.

Il y avait beaucoup de mouvement au AR en prévision du grand combat, et j'espérais que Juana travaillait pour que nous puissions nous faire servir un dîner, le chien et moi. C'était comme elle l'avait dit, Pat l'avait réembauchée. Ensuite, après lui avoir laissé tout le travail, il était rentré chez lui faire la sieste avant les festivités du soir. Elle était occupée à charger des réfrigérateurs supplémentaires derrière le bar, et il y avait encore seize caisses posées sur le porche. Je me portai volontaire pour rentrer la bière si elle voulait bien nous faire griller quelques hamburgers.

Le repas était prêt lorsque j'eus fini d'installer les boissons et elle permit même au chien d'entrer et de s'installer au bout du bar. Elle coupa ses deux steaks hachés en morceaux et le nourrit soigneusement. Apparemment, son opinion sur l'espèce canine s'était adoucie.

— Il m'aime bien.

Je mangeai un de mes cheeseburgers et soupçonnai qu'il était peut-être un peu plus grand que ce que le AR servait habituellement.

— Alors, c'est vous qui avez appelé les flics la nuit dernière ?

Elle donna une autre bouchée au chien, et je voyais bien qu'elle était surprise de sa délicatesse.

— Ouais, j'ai beau être sans papiers, je me suis dit qu'il y avait trop de coups de feu. De toute manière, je n'ai pas donné de nom. (Elle me lança un coup d'œil.) Comment se fait-il qu'ils vous ont arrêté ?

J'avalai ma bouchée et bus une gorgée de mon thé glacé.

— Ils ne m'ont pas arrêté.

— Pourquoi vous ont-ils mis dans la voiture de patrouille ?

Je ramassai une frite qui était tombée sur le comptoir, la trempai dans la flaque de ketchup de mon assiette et la tendis au chien – l'économie protège du besoin.

— Ils ont juste dit qu'ils voulaient qu'on voie quelques petites choses ensemble.

Elle tendit son joli menton vers la baie couverte de contre-plaqué.

— Du genre, qui a explosé le devant du bar ?

Je hochai la tête.

— Par exemple.

— Pat a une vilaine marque sur le menton et il dit que sa mâchoire ne fonctionne pas trop bien.

— Vraiment ?

— Ouais. (Elle continua à m'observer pendant que je mangeais.) Il dit qu'il était en train de fermer et que quelqu'un est entré par-derrière et l'a pris par surprise.

Je me tournai vers elle. Elle donnait un autre morceau au chien.

— Quelqu'un entrait par effraction par-derrière pendant que quelqu'un d'autre canardait le devant?

— C'est ce qu'il a dit. (Avec un haussement d'épaules faussement désinvolte, elle ajouta:) Qu'est-ce qui s'est passé, d'après vous?

Je ne pus m'empêcher de sourire devant cette tentative qui sentait le manuel de première année à plein nez.

— Je ne vois pas du tout.

— J'ai trouvé à peu près quatorze douilles de 9 mm éparpillées par terre et une cartouche de calibre 20 derrière le bar et de la bourre sous le porche.

J'avalai une frite.

— Vraiment?

— Ouais. (Elle donna un dernier morceau de burger au chien et s'essuya les mains avec un torchon accroché à la poche arrière de son jean.) Vous voulez savoir ce que je pense?

— Volontiers.

— Je crois qu'il y avait trois personnes. Je crois que Pat devait avoir un rendez-vous avec quelqu'un ici, dans le bar, et puis quelqu'un d'autre est arrivé par l'arrière. Je crois que cette personne a surpris Pat et l'a frappé avec sa propre arme, et ensuite elle est allée dans la pièce de devant. (Son visage s'empourpra – je voyais bien qu'elle était très excitée de me donner sa version de l'histoire.) Mais celui qui était venu voir le patron n'avait pas vraiment envie de rencontrer celui qui avait effacé Pat et il s'est mis à lui tirer dessus.

Je hochai la tête.

— "Effacé" Pat?

Son sourire s'étira d'un côté et elle me lança un regard interrogateur.

— C'est de l'argot de flics. Vous n'allez jamais au cinéma?

— Pas depuis 1974. C'était deux films par séance – *Fureur apache* et *Apportez-moi la tête d'Alfredo Garcia*.

Elle balaya mes paroles d'un geste de la main.

— À l'évidence, personne n'a été touché puisqu'il n'y a pas de sang.

— À l'évidence.

Elle croisa les bras et me regarda.

— Il y a juste une chose que je ne comprends pas, c'est pourquoi le gars avec le fusil n'a pas descendu le type dans le pick-up?

Je pris une gorgée de thé et restai là, à la regarder dans le silence de la pièce.

— De quel pick-up parlez-vous?

Le silence s'alourdit.

— Je ne vous ai pas parlé du pick-up Dodge rouge?

— Non.

— Oh. (Elle tendit la main pour caresser la tête du chien.) Après avoir appelé le 911, je suis redescendue par la rue de l'église et j'ai vu un pick-up reculer devant le bar et partir par Wild Horse Road.

Comme si elle venait de s'en souvenir, elle ajouta:

— Il n'avait pas de plaques.

— Je vois.

Elle se pencha sur le bar d'un air de conspiratrice et me vola une frite. Elle mâcha sans me quitter des yeux.

— Bill Nolan a un camion comme celui-là. (Elle fit la grimace et secoua la tête.) Mais ce n'est pas lui que vous cherchez.

— Ah?

— Non, il est peut-être du genre à faire des petites entorses à la loi mais pas à commettre des crimes.

Je soupirai et finis mon thé.

— Je ne savais pas que je cherchais quelqu'un.

Elle se pencha encore plus et sa voix n'était plus qu'un faible chuchotement.

— OK, mais une avocate de Philadelphie du nom de Cady Longmire a appelé, elle cherchait son père, le shérif du comté d'Absaroka, et elle a décrit un gars qui vous ressemblait vraiment beaucoup. (Elle me piqua la dernière frite et parut très contente de son petit effet.) Je lui ai dit que je travaillais pour vous et que je pouvais transmettre un message.

Elle posa ses coudes sur le bar et regarda à droite et à gauche, histoire d'ajouter un peu d'effet dramatique, avant de me regarder directement :

— Je lui ai dit que vous enquêtiez sous couverture.

Je la regardai fixement.

— C'était quoi, le message ?

— Elle a dit qu'un type du nom de Michael lui avait demandé de l'épouser.

9

28 octobre, 20 h 45.

— COMMENT je suis censée savoir que tu es sous *couverture* ? Tu n'es jamais sous *couverture* !

Cady accentuait le mot comme si je jouais à l'espion.

Ruby, qui ne savait pas que mes activités à Absalom étaient d'une nature secrète, avait donné à ma fille le numéro du bureau du motel, qui était aussi celui du AR. Heureusement, c'était Juana qui avait décroché.

— Ça va. J'ai confiance en la personne qui a décroché.

— L'homme ou la jeune femme ?

Je pris une inspiration.

— Qui a décroché le téléphone quand tu as appelé ?

— Un type qui avait l'air d'être un sacré numéro. Drôle de nom, du genre qu'on pourrait entendre dans une mauvaise émission de télé.

— Cliff Cly ?

— C'est ça.

— Qu'est-ce que tu lui as dit ?

— Rien. Je lui ai juste dit que je cherchais mon père, et ensuite je lui ai demandé s'il travaillait là. Puis il m'a passé la jeune femme.

— Juana.

— Qui est-ce ?

— Tu es sûre que c'est tout ce que tu lui as dit ?

Long soupir.

— Oui, Agent *Très* Spécial, c'est tout ce que j'ai dit. Bon, qui est cette femme ?

CRAIG JOHNSON

Je regardai, du bout du bar, la jeune bandita qui m'avait donné l'autorisation d'utiliser le téléphone accroché au mur dans le couloir de l'établissement désert.

— Elle travaille ici.
— Elle a l'air étrangère.

Je posai ma main sur l'écouteur.

— Elle est guatémaltèque, sans papiers…
— Elle a dit qu'elle s'appelait Juana.
— C'est le cas.
— Elle a dit qu'elle travaillait pour toi.
— Elle ne travaille pas pour moi.
— C'est ce qu'elle a dit, pourtant.

Je soupirai.

— Elle a une imagination débordante et deux années de criminologie non validées à l'université de Sheridan. Tu sais ce qu'on dit : il est moins dangereux de ne rien savoir du tout…
— Justement… Tu es shérif. Qu'est-ce que tu fabriques, à travailler sous *couverture* ?

Elle continuait à le dire comme si je jouais dans la cour de l'école.

— Sandy Sandberg a appelé. Il avait besoin d'un coup de main.
— Mon Dieu.
— Quoi ?
— Papa, tu le connais, pourtant.

Sa rencontre avec Sandy ne datait pas d'hier. Quand elle était toute petite, il avait pris le temps de jouer avec elle à l'académie de police de Douglas, et ils étaient rapidement devenus amis. Même dans ses protestations, j'entendais l'admiration qu'elle lui portait.

— Il pourrait te faire tuer.
— Ce n'est pas une affaire si dangereuse que ça. (J'appuyai une épaule contre le mur et coinçai le gros combiné en bakélite contre mon oreille.) Qu'est-ce que c'est que cette histoire ? Tu vas te marier ?

S'ensuivit une pause, la première depuis le début de la conversation.

— Michael m'a demandé de l'épouser.

Deuxième pause.

— Quand ?

Troisième pause.

— Hier.

Quatrième pause.

— Qu'est-ce que tu as répondu ?

— Que j'avais besoin d'y réfléchir.

Je hochai la tête, face au mur, et y posai mon front.

— Je trouve que c'est une bonne idée.

J'attendis que vienne la critique de ma réaction.

— Tu ne me félicites pas ?

Je m'éclaircis la voix.

— Parce que tu vas y réfléchir ?

— Parce qu'il m'a demandé.

— Félicitations.

— Merci.

J'écoutais sa respiration, j'entendais bien qu'elle tenait le téléphone tout près de sa bouche.

— Qu'est-ce que tu vas faire ?

— Je ne sais pas bien.

— C'est terriblement rapide.

— J'étais sûre que tu allais dire quelque chose comme ça.

Je marquai une nouvelle pause – si seulement je pouvais trouver le moyen d'être un père sous *couverture*.

— Il s'est passé beaucoup de choses dans ta vie, ces derniers temps.

— Je sais.

Je pensais au policier de Philadelphie, le plus jeune frère de Vic. Ce n'était pas que j'étais réticent à son égard, mais cela ne faisait que cinq mois qu'ils se connaissaient, et cinq mois agités. Et même si ce n'était pas juste, je repensais à sa précédente relation qui l'avait laissée inconsciente sur les marches du Franklin Institute.

— Pourquoi penses-tu qu'il t'a demandé ?

— Ben… je crois que c'est peut-être lié au fait qu'il m'aime.

171

— Je veux dire, maintenant.

Silence.

— Je ne sais pas.

Je hochai la tête à l'intention du mur.

— Est-ce que vous en avez discuté ?

— Un peu, juste de ce qu'on pourrait faire… Juste des trucs en l'air.

— J'imagine qu'il veut son dessert, maintenant.

— Papa !

Je gardai les yeux rivés sur le mur vert kaki. Les gens y avaient gribouillé et gravé des choses si profondément que les couches de peinture ultérieures n'avaient fait qu'aggraver les dégâts. Je me demandai si Custer avait vraiment porté des chemises Arrow, si DD aimait toujours NT, si les onze gamins qui s'étaient retrouvés sur le parking battaient toujours les Broncos 24 à 3, ou si le 758-4331 attendait toujours qu'on l'appelle. Je pensai aux amours, cœurs brisés et passions désespérées qui s'étaient joués via le téléphone que je tenais dans ma main et me demandai si l'émotion restait comme le parfum du chèvrefeuille au mois d'août – triste et doux, tragique et plein d'espoir.

— Je crois qu'il t'aime. Je crois qu'il est dingue de toi.

— Ouais.

— Ce qui n'est pas difficile, tu sais.

J'entendis le sourire.

— Ah ouais ?

— Ouais. (Je fis courir mes doigts sur le mur.) Je crois qu'il faut que tu suives ce que te dit ton cœur, ma grande.

Je pris une grande inspiration, que j'exhalai lentement, laissant mes émotions se mêler à toutes les autres qui s'étaient faufilées par les petits trous noirs du combiné. Mon cœur, qui se trouvait à 3 200 kilomètres de là, s'éloigna encore un peu plus.

— Il ne voit pas d'inconvénient à ce que tu prennes ton temps ?

Il y eut un reniflement.

— Il dit qu'il attendra aussi longtemps qu'il le faudra.

Je hochai à nouveau la tête devant le mur, conscient que quelque chose en moi avait changé quelques mois auparavant et que j'étais désormais en train de lutter contre une sorte d'aversion au chagrin – le ressac émotionnel après ce moment où Cady avait frôlé la mort. Pendant la crise, j'avais été dans une espèce de temps présent qui agissait comme une protection et m'avait permis de survivre au danger sans perdre d'énergie ni de ressources affectives, mais maintenant, ce temps était passé et je me sentais mal à l'aise.

Nous faisons tout ce que nous pouvons pour protéger ceux que nous aimons, à n'importe quel prix, et ce n'est pas assez. Contrairement à l'os, une fois que ce cercle magique et illusoire de sécurité s'est brisé, il ne peut jamais plus être complètement réparé et il n'est pas plus fort au point de fracture. Lorsque Cady était partie pour retourner à Philadelphie, j'avais eu des heures et des jours pour penser et ressentir. J'étais censé être heureux, mais je ne l'étais pas et je ne dormais pas bien depuis – avoir Mary Barsad dans ma prison n'avait pas aidé. Comme un drogué en cure de sevrage, j'endurais un jour après l'autre.

Le chien était toujours assis au bout du bar et Juana lui donnait maintenant le reste de mon cheeseburger.

— Je me suis dit que vous n'en vouliez plus…

— Effectivement.

Elle m'observa.

— Ça va ?

Je pris une grande inspiration, m'éclaircis la voix et déglutis.

— Ouaip. (Je tendis la main.) Walt Longmire, shérif, comté d'Absaroka.

Elle s'essuya la main sur son jean, serra la mienne et sourit.

— Je sais. Je vous ai trouvé sur internet à la bibliothèque de Gillette. Il y avait un grand article sur vous dans la *Billings Gazette* et dans le *Denver Post* – vous avez démantelé un réseau de trafic humain en Californie.

— Je n'ai joué qu'un petit rôle dans une enquête.

— Il y avait une photo de vous sur les marches d'un grand bâtiment, mais votre visage était caché par votre chapeau.

— C'est mon meilleur profil, celui avec le chapeau. (Je me penchai pour caresser le chien.) Est-ce Cliff Cly qui a décroché le téléphone quand Cady a appelé?

Elle hocha la tête.

— Ouais, mais je lui ai pris des mains rapidement. Il était là en train de boire son déjeuner et il a été plus rapide que moi pour attraper le téléphone. (Elle réfléchit.) On aurait dit qu'il attendait un appel.

Elle paraissait assez sûre de son fait et je décidai de laisser tomber. Cette histoire de couverture me fatiguait.

— Y a-t-il autre chose que je puisse faire pour vous aider?

— Non, je vais juste ranger un peu la nourriture dans le congélateur du fond pour faciliter les choses ce soir, mais je crois qu'on est prêts.

J'attrapai mon verre et bus une dernière gorgée de la glace qui avait fondu dans mon thé.

— Bon, le chien et moi allons nous retirer dans notre chambre pour nous reposer.

Elle laissa le chien lécher l'assiette.

— Est-ce que votre ami indien va vraiment combattre?

Je secouai la tête devant l'absurdité de la situation.

— Ouaip, je crois bien.

— Il a l'air de savoir ce qu'il fait.

— Oui.

Elle hocha la tête.

— Méfiez-vous de Cliff Cly. Ça ne fait pas très longtemps qu'il est là, mais je suis prête à parier qu'il triche.

Je tapotai ma cuisse pour que le chien me suive.

— Je ne prends pas le pari.

Parfois, on me demande ce qui fait un bon flic. Bien sûr, il est pratique de savoir taper à la machine, mais en vérité, c'est savoir remarquer les choses qui comptent. Invitez un bon flic chez vous une fois, et un an plus tard, il sera capable de vous décrire la position des meubles, les tableaux accrochés aux murs, et de vous dire si le grille-pain est blanc ou en inox.

Quelqu'un avait passé ma chambre au peigne fin.

Juana avait fait le ménage et rangé, mais j'étais presque sûr que ce n'était pas elle qui avait fouillé mes affaires. C'était un boulot de professionnel, et si je n'avais pas pensé à vérifier, je n'aurais jamais rien vu. Tout avait été rangé exactement à sa place, sauf que sur mon arme la sûreté était défaite. Je ne pouvais détecter de traces sans une assistance spécialisée, et celui qui avait fouillé portait probablement des gants, mais je savais que la culasse était bloquée lorsque je l'avais rangé.

J'inspectai rapidement les lieux et constatai que la peinture était écaillée à l'endroit où la fenêtre de la salle de bain avait été forcée. Un terrain vague s'étendait derrière le motel, avec quelques maisons miteuses tournées dans la direction opposée et une pente envahie de mauvaises herbes qui donnait un accès facile à ma chambre sans exposer l'intrus à de grands risques d'être surpris.

Qui aurait été intéressé et assez professionnel pour laisser presque tout comme si rien n'avait été touché ? Cela ne pouvait pas être Benjamin, et je ne pensais pas que Pat avait la dextérité nécessaire pour se glisser par la haute fenêtre, en particulier après l'altercation d'hier soir. Il restait l'homme mystère qui conduisait le camion de Bill Nolan ou un autre étonnamment similaire.

Cliff Cly ne correspondait pas au profil de l'étranger – peut-être Mike Niall, ou encore Bill Nolan lui-même, même s'il avait affirmé qu'il dormait. Si Bill était impliqué, on aurait pensé qu'il aurait préféré rester éloigné de moi, et il ne m'aurait pas emmené à la maison de mon père. D'autre part, ses motivations paraissaient pures et qu'aurait-il eu à gagner dans la mort de Wade Barsad ? Mary ? Peut-être, mais il aurait forcément compris qu'elle serait exposée à une condamnation à perpétuité. Était-ce quelque chose dont ils n'avaient pas tenu compte – que quelqu'un allait forcément payer ? Et que faire de ses aveux à

Hershel, à Bill, aux enquêteurs du comté de Campbell et à tous ceux qui étaient prêts à écouter ?

J'essayais de voir Mary à travers les yeux d'un jury du comté de Campbell, et cela ne présageait rien de bon. Il lui manquait la seule qualité que la populace espérait voir chez une personne accusée de meurtre, coupable ou non : le remords. J'avais l'impression que si on en arrivait là, Mary Barsad serait une femme présentée au jury pour un crime mais jugée pour sa personnalité.

J'enlevai mon chapeau, le posai tête en bas sur la table bancale et m'assis sur l'unique fauteuil. Je jetai un coup d'œil sur la bible posée sur la table de nuit, mais j'avais eu assez de religion pour une journée. Le chien bondit sur le lit, se mit en rond et me regarda. Je me demandais toujours s'il en savait plus sur ce qui se passait que moi, s'il existait une sorte de capacité canine innée à décrypter les gens et les situations.

— Alors, qui est le coupable ?

23 octobre : cinq jours plus tôt, l'après-midi.

Mary Barsad avait été au mieux de sa forme au milieu de l'après-midi, et, pour tenter de la faire manger, j'avais décalé le repas d'environ deux heures.

Elle refusait toujours de prendre un petit déjeuner, mais au moins je parvenais à lui faire grignoter un déjeuner et un vague dîner tout en devisant. Elle but un peu de soupe et me regarda comme si c'était moi – pas elle – qui me trouvais derrière les barreaux. J'avais décroisé les jambes et posé le bol vide après avoir bu ma soupe de poulet aux tomatilles sur le comptoir. La soupe de poulet aux tomatilles de Dorothy Caldwell séduisait tous les prisonniers.

— Il y a une différence ?

— Bien sûr qu'il y en a une. (Elle secoua la tête et me renvoya d'un geste de la main tout en se tournant vers la fenêtre pour plonger son regard dans les lueurs opaques du soleil d'automne.) Depuis combien de temps êtes-vous shérif ?

J'ignorai la question.

— Je vois la justice comme un cadre, et le bien et le mal comme la philosophie qui le sous-tend.

Mary se retourna et j'eus l'impression d'avoir mis le pied dans un bourbier théorique. Elle m'adressa un sourire tendu et dur qui ne monta pas jusqu'à ses yeux.

— Est-ce qu'on ne peut pas, en faisant le mal, rendre la justice ?

— Non, parce que alors, cela devient une injustice en soi.

Elle parut peu convaincue.

— Et qui est juge de ça ?

— Nous tous.

— Facile à dire pour vous, vous êtes du bon côté des barreaux. (Un rire amer s'ensuivit.) Certains jugements ont visiblement plus de poids que d'autres.

Je voulais amener à nouveau la conversation sur sa situation personnelle. Auparavant, chaque fois que j'avais essayé, elle s'était refermée comme une huître. Et là, une nouvelle occasion se présentait. J'allais devoir avancer doucement.

— C'est un cadre collectif, et je ne dis pas qu'il est parfait, loin de là, mais si on envisage l'alternative…

— Qui est… ?

Je haussai les épaules.

— Le chaos.

Elle me regarda intensément.

— Et vous avez connu le chaos ?

— Oui.

— Où ?

— Au Vietnam… et dans quelques autres endroits. (Elle prit une autre cuillerée de soupe, mais elle s'arrêta devant sa bouche.) Mary, il faut que vous me disiez ce qui s'est passé cette nuit-là. Il faut que vous me disiez tout ce que vous vous rappelez, sinon je ne vais pas pouvoir vous aider.

Elle m'avait regardé, avait posé en silence le bol de soupe au pied des barreaux, la canette de soda light à côté du bol. Elle avait enlevé ses sandales, remonté ses genoux et s'était allongée sur la couchette, face au mur de béton.

28 octobre, 21 h 00.

Lorsque les gladiateurs mouraient dans le Colisée, des hommes en tenue spéciale entraient dans l'arène et saupoudraient du sable pour absorber le sang versé entre les combats. Le mot latin pour sable est *harena* – d'où arène. C'était ce genre de pensée qui m'occupait l'esprit alors que j'aurais probablement dû réfléchir à des sujets plus urgents. La participation coûtait 500 dollars, et je fus surpris du nombre d'individus qui avaient les ressources financières nécessaires à l'inscription. Je ne fus pas surpris par le nombre de gens qui manquaient assez de jugement pour combattre, y compris l'Ours.

Henry Standing Bear était resplendissant dans un T-shirt blanc portant le logo des Fightin' Whities et en dessous, en plus petits caractères, every thang's gonna be all white*. Il avait dégotté quelque part un vrai short de boxe en soie rouge avec un galon doré. Le patron que j'avais assommé la veille au soir avait acheté quelques protège-dents neufs et fait bouillir ceux qui dataient des précédents combats. Ç'avait été une véritable foire d'empoigne, mais Henry avait été l'un des plus rapides et il s'en était procuré un neuf.

J'essayai de penser à la dernière fois où j'avais vu l'Ours porter des gants, sans parler de la dernière fois où je l'avais vu sur un ring, et il me vint à l'esprit un temps où les voitures commençaient juste à être équipées de ceintures de sécurité. C'était lors d'une fête du comté de Rosebud, à Forsyth. Un forain avait amené le plus grand ours noir qu'on ait jamais vu, et pour cinq dollars on pouvait passer de l'autre côté des cordes et "boxer" avec Buster. Buster était muselé, on lui avait enlevé ses griffes et il était sanglé dans un harnais qui pouvait être tiré

---

* Les *Fightin' Whities* (Les Blancs combattants) est le nom d'une équipe de basket composée de joueurs d'origines diverses. Avec ce nom, ils entendaient protester contre les stéréotypes indiens utilisés comme mascottes sportives. *Every Thang's Gonna Be All White* (Tout sera blanc) est un jeu de mots sur *Everything's Gonna Be All Right* (Tout ira bien), avec *thang*, une prononciation déformée de *thing*.

par deux hommes très costauds de manière à le séparer de son adversaire humain après sa victoire, ce qui arrivait chaque fois lors de cette nuit soyeuse du Montana.

La technique de Buster l'Ours était assez simple – il avançait d'un pas lourd, enveloppait directement son adversaire de ses bras géants et l'aplatissait sur le sol. Il faisait seulement deux mètres de haut quand il se tenait sur ses pattes arrière, mais il avait l'avantage du poids – il devait avoisiner les trois cent quinze kilos. Henry et moi avions consommé plusieurs bières Grain Belt Premium et décidé que l'exploit sportif était à notre portée, comme seuls des adolescents ivres peuvent le faire.

Nous regardâmes une douzaine de créatures des Hautes Plaines se faire écraser avant qu'arrive le tour de Henry. Il avait une stratégie, fondée sur le fait peu connu que les ours ont une très mauvaise vue et qu'avec son excédent de poids cet animal était un tout petit peu lent. Henry se disait qu'il fallait dégainer très vite, coller à Buster tout ce qu'il avait dans un seul coup de poing, puis le plaquer au sol avant qu'il ne puisse voir quoi que ce soit et reprendre ses marques.

La stratégie ne fonctionna pas.

La tête de Buster l'Ours craqua sous un crochet qu'il reçut en plein museau et qui aurait tué n'importe quel homme, mais avant que Henry Standing Bear n'ait pu attraper Buster par la taille, l'ours noir l'avait soulevé de terre et jeté sur le côté avant de s'abattre sur lui avec une vigueur qu'il n'avait pas encore déployée cette nuit-là. Il fallut quatre hommes, dont moi, pour tirer les chaînes et libérer l'Ours de l'ours, et quand j'arrivai près de Henry, je le trouvai pâle comme je ne l'avais jamais vu. Il me dit qu'un autre détail peu connu concernant les ours noirs, c'était qu'ils avaient 42 dents – il les avait comptées quand le museau de Buster s'était écrasé contre son visage.

J'avais un peu tâté de la boxe dans ma jeunesse et j'étais arrivé au dernier tour d'une compétition intersection chez les marines grâce à ma taille, ma jeunesse et mon talent – j'avais encore l'une, j'avais perdu l'autre, et il restait encore à se prononcer sur le troisième. J'avais combattu assez bien à Camp

Pendleton pour continuer la boxe à Camp Lejeune, puis aux championnats de boxe des forces armées sur la base de l'Air Force de Lackland, où "Jacksonville Jake" – une boule de nerfs tout en tendons, originaire de Floride, qui avait la couleur et la résistance d'un cuir de selle tanné – m'avait fait rebondir dans les cordes comme une balle magique. Ces trois minutes m'avaient inculqué définitivement un respect particulier pour les Premiers Maîtres dont le second prénom était emprunté à la ville où ils étaient nés.

J'étais plus âgé aujourd'hui, et je repensais à ces épisodes comme s'ils appartenaient à la vie d'un autre. Je m'étais engagé dans le combat avec enthousiasme quelques fois seulement, me laissant glisser dans les profondeurs de cet instinct primitif de destruction qu'on appelle ensuite un jeu. J'avais juré de ne plus jamais aller regarder du côté de la sauvagerie que j'avais décelée en moi.

Dans l'histoire des mauvaises idées, pourtant, celle-ci était nécessairement un canon du genre. La première indication qui révèle que vous avez eu une mauvaise idée, c'est que les gens cessent de croiser votre regard et que vous cessez de croiser le leur. Lorsque je vis Henry Standing Bear entrer dans le bar transformé en arène, il ne croisa pas mon regard. Juana lui servit une canette de thé glacé et évita, elle aussi, son regard.

Ils étaient alignés sur quatre rangs devant le bar, et les talents professionnels de Pat avaient été mis à rude épreuve lorsque les sièges empruntés à l'équipe de base-ball de la Gillette American Legion s'étaient écroulés sous le poids des spectateurs. Personne n'avait été blessé – après tout, Dieu protège les enfants, les animaux et les ivrognes. Ils avaient installé toutes les chaises de la salle municipale et avaient même arraché le contreplaqué qui remplaçait la baie vitrée pour que des clients supplémentaires puissent s'asseoir sous le porche.

Je jetai un coup d'œil dans la salle à la recherche de quelqu'un qui aurait pu griller ma couverture déjà très mince, mais je ne vis personne que je connaissais en dehors de Bill Nolan et de Henry, qui continua à m'ignorer jusqu'à ce que je me porte volontaire pour l'assister après avoir constaté que personne ne paraissait vouloir le faire.

Les gants minces ne protégeaient guère les mains de Henry, mais il pouvait les envoyer à des endroits que de vrais gants de boxe ne pouvaient atteindre, et l'Ours remporta son premier match. Dans le deuxième, il colla un droit dans le flanc gauche de Gary Hasbrouk, ce qui confirma sa théorie selon laquelle il pouvait systématiquement cogner du gauche ses adversaires jusqu'à leur mort. Puis il surprit l'homme avec un uppercut en provenance de Lame Deer, qui souleva son adversaire de vingt bons centimètres au-dessus de la plateforme en contreplaqué. Avec une sportivité telle qu'on n'en avait jamais vu dans le concours pour le titre de Guerrier-Invincible-de-la-Powder-River, la Nation Cheyenne recula d'un pas pour permettre à Hasbrouk de s'étirer la mâchoire et de se rappeler sur quelle planète il se trouvait, après quoi Henry laissa échapper un soupir avant d'approcher à nouveau son adversaire.

Hasbrouk lança un coup qui manqua l'Ours de cinquante bons centimètres, puis il se mit en garde face à l'un de ses propres assistants. Henry s'avança à nouveau et regarda les arbitres. Mike Niall, Pat et un type mince que je ne connaissais pas décidèrent de prononcer un K.-O. technique et la foule rugit sa désapprobation.

Leur comportement aurait été une disgrâce dans le Circus Maximus.

J'amenai la Nation Cheyenne dans l'étroit couloir où j'avais parlé à Cady au téléphone un peu plus tôt, et je regardai le redoutable Ours cacher sa patte enflée en maintenant une épaule entre sa main et moi. Il était arrivé au dernier tour, tout comme Cliff Cly, qui se tenait sur le ring et haranguait la foule.

Lors de son premier match, le cow-boy de rodéo / vacher avait assommé D.J. Sorenson d'un coup. Dans son deuxième, après une rapide feinte vers le rein droit, Ken Colbo avait baissé sa garde et Cly l'avait cloué au sol avec un ample crochet qui avait percuté l'homme au large visage sur le côté de la tête. La mâchoire de Colbo était restée pendant quelques instants, puis il s'était écroulé sur les genoux. Avec un certain manque de courtoisie, Cly l'avait repoussé d'un coup de genou, et le bruit de la tête de l'homme cognant sur la plateforme en bois avait résonné dans la salle comble et bruyante.

J'attirai l'Ours plus loin dans le couloir et l'obligeai à se retourner en l'attrapant par l'épaule.

— Bon, si tu tiens à aller jusqu'au bout, il baisse sa droite quand il recule après avoir pris un direct…

Il ne me prêtait pas la moindre attention et gardait sa main gauche à un endroit où je ne pouvais pas la voir.

— Laisse-moi jeter un œil.

Il coinça sa main blessée sous son aisselle.

— Non.

Depuis le début de la soirée, c'était la première fois que nos regards se croisaient.

— Henry, ça suffit.

Il fit la grimace.

— Quoi ?

Je me penchai.

— Arrête ça avant d'être blessé pour de bon.

Il tourna son épaule de manière que je ne puisse pas voir et sourit de mon regard courroucé.

— Il se peut que ce soit trop tard.

— Pourquoi tu fais ça ?

— Quoi ? (Il continua à sourire de mon malaise et du sien.) Je t'aide.

— Non.

— Si, même si tu ne t'en rends pas compte.

On pouvait toujours faire confiance à Henry pour mettre de l'ambiance dans les soirées. Je secouai la tête.

— Si tu ne t'arrêtes pas, je vais t'emmener là-derrière et te mettre une raclée moi-même. Laisse-moi voir ta main.

— Non.

Pour la seconde fois dans la conversation, nos regards se croisèrent.

— Laisse-moi la voir.

Le sourire disparut et son visage devint aussi figé que celui de l'Indien en bois vendeur de cigares. Nous restâmes ainsi, sans bouger, puis je repartis vers le ring de fortune, la serviette blanche à la main.

Je croisai le regard des trois arbitres officiels non officiels en me glissant devant la foule des spectateurs. Niall se pencha et cracha dans le crachoir le plus proche avant de me regarder, le visage interrogateur.

— Sa main est cassée.

Il secoua la tête.

— Quoi ?

Je me penchai un peu plus, surveillant Cliff Cly qui approchait en buvant une bière qu'il tenait dans sa main gantée. Il se gargarisa un peu avant d'avaler. Je continuai à parler au rancher à voix basse.

— L'Indien a la main cassée. Il ne peut pas combattre.

— Vous vous foutez de moi. (Il jeta un coup d'œil inquiet autour de lui.) C'est pas bon, ça.

Cly posa ses coudes sur la corde la plus haute et nous regarda.

— Qu'est-ce qu'y se passe ?

Niall regarda celui qui allait devenir le champion par défaut et fit un mouvement de tête dans ma direction.

— Il dit que la main de l'Indien est bousillée et qu'il peut pas combattre.

Il avala la bière qu'il avait dans la bouche, et un sourire narquois s'étala sur son visage.

— C'est des conneries.

Je gardai les yeux rivés sur le rancher.

— Sa main gauche est fichue. Il lui est impossible de continuer.

Niall haussa les épaules.

— Bon, ben alors, il renonce à ses 500 dollars et Cliff devient champion.

Je sentis quelque chose se planter dans mon flanc et je me tournai pour voir le bout de la botte de Cliff Cly me rentrer dans les côtes.

— Il chie dans son froc – tout comme toi.

Il prit une autre gorgée de bière et me toisa.

Je me dis qu'un bon tabassage en règle lui ferait le plus grand bien.

— Une autre fois.

Je me retournai vers les juges.

— C'est ce que j'ai dit à ta fille.

Je l'ignorai et m'apprêtai à reparler à Niall, mais Cly m'interrompit à nouveau.

— Au téléphone, elle m'a allumé quelque chose de bien, alors je lui ai dit que la prochaine fois qu'elle passait par là, je l'enfilerais dur.

C'est à ce moment-là qu'il cracha sa bière sur moi.

Je ne bougeai pas pendant une seconde, espérant qu'il n'avait pas fait ce qu'il avait fait, mais la bière chaude mêlée de salive se mit à couler sur mes cheveux, puis sur ma chemise.

Je ne peux pas en être sûr, mais je crois que c'est à peu près à cet instant que je me suis tourné pour le regarder et que j'ai pensé à Henry, à l'élection, à Mary Barsad, à l'enquête, au ranch de mon père, mais surtout à Cady. Tout s'est combiné – et quelque chose s'est brisé net.

Ma main fut sur les cordes avant que je puisse réfléchir à ce que j'étais en train de faire, et c'était comme si mes muscles avaient envie d'une petite balade et que mon esprit suivait tout simplement le mouvement. Cly recula. Je passai entre les deux cordes et il me toisa d'un air supérieur tandis que j'enroulais la serviette autour de ma main droite.

Pendant que j'emballais mon autre main, il fit quelques mouvements de tête, s'étira le cou, esquissa quelques pas et se déplaça sur ma gauche.

— Allez, vieux croûton.

La foule était en délire, mais je l'entendais à peine. Je sentis mon visage baigné d'une fraîcheur familière et mes mains paralysées. Toutes les qualités rationnelles qui étaient les miennes et l'attaque d'immense panique provoquée par l'inimaginable m'abandonnèrent.

Je m'approchai pour l'empêcher de bénéficier d'un grand élan dans ses coups, puis je le regardai se balancer et amorcer un roulement à la Dempsey. Il glissa vers sa droite sous l'effet de mon attaque, puis me flanqua un puissant coup par en dessous dans mon flanc resté sans protection.

Je poussai un grognement et repris mes appuis, abaissant mon coude pour bloquer l'attaque qui suivit aussitôt. Cly ignora mes pieds et flanqua ses deux mains dans mes côtes. C'était une erreur.

Le claquement de la mâchoire de Cliff Cly résonna comme celui d'un paquet de cartes qu'on bat, et il tituba vers l'arrière. Je restai planté au centre du ring et il s'avança vers moi avec beaucoup plus de prudence, cette fois.

La tentation de tabasser ce jeune homme à mort était grande, mais je trouvais que j'avais suffisamment attiré l'attention sur moi en participant seulement à la compétition.

Cliff se jeta en avant, pensant peut-être que s'il restait tout près, je ne pourrais pas tirer avantage de mon envergure. Il s'accroupit, et je me dis qu'il allait risquer le tout pour le tout avec un seul coup hyper puissant. J'avais raison, à ceci près qu'il le fit non pas avec ses poings mais avec sa tête, qu'il projeta d'un mouvement rapide. L'arrière de son crâne vint s'écraser sur mon visage avec une puissance phénoménale.

Je ne vis venir le coup qu'à la dernière seconde et je pivotai, mais l'essentiel de la force dévia de mon nez vers ma pommette et mon arcade sourcilière gauches. La coupure fit gicler une quantité de sang aveuglante.

Je reculai en m'essuyant l'œil de ma main emballée. J'avais mal et j'avais l'impression que la moitié de mon visage avait gonflé et était de la taille d'un ballon. J'étalai le sang avec l'épaule de ma chemise et fus soulagé de constater que je parvenais à distinguer des ombres mouvantes avec mon œil à moitié fermé, mais pour le moment, j'étais effectivement aveugle à gauche.

Il s'était mieux sorti de la collision, mais pas de beaucoup. Il secoua la tête – visiblement, il n'était pas loin de s'être assommé lui-même avec ce coup complètement interdit. Lorsqu'il leva les yeux et parvint enfin à évaluer mon état, il sourit en voyant les dégâts infligés à mon visage.

Cly fit un pas en avant, et après une feinte du gauche, il me balança un uppercut du droit. Lorsqu'il recula après le coup, il baissa sa garde, comme j'avais dit à Henry qu'il le ferait.

Je répondis d'un rapide direct du gauche. Il perdit l'équilibre et se mit à tomber. J'aurais pu le laisser faire, mais j'étais fatigué et en colère, et je voulais vraiment que ça se termine. Je le suivis et vis de mon seul œil valide sa main droite se lever pour bloquer le gauche qu'il s'attendait à recevoir pour la troisième fois. Ce fut une autre erreur, et la dernière qu'il commit de la soirée, parce que j'avais anticipé et lui avais déjà asséné un uppercut magistral sur le côté de la tête.

On peut frapper un homme de nombreuses façons. J'en avais appris certaines dans les bars un peu louches des Hautes Plaines quand j'étais gosse, d'autres dans les premières lignes au football, d'autres encore avec les marines, et pendant un quart de siècle dans la police. On peut frapper un homme pour le gêner, pour le faire saigner, pour le faire tomber, ou bien on peut le frapper pour l'étendre raide.

Pour mon plus grand déshonneur, je frappai Cliff Cly avec cette dernière intention.

Son menton décolla de sa poitrine, et je vis que les muscles de son cou ne fonctionnaient pas juste avant qu'il bascule en arrière, emportant avec lui le poteau métallique au coin, trois longueurs de corde et au moins deux personnes.

Lorsque des corps s'écroulent sur le sol, ils font un bruit caractéristique qu'il n'y a aucun moyen de décrire. Je l'ai entendu dans des motels, dans des bars, sur des terrains de foot et des champs de bataille, et ce fut ce bruit-là qui me ramena à la réalité.

Il y avait beaucoup de cris, de hurlements et de confusion lorsque je m'approchai pour voir s'il respirait encore. Il respirait, mais il était parfaitement immobile et seule sa poitrine bougeait. Il était probablement le favori du public et il devait y avoir beaucoup d'argent placé sur sa victoire potentielle – je sentis une chaise pliante me taper l'arrière de la tête et quelques autres se mirent à voler sur le ring. Je le quittai en trébuchant et je cherchai de me frayer un passage vers le couloir du fond, mais même avec mes capacités limitées à un œil, je voyais bien que la foule tout entière était embarquée dans ce qui n'était rien d'autre qu'une mêlée. Je trébuchai sur une autre chaise pliante et tombai, englouti par la meute.

Je voulus me remettre debout, mais une main familière se plaqua contre ma poitrine et l'Ours plongea tandis que d'autres chaises volaient en direction du ring. On entendit un fracas de verre brisé du côté du bar, avec d'autres cris et hurlements, et des bruits de bagarres qui ne paraissaient pas être habituelles à cette compétition du Guerrier-Invincible-de-la-Powder-River. Henry se coucha au-dessus de moi et repoussa quelqu'un tout en déviant la trajectoire d'une bouteille volante qui s'écrasa par terre et projeta sur nous des éclats de verre.

Je gardai les yeux rivés sur sa main tandis qu'il continuait à sourire comme les Cheyennes le font toujours en pleine bataille. J'essayai de cligner avec mon œil gauche, mais je ne sus pas si j'y arrivais. Puis je laissai ma tête reposer sur le plancher lorsqu'il me demanda, sur le ton de la plus anodine des conversations :

— Sais-tu que ta fille va se marier ?

10

28 octobre, 23 h 55.

E N 1948, au Jimtown Bar, deux cents mètres au nord de la réserve cheyenne, Hershel Vanskike tua un homme. Il était en train de jouer au billard lorsque deux voyageurs venus de Chicago débarquèrent et voulurent participer. On leur demanda s'ils avaient les fonds, et ils assurèrent les cow-boys du coin qu'ils les avaient.

Méfiants, ceux-ci exigèrent de voir l'argent. Les hommes de Chicago leur montrèrent plus de deux mille dollars en petites coupures.

Ainsi rassurés, les joueurs leur permirent de jouer, mais au bout de quelques heures pendant lesquelles ils avaient beaucoup perdu et bu trop de whisky, les gars de Chicago devinrent irritables, et l'un d'eux, qui s'appelait John Boertlein, commença à insulter un rancher indien qui était assis au bar. Il lui donna un coup du bout de sa queue de billard et demanda au "chef" ce que les gens du coin faisaient pour s'amuser.

Le Cheyenne l'ignora et continua à boire, portant lentement le liquide fort à ses lèvres, les coudes apparemment vissés au bar.

L'homme de Chicago dit au "chef" qu'il avait beaucoup de *wampum* et il lui donna un nouveau coup de queue, laissant un petit point de craie bleue sur la manche de la chemise blanche du Cheyenne.

Le patron s'éloigna d'un pas et appuya ses mains sur le bar.

Boertlein donna un nouveau coup à l'Indien et lui demanda s'il savait où son ami, du nom de Bud Ardary, et lui pourraient trouver quelques squaws pour passer la nuit. Il laissa une nouvelle marque bleue.

Le Cheyenne resta silencieux et but la dernière gorgée de son verre d'alcool.

Bud Ardary, l'autre homme de Chicago, quitta la table de billard pour venir s'amuser aussi. Boertlein donna un coup à l'Indien sur son autre bras, mais il n'y eut aucune réaction. Le Cheyenne reposa son verre vide sur le bar, salua le patron en effleurant son chapeau de la main droite et se leva. Boertlein, sentant qu'il était sur le point d'être totalement ignoré, attrapa l'Indien par l'épaule au moment où le Cheyenne se retournait vers lui, mais l'Indien le contourna et se dirigea vers la porte.

John Boertlein avait une expression étonnée et ne bougeait pas.

Ardary tira son ami par le bras et vit une mince ligne rouge se dessiner sur la chemise de son pote à l'endroit où la lame d'un couteau tranchant comme un scalpel avait entaillé l'abdomen de l'homme de Chicago.

Ardary dégaina un pistolet au moment où l'Indien ouvrait la porte, et Hershel Vanskike, se rendant compte que le dernier à sortir son arme dans ces situations était probablement le premier à se faire descendre, prit un joli petit .32 dans sa ceinture de pantalon. Ardary tira sur le Cheyenne qui franchissait le seuil. Il le manqua. Sentant un mouvement sur sa droite, il tourna son .38 vers les joueurs de billard, et Vanskike appuya sur la détente.

Je levai les yeux vers le grand Indien assis à côté de moi.

— Foutus Indiens, ils créent toujours des ennuis.

Il hocha la tête.

— Je crois que c'était mon oncle Art, celui qui est allé s'installer à Rocky Boy.

Je posai à nouveau mes yeux sur le rapport.

— Je comprends qu'il ait déménagé.

On avait clairement identifié l'affaire comme un cas de légitime défense et l'autopsie avait révélé la présence de trois autres balles héritées d'altercations précédentes, mais Vanskike avait quand même écopé de neuf mois dans une cellule du comté. Dans son casier figurait aussi le nombre habituel de conduites en état d'ivresse, de cas d'ivresse sur la voie publique et quelques voies de fait, mais la plupart des activités criminelles de Hershel s'étaient considérablement réduites une bonne trentaine d'années auparavant, lorsque le vieux hors-la-loi s'était converti à une vie bien plus rangée. En dehors de l'incident du Jimtown Bar, le seul événement vraiment troublant était celui de la maison louée à Clearmont.

Pour ce qui était de notre participation à l'altercation présente, personne ne parut s'étonner que Henry et moi soyons arrêtés par l'adjoint du comté d'Absaroka et pas par celui du comté de Campbell.

Juste au nord de la ville, de l'autre côté du pont condamné, Victoria Moretti rangea le Bullet au bout du terrain que le WYDOT et la compagnie du téléphone utilisaient, le long de la clôture d'un champ et à côté d'un pick-up vert qui semblait abandonné et pourtant familier.

La Nation Cheyenne et moi étions assis sur le plateau, et Vic prodigua les premiers soins à son visage abîmé, puis au mien, avec la trousse de secours de mon camion. Mon adjointe fit la grimace en voyant mon œil enflé et elle tira sur ma pommette. Son examen provoqua une douleur considérable.

— Ça fait mal ?

Je reculai un peu, essayant d'échapper à ses doigts intrusifs.

— Ça ne faisait pas mal avant que tu te mettes à la tripoter.

Elle prit son air buté, les bras croisés, et me regarda. Elle portait une veste en polaire légère, dont elle avait remonté le col pour se protéger contre les coups de vent frais et réguliers qui descendaient des Bighorns. On pouvait presque distinguer les légères volutes de buée sortant de sa bouche quand elle respirait – presque.

— Il faut faire une radio de cette main et tu as besoin de points de suture.

— Recouvre-la bien avec ce truc antibiotique et colle-moi un pansement.

— Tu as besoin de points.

Je n'ajoutai rien, je continuai juste à la regarder avec un œil et demi.

— Walt, tu fais chier.

Je pris une grande inspiration, soupirai et je crois que j'ai même souri.

— Je le fais rarement, mais faut bien reconnaître que quand je fais un effort, je me débrouille assez bien.

Elle secoua la tête en fouillant dans la trousse à la recherche des accessoires nécessaires.

— Mais qu'est-ce qui t'a pris, bordel ?

— Je me sentais viril.

J'écoutai les brises qui faisaient vibrer les herbes sèches et lisses comme les cordes d'une mandoline, et je me dis que peut-être était-ce l'approche de l'hiver, ou ce que Henry lisait dans le dossier, ou le fait que mon œil gauche était presque complètement fermé, mais même si je me sentais fatigué, j'avais quand même envie de me montrer à la hauteur. Je laissai échapper un profond soupir et levai les yeux vers la Nation Cheyenne.

— Il aurait incendié une maison en 1992 ?

— Il a été accusé puis relaxé.

Henry continua à lire, tenant la Maglite de Vic dans sa bonne main, tandis qu'elle continuait à examiner ma blessure.

— Il était prétendument parti, mais d'après le shérif du comté de Sheridan, il y avait des raisons de croire qu'il était l'incendiaire.

Vic me donna un coup pour m'écarter les genoux et pouvoir approcher plus près. J'écoutai les grincements de son ceinturon quand elle se frotta contre mes jambes.

L'Ours lut à voix haute :

— "Grandes et profondes crevasses sur le bois calciné, fines craquelures irrégulières sur le verre et épaisseur brûlée indiquant l'utilisation d'un activant… Ligne de démarcation et fragments arrachés à la maçonnerie indiquent point d'origine douteux."

Vic leva les yeux.

— Quoi ? Ils avaient Sparky, ce putain d'expert en incendies, dans le comté de Sheridan ?

Il étouffa un rire.

— Attends, ce n'est pas fini. Devine qui était l'agent chargé de l'enquête ?

Il brandit le dossier en papier kraft avec le rapport de l'incendie sur le dessus. Vic le lui prit des mains et lut la signature gribouillée en bas de la feuille faxée.

— Ça dit Frymyer. Putain de merde.

Je la regardai et me souvins que Chuck avait travaillé pour le comté de Sheridan avant de venir chez nous.

— Notre Frymyer ?

Henry hocha la tête.

— Dans les notes personnelles, il dit que c'était un cas tellement clair d'incendie délibéré qu'il a essayé d'enquêter, mais dès que le propriétaire a reçu le chèque de la compagnie d'assurances, il a abandonné les poursuites.

La Nation Cheyenne se pencha en avant pour tenir la lampe de poche à Vic, qui pressa le tube d'antibiotique local et mit un peu de pommade sur son index.

Elle me tint la tête en arrière et enleva le tampon de gaze qu'elle avait posé pour éponger le sang, prenant garde à la pommade qu'elle avait sur son doigt. Je parlai en direction du ciel.

— Qui est de permanence ?

— Ruby, et elle m'a dit de te dire que la prochaine fois que tu décides de travailler sous couverture, voudrais-tu laisser un mot, par exemple ?

— Je mettrai une chaussette sur ma poignée de porte.

— Tu n'as pas de poignée de porte.

Je regardai la main de Henry qui tenait la lampe torche, et Vic étala l'onguent sous mon œil gauche et sur la plaie.

— Aïe.

Elle eut un sourire mauvais.

— Bien. J'espère que ça te fait mal, putain. (Elle ôta la protection sur un grand pansement de gaze autocollant.) Je recommence : qu'est-ce qui t'a pris, bordel ?

Je ne quittai pas des yeux la main de l'Ours.

— C'est l'Indien qui a commencé.

Avec une moue de mépris, elle le fusilla de ses yeux méditer-ranéens et colla le pansement sur ma joue.

— Venant de lui, ça m'étonne pas.

— Pourquoi?

Elle sourit, la canine étincelant dans la lumière de la lampe torche.

— C'est un sauvage.

La voix de Henry gronda dans sa poitrine.

— Tu ne t'es pas regardée.

Une fois que Vic eut terminé, je me levai et, tournant le dos au pont, je m'avançai vers un groupe de cinq chevaux. Ils se trouvaient juste sur la crête d'une colline qui bordait la rivière et ils nous regardaient, se demandant probablement s'il y avait une chance qu'on leur donne à manger. Je fis un bruit avec ma bouche et le cheval bai qui menait le groupe leva la tête. Il s'avança vers nous, et les autres suivirent. Ils auraient bien voulu quelque chose à manger, mais ils se contentèrent de me renifler les mains.

Je grattai le grand bai derrière les oreilles puis passai mes doigts sous son menton, à l'endroit où les insectes piquaient la chair tendre sous la mâchoire. Les poils courts étaient envahis de petites boursouflures, et il balança sa tête d'avant en arrière, ma main lui servant de grattoir comme s'il était un chat – un chat de cinq cents kilos.

Je lançai un coup d'œil à Vic et à Henry.

— Il a des photos d'elle partout dans sa roulotte de berger.

— De qui?

Je retirai ma main et le bai me grignota les doigts.

— Mary Barsad. Lorsque j'ai ramené Vanskike chez lui hier soir, j'ai vu qu'il avait des photos d'elle partout sur ses murs.

Ils se regardèrent avant de se tourner vers moi comme un seul homme, et Henry fut le premier à parler.

— C'est significatif.

Je frottai le nez du cheval et tendis mon autre main pour caresser un rouan.

— Peut-être. Il croit aussi aux vertus divines de Kmart. (Ils ne me quittaient pas des yeux.) Il achète des petits rouleaux astrologiques à la caisse du Kmart, et il y croit dur comme fer.

Vic s'écarta du Rezdawg et vint vers moi. Elle gardait ses distances ; elle n'aimait pas beaucoup les chevaux.

— Il était sur la liste de Sandy. On sait qu'il a tué un type, et il a peut-être mis le feu à une maison.

— Et alors ?

Son rire narquois fit sursauter le petit groupe de chevaux.

— Un jour, quelqu'un m'a appris ceci : si on cherche un meurtrier, on commence par les gens qui ont tué d'autres gens. (Elle fit un pas supplémentaire, et je pus la voir du coin de mon mauvais œil, derrière les museaux rassemblés.) Je sais pas si t'as remarqué, mais on est pas franchement dans la situation où on a un suspect caché derrière chaque putain d'arbre. (Avec ostentation, elle jeta un coup d'œil à la plaine qui s'étendait jusqu'à l'horizon.) C'est pas qu'il y en ait tant que ça par ici, d'ailleurs.

Henry glissa le dossier sous son bras.

— À quoi tu penses ?

Je pris une inspiration et contemplai les tourbillons des hautes herbes dans les prés. On aurait dit que quelqu'un les caressait aussi doucement que j'avais caressé les chevaux.

— Rien de tout cela ne me paraît convaincant, et ça m'inquiète.

Le bai tendit son museau et renifla mon haleine, ce qui me fit rire :

— Ils sont à Hershel.

Henry me rejoignit et rendit à Vic sa lampe torche.

— Quoi ?

Je repoussai doucement la tête du bai.

— Ces chevaux doivent appartenir à Hershel – ils veulent toujours t'identifier en reniflant ton haleine.

— VTI.

Je lui lançai un coup d'œil – un Vieux Truc Indien.

— Ah bon ?

Il hocha la tête et tendit sa main valide à une jument aubère.

— Quand je rassemblais des chevaux en liberté, j'ai entendu dire que ça arrivait.

Je fis un signe de la tête.

— Peut-être que Hershel a plus de liens avec les Indiens que nous ne le croyons.

Vic fourra ses mains dans les poches de sa veste en polaire.

— Alors, en quoi ça nous aide?

— Je n'en ai pas la moindre idée, mais je ne pense pas que ce soit Hershel.

— Je pensais qu'il n'y avait que les femmes qui avaient de l'intuition. (Elle laissa échapper un soupir exaspéré.) Alors, que dis-tu de Bill Nolan?

Je réfléchis.

— Il mijote quelque chose, mais il mijote quelque chose depuis que je le connais. Je ne crois pas qu'il soit un meurtrier, même dans l'acception plus abstraite qui consiste à mettre le feu à une maison ou à une écurie.

Vic se risqua plus près des chevaux de manière à se trouver dans mon champ de vision.

— Alors, maintenant, on pense que Wade Barsad n'a peut-être pas mis le feu à l'écurie?

Je frottai le cou musclé du bai.

— Je ne sais pas.

— Alors, pourquoi elle l'a tué? (Je me tournai et la regardai.) Walt, il ne reste plus qu'elle.

Je secouai la tête.

— Non.

— Alors qui? On a fait le tour de toutes les personnes présentes cette nuit-là.

Je tendis le bras pour caresser le bai entre les oreilles, mais il dut comprendre que nous n'avions rien et décida d'aller voir ailleurs; les autres suivirent. Henry se mit à fouiller dans sa poche de chemise. Il tendit sa main valide avec un biscuit granuleux au sorgho – ces friandises pour lesquelles les chevaux seraient prêts à traverser l'enfer, une selle enduite de napalm sur le dos. Le bai pivota et prit le biscuit posé sur le plat de la paume de l'Ours. Les autres s'approchèrent tandis que l'Ours m'en glissait quelques-uns dans la poche de la chemise où j'avais caché mon étoile.

— Alors, c'est quelqu'un qui n'était pas là.

24 octobre : quatre jours plus tôt, fin de matinée.

FRYMYER paraissait énervé.

— Je suis entré là et la prisonnière avait disparu.

Je me penchai au-dessus du comptoir du bureau des infirmières et éloignai un peu le combiné de mon oreille.

— On est à l'hôpital. Mary subit un examen général obligatoire, Vic et moi l'avons accompagnée.

— Je croyais qu'il devait avoir lieu à 2 heures ?

— Isaac a appelé et dit qu'il pourrait la voir avant, alors je me suis dit que ce serait une bonne chose de faite.

— Quel est le verdict ?

Je jetai un œil vers la porte de la salle d'examen.

— Je ne sais pas. Isaac, Vic et Mary sont toujours dans le cabinet.

— Bon, moi je suis ici pour protéger et servir. Un type est parti sans payer à la station-service au sud de la ville, mais il est revenu pour payer quand j'y étais.

— Il a dû apprendre que l'Agent le Plus Secret du Monde était sur ses traces.

Frymyer raccrocha. Mes adjoints se comportaient ainsi souvent avec moi.

Je m'ennuyais et la nièce de Ruby travaillait sur son ordinateur sur le bureau à côté, alors je m'approchai d'un pas traînant et regardai la jeune femme aux cheveux blonds comme les blés.

— Comment ça va, Janine ?

J'étais particulièrement fier d'avoir retenu son nom – j'avais l'impression de passer mon temps à l'oublier.

Elle ne leva pas la tête.

— Je suis occupée, oncle Walter, arrête de me déranger.

Je décidai d'aller me promener du côté des machines près de la porte et de prendre une bouteille d'eau, puisqu'ils n'avaient pas de distributeur de Rainier. Je glissai quelques quarters dans la fente, appuyai sur le bouton et pris la bouteille en plastique qui tomba dans le bac de l'automate. C'était une belle journée et lorsque les portes en verre qui donnaient sur l'extérieur s'ouvrirent automatiquement, j'y vis une invitation.

Je posai le pied sur le trottoir devant les urgences. Le conseil de l'hôpital venait d'aménager un petit coteau herbeux dédié à Mari Baroja. Un banc parfaitement bien placé, qui portait son nom sur une petite plaque de cuivre, se trouvait là et je m'assis pour boire mon eau en songeant à Mari et à sa petite-fille.

La semaine dernière, Lana était passée au bureau pour dire bonjour, mais j'étais sorti. On racontait que la jeune boulangère achetait une quantité considérable de propriétés sur Main Street avec les millions que sa grand-mère lui avait laissés et une grande parcelle qui montait dans les montagnes. Selon la rumeur, elle essayait d'acheter suffisamment de terres pour en faire une station de ski, mais moi, j'espérais un restaurant basque.

Les gens d'ici avaient prédit d'une voix résignée et sinistre que Durant serait la prochaine Jackson avant que Jackson ne devienne Jackson. Je ne le voyais pas venir.

La géographie de Jackson ressemblait beaucoup à celle de Manhattan en termes de taille et de contraintes – Manhattan parce qu'elle était une île entourée d'eau, et Jackson parce qu'elle était dans une vallée entourée de parcs nationaux et fédéraux. Dans les deux endroits, la quantité de terre était limitée et beaucoup de gens voulaient vivre dans l'une ou l'autre, ou les deux.

Une station de ski changerait les choses, mais je ne croyais pas qu'on verrait apparaître des vendeurs d'expressos et des manteaux longs en fourrure de coyote – autres que celui que portait Omar, bien entendu – sur les trottoirs de Durant.

Je bus un peu d'eau et regardai de l'autre côté du parking où trônait une des pancartes de Kyle Straub proclamant UN HOMME QUI FERA LA DIFFÉRENCE. Qu'est-ce que ça pouvait bien vouloir dire, de toute manière ? Ce n'était même pas une langue particulièrement relevée. Le slogan me faisait mal au bide, mais ce que je vis au-dessus me remonta le moral. Une grande sturnelle jaune qui levait la tête à intervalles réguliers et m'offrait les notes gazouillantes et flûtées de son chant.

Oiseau robuste qui niche dans les herbes de plaines, connu pour son chant, la sturnelle est l'oiseau emblématique du Wyoming, du Dakota du Nord, du Montana, du Kansas, du Nebraska et de l'Oregon. Pas vraiment original, comme choix d'emblème. Elles arrivent toujours au printemps, mais ensuite, on dirait qu'elles disparaissent en juillet avant de revenir à l'automne, comme des messagers ponctuels encadrant l'été.

Les portes en verre s'ouvrirent sur ma droite et je tournai la tête juste au bon moment pour voir Janine passer en courant et filer dans le couloir qui menait à la salle d'examen. Je bondis et franchis la porte à toute vitesse. Nous arrivâmes au cabinet en même temps, et j'entrai devant elle.

La table d'examen était renversée et Mary Barsad, encore attachée à un moniteur cardiaque, était couchée par terre à côté d'une rangée de petits placards aux portes vitrées. Vic avait les deux mains plaquées sur la gorge de la prisonnière, et le jet de sang qui sortait de sa carotide passait entre les doigts de mon adjointe en décrivant un arc de cinquante centimètres. Vic était la seule à parler.

— Putain de merde merde merde.

Il y avait du sang partout, et un objet qui ressemblait à un scalpel jetable ayant encore la moitié de son emballage était planté dans la gorge de Mary. Isaac Bloomfield, qui se trouvait par terre de l'autre côté, était empêtré dans un chariot renversé et ses grosses lunettes étaient de travers sur son nez.

J'attrapai un grand rouleau de gaze et m'accroupis pour l'enrouler autour du cou de Mary, puis je glissai mes bras sous son dos et ses jambes. D'un mouvement du pied, je retournai la table d'examen et déposai Mary sur la surface horizontale. Un jet de sang frais vint asperger ma chemise d'uniforme et mon badge.

Vic continuait à faire pression, mais l'hémorragie était épouvantable.

— J'ai tourné la tête un quart de demi-seconde, putain. (Elle en tremblait de colère.) Putain de merde !

Mary était allongée, la tête sur le côté, la bouche ouverte à la recherche d'air comme une truite sortie de l'eau. La pulsation dans les veines de ses tempes semblait ralentir. Ma voix était puissante, mais on aurait dit qu'elle venait de loin.

— Isaac… j'ai besoin de votre aide.

Le petit homme se redressa en s'appuyant sur le mur avec l'aide de Janine, et il ajusta vaguement ses lunettes en approchant, mains tendues – des mains qui m'avaient sauvé la vie. J'espérai qu'elles sauveraient celle de Mary.

— … artérioveineuse vertébrale… (Le visage de Doc se tourna légèrement vers la jeune infirmière.) J'ai besoin d'un système d'embolisation endovasculaire. Vite, s'il vous plaît, Janine.

Elle se glissa à côté de nous pour atteindre les placards accrochés au mur, tandis qu'il continuait à parler, comme s'il se répétait la procédure.

— Les déficits neurologiques associés à la fistule devraient se résorber avec le rétablissement du flux.

Janine revint avec un dispositif comportant un ballon, et les mains d'Isaac remplacèrent les miennes. Je fus troublé lorsque Isaac, passant soudainement à sa langue teutonne d'origine, s'exclama :

— *Gottverdammit !*

Je tins la tête de Mary et plongeai mon regard dans ses yeux, dont le bleu se ternissait un peu plus à chaque émission de sang. Je savais que nous étions dans une course folle : elle mourrait soit d'hémorragie soit de suffocation à cause du grossissement de l'hématome qui se formait dans sa gorge. Isaac demanda qu'un certain nombre de substances paralysantes soient administrées par la perfusion que Janine avait enfoncée d'un geste nerveux dans le bras de Mary.

Le choix était brutal mais nécessaire. Mary resterait consciente et ressentirait tout ce qui lui serait infligé pour lui sauver la vie, peu importait le temps qu'il faudrait.

Isaac prit la sonde d'intubation et commença à l'enfoncer dans la bouche de la patiente. Il tendit à Janine l'embout qui était relié au ballonnet et à une valve antiretour. Les mains tremblantes, la jeune infirmière vissa une seringue sans aiguille mais pleine d'air dans la valve et poussa le piston de la seringue, tenant le tube bien en place pendant qu'Isaac écoutait la poitrine et le ventre de Mary avec un stéthoscope.

Il hocha la tête et Janine me passa le ballon. Isaac regarda directement mon visage éclaboussé de sang.

— *Einmal alle fünf Sekunden.*

Je le regardai à mon tour et souris sans joie au survivant des camps de concentration.

— Pas compris, Doc.

Bloomfield déglutit.

— Une fois toutes les cinq secondes.

Un.

J'étais devenu les poumons de Mary.

Deux.

Ses lèvres tremblaient et elle essayait encore de trouver de l'air, expirant des mots silencieux dans le tube enfoncé dans sa gorge.

Trois.

Je fis en sorte que les mains d'Isaac aient accès à la plaie et je dégageai les cheveux ensanglantés de ses hautes pommettes, enfonçant mon regard dans le sien. Je lui parlai à quelques centimètres seulement.

Quatre.

— Ça n'arrivera pas aujourd'hui.

Isaac continua à fourrager dans la plaie avec une pince hémostatique, tentant de trouver l'artère qui irriguait son cerveau en sang rouge vif. Vic ôta ses mains de la blessure.

Cinq. Je serrai le ballon à nouveau.

— Je l'ai. (La voix du vieil homme était fatiguée mais ferme.) Pince, s'il vous plaît, Janine.

Mary Barsad ne mourrait ni d'hémorragie ni de suffocation. Il leva les yeux, les lunettes toujours de travers, et peut-être parce que les circonstances avaient été si éprouvantes, je le trouvai drôle.

— Elle m'a donné un coup de pied.

Je souris, mais pas longtemps.

— J'imagine bien.

Je baissai la tête. Les yeux de Mary étaient écarquillés et ses pupilles étaient contractées au point de former deux minuscules tunnels. Elle essayait de se rendre dans un endroit où je ne la laisserais pas partir.

J'en avais déjà perdu trop, et il n'était pas question que j'en perde une autre.

29 octobre, 1 h 00.

J'ÉTAIS fatigué lorsque Vic me déposa devant mon hôtel à Absalom, mais elle resta là, tranquillement installée sur la banquette, à me regarder. Je m'appuyai contre la vitre et croisai son regard de mon unique œil valide.

— Tu conduis mon camion.

— Ouais. (Elle passa la paume de sa main sur le volant recouvert de cuir.) J'me suis dit que j'allais voir ce que ça faisait.

— Ne t'y habitue pas trop vite.

Elle marqua une courte pause et je dus admettre que le gros trois-quarts de tonne lui allait bien.

— Tu veux me donner une réponse franche cette fois ?

Je me tournai de manière qu'elle voie mon profil intact.

— Quoi ?

— T'as complètement perdu les pédales, ou quoi ? Un combat dans un bar ?

Je m'éclaircis la voix, ce qui me fit mal à l'œil – mauvais signe.

— Je ne m'étais pas officiellement inscrit.

— Du coup, c'est moins grave ?

J'avouai.

— Je crois que Henry voulait que je combatte.

— Pourquoi ?

— Ce n'est qu'une hypothèse mais je crois que c'était sa manière de me donner le moyen de me dépeloter les nerfs de Cady, de l'élection, de l'enquête...

— Et de moi ?

Je hochai la tête et j'eus mal à nouveau.

— Et de toi.

— Rusé comme un renard, cet Ours. (Elle pouffa et se cacha le visage derrière sa main.) Dépeloter... C'est un terme technique ?

Elle se rapprocha d'un mouvement souple et leva une main, puis elle passa le dos de ses doigts sur mon visage à côté de la blessure sur ma pommette gauche. La sensation fut agréable, et je fus ramené à cette soirée à Philadelphie où nous avions partagé une intimité avec laquelle je ne savais toujours pas si j'étais à l'aise. Symptôme de cet embarras, je changeai de sujet pour parler de son frère et de ma fille.

— J'imagine que tu es au courant de la nouvelle de nos familles respectives, égales en noblesse ?

Son sourcil se releva comme le chien d'un revolver.

— Je crois que Roméo est une truffe, mais qui suis-je pour m'opposer à un véritable amour ?

— Donc, s'ils se marient, cela veut dire que nous...

— Je refuse d'y penser. (Elle retira sa main illico et la posa sur mon épaule.) Tu sais, j'entrerais si je ne craignais pas de faire valser ta couverture.

— Hein ? (Je posai mes bras pliés sur le rebord de la portière.) Je ne suis pas certain qu'il reste beaucoup de couverture à faire valser.

Elle inclina la tête et leva les yeux vers moi à travers ses longs cils noirs.

— Je pourrais toujours entrer et faire valser autre chose.

Je restai tétanisé une minute. Je ne crois pas avoir été aussi pris au dépourvu depuis le collège.

Je fus sauvé par un énorme fracas. Juana avait apporté un sac-poubelle plein de bouteilles vides et l'avait déposé sur les planches. Elle nous toisa, un poing sur la hanche.

— J'ai sorti votre chien deux fois.

— Merci.

Je m'appuyai contre mon camion et présentai les deux jeunes femmes.

— Juana Balcarcel, voici l'adjointe Victoria Moretti – Vic, Juana.

Elle commença à s'approcher mais s'arrêta net quand elle vit mon visage.

— ¡ *Ay, mierda!*

Elle descendit la marche pour jeter un coup d'œil à Vic, mais ses yeux ne cessaient de revenir à ma joue.

— Ça va?

— Ouaip, ça va. Comment va mon adversaire?

Elle secoua sa jeune tête, ses cheveux noirs se balancèrent.

— Il était toujours inconscient lorsque les ambulanciers l'ont emmené avec une minerve, mais quand il s'est réveillé, ils lui ont donné l'argent, puisque vous n'étiez pas officiellement inscrit. Je crois qu'il s'est tout de suite senti beaucoup mieux.

Elle tendit la main à Vic.

— Salut.

Vic lui rendit son salut et sourit.

— Comment ça va?

Je me sentis obligé de continuer.

— Juana a presque fini son diplôme de criminologie à l'université de Sheridan.

Elles m'ignorèrent toutes les deux.

La bandita jeta un rapide coup d'œil sur mon visage défoncé avant de se retourner vers Vic.

— Il est vraiment le shérif?

La beauté italienne baissa la tête pour rire discrètement, puis elle la redressa pour me contempler.

— Ouais, et croyez-le ou non, la plupart du temps, il se comporte comme un vrai shérif.

Juana me regarda à nouveau puis retourna à Vic. J'avais l'impression que les sonars fonctionnaient à plein régime, mais je n'étais pas sur la même fréquence, même si je pouvais voir les ondes bondir de l'une à l'autre.

— Si vous restez, je vais devoir vous faire payer le tarif double pour la chambre.

11

29 octobre, 9 h 58.

D'ABORD, il y eut des coups tambourinés à la porte, puis le chien se mit à aboyer, ensuite ma tête se décrocha, tomba, roula sur la moquette tachée et alla se caler dans le coin contre la plinthe écaillée – du moins, ce fut mon impression.

Je me levai, vêtu de façon appropriée de mon seul boxer, enfilai un T-shirt que je sortis de mon sac en toile, et trébuchai sur le chien en allant vers la porte. Si c'était Cliff Cly qui voulait une revanche, je retournerais à mon sac, sortirais mon .45 et je le descendrais.

J'ouvris la porte et regardai l'homme portant lunettes, barbe grisonnante et moustache assortie, coiffé d'une casquette avec l'inscription COFFEEN DYNO-TUNE. Le nom de *Jim Rogers* était brodé en fil blanc sur la poche poitrine gauche de son bleu de travail.

— Z'êtes Eric Boss?

Je le regardai fixement.

— Quoi?

Il regarda les autres portes, le numéro sur la mienne, certain d'avoir commis une erreur. Je m'éclaircis la voix – qu'est-ce que je risquais?

— Ouaip, je suis Eric Boss.

— Non, c'est pas vrai. Vous êtes le shérif du comté d'Absaroka, là-bas.

Il observa mon visage, qui me donnait toujours l'impression qu'il était tombé. Je jetai un coup d'œil au coin à côté de la plinthe juste pour m'assurer que ce n'était pas le cas.

— Du moins, vous l'étiez.

— Et comment le savez-vous ?

— J'ai eu une amende pour excès de vitesse l'an dernier – c'est votre méchante petite adjointe brune qui m'a chopé.

La voix qui s'éleva derrière moi était sèche.

— Vous étiez à 115 sur une portion limitée à 90. (Je me retournai vers le lit que je venais de quitter.) Et vous n'aviez pas de feux arrière.

Je revins au mécanicien qui essayait de toutes ses forces de voir qui se trouvait dans mon dos.

— En quoi puis-je vous aider ?

Il se concentra sur moi et balança son pouce par-dessus son épaule.

— C'est Steve qui m'envoie. J'ai une remorque à chevaux, là, dehors – on a refait les roulements, réparé les freins, revu l'électricité et changé les pneus.

Je levai une main et la passai sur mon visage, avant que ma pommette me rappelle la douleur.

— D'accord, d'accord…

Je pris une profonde inspiration et me souvins avoir fait remorquer le véhicule à Sheridan pour qu'il soit remis en état. Je regardai derrière lui et vis qu'ils avaient nettoyé la vieille remorque, qui avait bien meilleure allure.

— Euh, vous pouvez la laisser juste là, Jim.

Il ne bougea pas.

— Autre chose ?

Il hocha la tête.

— Faut payer.

— Oh… bien sûr.

Je refermai la porte. Il essayait toujours de voir qui était la personne qui lui avait parlé depuis le lit. Heureusement, le vent soufflait et il paraissait un tout petit peu dur de la feuille. Je fouillai dans mon jean, que j'avais laissé sur le fauteuil, alors que Vic se retournait et s'étirait voluptueusement, révélant un sein parfaitement rond au téton réactif. Elle se redressa sur un coude et se servit de sa main aux ongles rouges pour caler sa tête ébouriffée. Elle ne faisait aucun effort pour se couvrir. Je restai là, incapable de bouger, puis me rappelai mon obligation, ouvris la porte et tendis au gars ma carte de crédit. Je fis un pas en avant pour m'interposer entre lui et la provocatrice installée dans ma chambre.

Je refermai la porte derrière moi alors qu'il finissait d'écrire les chiffres et les montants. Il me rendit ma carte et me donna un reçu. Je pris le morceau de papier et le regardai.

— Autre chose ?

Il se balança d'une jambe sur l'autre et refit un mouvement du pouce.

— J'la laisse juste là, dehors ?

— Ouaip.

J'attendis qu'il décroche la remorque et remonte dans son camion avant de me retourner et de me glisser dans la chambre. Je refermai la porte et la regardai.

Elle était toujours allongée sur le côté, une jambe repliée, une main toujours calée sous ses cheveux défaits, tandis que l'autre dessinait langoureusement des cercles sur le plat du drap. Une bonne partie de son corps était dénudée, et je pris une seconde de plus pour graver dans mon esprit les courbures et les lignes de sa silhouette dans son ensemble.

J'avais le sentiment que je devrais sculpter une statue.

Je jetai les papiers et mon portefeuille dans le sac en toile, passai par-dessus le chien et m'assis sur le coin du lit sous le regard insistant de ses yeux de louve couleur vieil or.

— Une remorque à chevaux ?

Je hochai la tête. J'avais encore mal.

— C'est une mission humanitaire.

— Tu n'aimes même pas les chevaux.

— Si, je les aime. C'est juste qu'ils sont grands, dangereux et que ce n'est pas un mode de transport très efficace.

Elle se mordit la lèvre.

— On pourrait t'attribuer deux de ces trois qualités.

Je tendis la main et tirai le drap sur la portion de son anatomie qui me distrayait. De nouveaux coups furent frappés à la porte.

— Bon sang…

— T'es aimé…

Je passai par-dessus le chien, qui ne se donna même pas la peine d'aboyer cette fois, et j'entrouvris la porte. Je m'attendais à voir le mécanicien, mais c'était Benjamin. Le cow-boy de 1,20 m se retourna vers la remorque.

— Vous êtes prêt à partir?

Je franchis le seuil sans ouvrir plus grand la porte et la refermai derrière moi. Je vis Hershel en train de manœuvrer le pick-up Dodge rouge de Bill Nolan devant la remorque. Je baissai le regard vers le petit bandito dont les yeux, sous le rebord de son chapeau taché de sueur, me détaillaient de haut en bas.

— J'ai jamais vu quelqu'un en tenue de nuit à 10 heures du matin. Vous êtes malade? (Il m'observa d'un peu plus près.) Wouah, c'est un sacré coquard.

Je levai un index.

— Une seconde, OK?

Il hocha la tête. Je me retournai, refermai la porte et contemplai la délicieuse créature qui s'étirait langoureusement sur le lit de cette chambre d'hôtel miteuse. Je m'éclaircis la voix et sentis grandir la douleur dans ma tête.

— C'était une des meilleures nuits de ma vie, je crois que je vais la payer avec une des pires journées.

26 octobre: trois jours plus tôt, l'après-midi.

DEPUIS un moment, elle caressait le chien qui avait posé sa tête sur le lit d'hôpital, mais elle continuait à m'ignorer.

— Mary, si vous ne me dites pas ce qui s'est passé cette nuit-là, je ne peux pas vous aider. (Elle leva les yeux et, devant son expression, je me demandai pourquoi j'essayais.) Si je reprends le rapport, est-ce que vous me donnerez au moins une indication concernant les points sur lesquels vous êtes d'accord et ceux sur lesquels vous ne l'êtes pas? (Elle continua à gratter l'épaisse fourrure du chien, derrière les oreilles, près du sillon laissé par la balle qu'il avait reçue.) Je sais que ça fait mal, mais Isaac dit que vous pouvez parler. (Je m'avachis sur la chaise pliante, ramassai le rapport posé sur mes genoux et tournai la première page.) Dans votre première déclaration aux policiers de Campbell County...

Elle se tourna sur le côté et continua à gratter le chien sous le menton. Je la regardai un moment, puis je me levai et me tapotai la cuisse.

— Le chien.

La bête fut à mes côtés en un instant et me suivit. Je désignai le bureau de Janine au bout du couloir.

— Allez.

Je retournai dans la chambre, refermai la lourde porte derrière moi, m'assis sur la chaise d'hôpital, le rapport entre les mains, et repoussai mon chapeau sur ma nuque.

— Pas de discussion, pas de chien.

Elle leva les yeux vers moi. Nous restâmes là, à nous regarder.

Je pris une profonde inspiration, pensai à Cady et à un autre lit d'hôpital, et décidai de m'en remettre à mon dernier recours, mon arme secrète lorsque j'étais confronté à une opposition féminine – je suppliai.

— S'il vous plaît, aidez-moi; je ne peux pas faire ça tout seul.

Les muscles de son visage se détendirent un tout petit peu. Elle m'observa et finit par s'éclaircir la voix et se mouiller les lèvres comme si elle n'avait pas parlé depuis des années. En voyant les pansements sur sa gorge, je repensai à elle sur le sol de la salle d'examen, avant-hier.

Lorsque mon regard revint se poser sur ses yeux, elle hocha à peine la tête et sa voix n'était qu'un chuchotement ténu.

— OK.

— J'ai des questions concernant la chronologie de cette nuit-là. (J'évitais avec soin de faire mention du meurtre de son mari.) Est-ce que vous vous souvenez être sortie de la maison ?

Elle hocha la tête, presque imperceptiblement.

— Avez-vous la moindre idée de l'heure qu'il était? (Elle haussa les épaules et resta là, à me regarder.) Avant minuit? Après?

— Avant.

Cette réponse-ci fut moins sifflante que la précédente.

— Vous ne savez pas à quelle heure?

Elle secoua la tête et déglutit avec précaution.

— Pourquoi?

— Les pompiers volontaires de Clearmont n'ont reçu l'alerte code 10-70 qu'à 1 heure du matin, ou un peu avant. (Je baissai le dossier et la regardai.) Je trouve ce délai bien long entre l'incendie de l'écurie et l'appel anonyme.

— Peut-être que je me trompe dans les heures.

— Je ne crois pas. (Je laissai le rapport tomber contre ma poitrine.) Mary, vous avez déclaré que c'était votre employé, Hershel Vanskike, qui vous avait trouvée. (Je lui laissai un peu de temps pour intégrer l'image.) Y avait-il quelqu'un d'autre cette nuit-là?

— Non.

— Vous en êtes sûre?

Je me penchai en avant, refermai le dossier et le laissai tomber bien à plat sur le sol entre mes bottes, dans un geste symbolique.

— Mary, pour que je sache vraiment ce qui vous est arrivé cette nuit-là, il faut que vous y réfléchissiez soigneusement – et que vous me le disiez. Vous voyez, je commence à penser qu'il y avait beaucoup plus de gens que vous ne voulez le dire et peut-être plus que vous n'en avez conscience. (Je me mordis la lèvre.) Commençons par ceux dont vous avez connaissance.

— Pourquoi tout cela est-il si important pour vous?

Cette question fut émise d'une voix plus forte, même si elle restait dépourvue d'émotion.

Je la regardai puis désignai d'un mouvement du menton le dossier en papier kraft posé par terre.

— C'est de votre vie qu'on parle.

Je me levai et allai jusqu'à la fenêtre. Je voyais le dos de la pancarte de Kyle Straub, sur laquelle une autre sturnelle était perchée et chantait. Quelque chose dans cette pancarte me dérangeait – non pas parce que cela me rappelait que Kyle Straub et sa grammaire me faisaient mal au bide. Je laissai l'impression s'imposer à mon esprit et me dandinai d'un pied sur l'autre – pointure 49 large.

— Voilà ce qui va se passer: les déclarations que vous avez faites aux policiers du comté de Campbell suffisent à… (Je m'interrompis pour me tourner vers elle.) Ils n'ont pas souvent des affaires à forte visibilité comme celle-ci. Généralement, c'est Bubba qui a descendu Skeeter alors qu'ils buvaient de la bière dans le pick-up de Skeeter et qu'ils essayaient de voir si le revolver Charter Arms de Bubba était chargé. (Je m'assis sur le rebord de la fenêtre.) Vous voyez, la machine dont je fais partie, il lui faut du carburant lourd, et c'est exactement ce qu'est cette affaire. Tout le monde va en vouloir un peu – un peu de vous. (Le soleil projetait des ombres sur le sommet de mon chapeau.) Ils vont demander un dépaysement de l'affaire et ils vont l'obtenir. Peut-être Casper, peut-être Cheyenne, et vous aurez un jury populaire et ça ne se passera pas bien pour vous. J'ai assisté à beaucoup de procès et je peux vous dire que ces procureurs vont trouver un clou à enfoncer, une violente petite tension dans la nature humaine qui va faire pencher le jury, le tenter avec l'idée de coincer quelqu'un, une personne riche, belle et puissante – quelqu'un qu'ils n'ont jamais eu la chance d'avoir auparavant. Ce sera vous Mary, et pas seulement parce que vous avez avoué.

Elle me regarda avec intensité.

— Pourquoi, alors?

— Parce que vous êtes incapable de montrer la seule chose qu'ils vont exiger de vous, que vous soyez coupable ou non – des remords. Ils veulent que vous regrettiez, c'est ce qui les fait se sentir eux-mêmes un peu meilleurs. (Je n'arrivais pas à la regarder dans les yeux, alors je me tournai un peu et fixai l'oreiller à côté de sa tête.) La plupart des gens… (Sa tête se baissa un peu, mais avec ma vision périphérique, je voyais qu'elle gardait les yeux rivés sur moi, ma chemise en polyester et mon étoile terne, sans éclat, dont les rainures gardaient encore des traces de son sang.) Ils vivent leur vie en croyant en des choses avec lesquelles ils ne sont pas beaucoup en contact – la police, les avocats, les juges et les tribunaux. Ils accordent une foi tacite au système, ils le croient impartial, équitable et juste.

J'entendais des conversations normales de l'autre côté de la porte. C'était bon de savoir qu'il pouvait encore y avoir des conversations normales au moment où j'étais engagé dans celle-ci.

— Mais ensuite il leur apparaît que la police, la cour et les lois mêmes sont seulement humaines, qu'elles présentent les mêmes insuffisances que nous tous, qu'elles reflètent ce que nous sommes, et voilà la dichotomie tragique de tout ça – plus on a affaire avec la loi, moins on y croit. (Je pris une grande inspiration.) À l'image d'une étrange petite religion particulière, la seule chose qui fait que le système fonctionne est précisément la chose dont il vous prive – la foi.

Je me tournai pour la regarder bien en face.

— Mais vous devez croire que la justice est véritablement aveugle et que la balance n'est pas faussée.

Elle avait respiré, elle aussi.

— Sinon?

— Sinon, vous êtes dans les ténèbres.

Elle regarda les draps qui recouvraient ses jambes.

— Mais vous n'avez pas répondu à ma question : pourquoi est-ce important pour vous?

J'eus un sourire triste.

— C'est important pour moi parce que je crois que vous êtes innocente. Et j'ai consacré l'essentiel de ma vie à défendre et à protéger les innocents. (J'allai jusqu'à la porte et je l'ouvris.) Je vais vous révéler un autre petit secret. Le shérif du comté de Campbell pense, lui aussi, que vous êtes innocente. Sinon, il ne vous aurait pas envoyée à moi.

J'autorisai le chien à entrer dans la chambre. La bête attendait devant la porte. Il la regarda puis se tourna vers moi. Je hochai

la tête et il alla jusqu'au lit pour poser sa grosse tête à côté de
sa main.

— Mary, parlez-moi de cette nuit-là.

Dans un souffle, elle laissa échapper un rire triste et gratta
la fourrure sur son museau. La queue du chien se balança
vigoureusement dans le sens contraire des aiguilles d'une
montre, comme elle le faisait toujours lorsqu'il était content.

29 octobre, 14 h 20.

NOUS TRAVERSÂMES les voies de chemin de fer et nous
dirigeâmes vers le sud sur Echeta Road, qui passait devant
le cimetière. C'était un drôle d'endroit, avec une arche de fer
et deux banderoles qui surmontaient le chemin d'accès, sur
lesquelles on lisait les mots ABSALOM CEMETERY. Il y avait
des lumières de part et d'autre, un portail en dessous qui était
fermé pour empêcher les bêtes égarées de venir paître entre les
tombes, et au-dessus, une croix, noire sur le fond du ciel qui
était si bleu que j'en avais mal aux yeux. Ce matin, la plupart
des choses me faisaient mal aux yeux, alors je les fermai et me
mis à somnoler.

C'était une bonne chose que Hershel conduise. Je me réveillai
lorsque nous parvînmes à un passage difficile sur la seule route
qui permettait d'atteindre la mesa plate du Battlement et d'en
repartir, et j'espérai que nous n'allions pas rencontrer un autre
pick-up, parce qu'il n'y avait de la place que pour un et demi.
C'était le genre de route où, si l'on croisait quelqu'un, il fallait
que l'un ou l'autre passe la marche arrière.

Mon mal de tête diminuait, mais en proportion inverse de
la douleur grandissante autour de mon œil. J'avais essayé de me
tenir la tête avec la main appuyée sur le rebord de la fenêtre
du camion, mais les secousses constantes dues aux cahots de
la route avaient eu pour résultat que je passais mon temps
à donner des coups sur mon visage abîmé avec la paume de
ma main. C'était une bataille incessante qui n'était pas passée

inaperçue aux yeux de Benjamin, installé sur la banquette entre Hershel et moi.

Je m'étirai la mâchoire et sentis jusque dans ma tempe mon oreille se déboucher.

— Ça doit faire mal.

Je baissai les yeux sur le petit bandito qui se pencha pour voir mon visage de plus près. Je sortis mes Ray-Ban de la poche de ma chemise et les glissai sur mon nez pour tenter de dissimuler les preuves.

— Tu as raison.

Il hocha la tête.

— Est-ce que vous avez décidé de votre nom d'aujourd'hui ?

Je haussai les épaules.

— Je me suis dit qu'on aurait tous des noms d'emprunt.

— Vous voulez dire des surnoms ?

Il parut tout excité à cette idée et se tourna vers Hershel à la recherche d'une approbation.

— Ouais.

Le visage du vieux cow-boy resta immobile tandis qu'il négociait l'ascension de l'énorme pick-up et des deux tonnes de chair chevaline remorquées derrière nous.

Le gamin lutta avec la ceinture de sécurité que je l'avais contraint à mettre et scruta la route devant nous par-dessus le tableau de bord.

— Je vais m'appeler *El Bandito Negro de los Badlands*.

J'attendis un moment avant de répondre.

— Tu ne trouves pas que c'est un peu long ?

Il parut mécontent de ma réponse.

— Pourquoi ?

— Ben… s'il faut que je dise "*El Bandito Negro de los Badlands*, fais attention à ce serpent à sonnettes", il y a des chances que tu sois mordu avant que j'aie fini ma phrase.

Il pivota vers Hershel et fourra les cordons de son chapeau dans sa bouche.

— Il y a des serpents à sonnettes là-haut ?

Le cow-boy haussa les épaules.

216

— Y en a partout.

Nous arrivâmes en haut de la mesa et tournâmes vers le nord-est. Le sommet de Twentymile Butte ressemblait à une table de billard pour Jack, le garçon de l'histoire du haricot géant. S'il y avait eu des dinosaures là-haut, on aurait pu les voir de très loin.

Hershel tira la caravane sur la gauche et ralentit.

Le garçon le regarda.

— Pourquoi on s'arrête ?

Il gronda.

— Parce que mon surnom, c'est *Pequeña Vejiga*.

Benjamin rit et Hershel descendit, défit sa braguette et se mit à arroser les cailloux au bord de la route.

Me disant qu'un peu d'air pourrait soulager mon mal de tête persistant et que le chien serait content d'avoir une occasion de lever la patte, je décidai de sortir me dégourdir les jambes. Benjamin nous emboîta le pas. Nous avançâmes sur la route poudreuse et creusée d'ornières qui s'étirait jusqu'à l'horizon. La seule autre route décrivait un virage à droite et disparaissait aussi à l'horizon.

Je pensai à la manière dont nous labourions et cultivions la terre, dont nous y plantions des arbres, l'enfermions avec des clôtures, y construisions des maisons et faisions tout notre possible pour repousser l'éternité de la distance – tout pour donner au paysage une espèce d'échelle humaine. Mais peu importait ce que nous faisions pour essayer de façonner l'Ouest, c'était l'Ouest qui nous façonnait inévitablement.

Je regardai la poussière se rassembler sur le côté gauche de mes bottes tandis que le vent incessant soulevait un tourbillon de poussière à une soixantaine de mètres devant nous, sur la route. Le chien leva la tête vers moi et Benjamin fit quelques pas devant nous, et je sentis l'envie pressante qu'il éprouvait d'aller à la poursuite de la tornade miniature.

— C'est la plus grande butte du Wyoming.

Je ne pus réprimer un sourire devant l'inébranlable assurance de toutes ses affirmations.

— Non, ce n'est pas vrai.

Il leva les yeux vers moi et fourra à nouveau ses cordons dans sa bouche – je commençai à voir un schéma récurrent.

— Si.

— Non, parce que, techniquement, c'est une mesa. (Il tourna la tête et fouilla l'horizon à la recherche d'une justification.) Monsieur *Bandito Negro de los Badlands*, est-ce que tu veux connaître la différence ?

Peut-être avais-je refroidi son enthousiasme. Il marmonna tout en mâchouillant les tresses de cuir, et une main descendit pour caresser le chien.

— Non, pas vraiment.

Je me mis à lever un sourcil, mais j'eus mal à l'œil, alors je préférai lui donner un petit coup de coude.

— Je m'inquiète du sort des générations futures si ta curiosité scientifique est significative de ta classe d'âge.

Il secoua la tête en m'entendant dire ces choses étranges.

— Vous allez vous sentir mieux si vous me le dites ?

Je réfléchis.

— Oui.

Il ne daigna pas m'accorder un regard mais tendit sa paume ouverte comme pour accepter cette connaissance dont il ne voulait pas.

— Une butte est plus haute que large, alors qu'une mesa, comme celle-ci, est plus large que haute.

— La Devil's Tower, c'est quoi ?

Je réfléchis.

— C'est une butte.

Il eut l'air étonné.

— Alors pourquoi on a appelé cet endroit-ci Twentymile Butte ?

— Avec tout le respect que je peux avoir pour les connaissances qu'avaient nos ancêtres, les explorateurs de la frontière, il se peut que la compréhension fine des termes géologiques n'ait pas été leur point fort.

Il hocha la tête et nous écoutâmes le sifflement du vent.

— Vous êtes déjà venu ici ?

Je gardai les yeux posés sur le bord du monde, qui se trouvait vers le sud. Vu l'étendue du plateau, il était difficile de dire si c'était bien le bord, mais j'avais mon idée sur la question.

— Une fois ou deux.

— Quand ?

Je contemplai le sommet de son chapeau, heureux de pouvoir utiliser mes yeux sans en étirer les coins, surtout ceux de celui qui était abîmé.

— Quand j'avais à peu près ton âge.

Il leva la tête vers moi, les cordons toujours dans la bouche et sans cesser de caresser le chien, qui était maintenant assis sur son pied.

— Vraiment ?

— Ouaip.

Il regarda autour de lui.

— Est-ce que ça a changé ?

— Ouaip. (Je désignai la route que nous venions de parcourir.) Il n'y avait pas de route, et la seule manière de monter, c'était à cheval en suivant un chemin sur lequel ils ont dû faire cette route.

— Est-ce que vous étiez à la poursuite d'Indiens ?

Je souris à l'enfant à moitié Cheyenne.

— Non, en fait, ce sont des Indiens qui m'ont amené ici.

Je semblais avoir enfin trouvé un sujet qui l'intéressait véritablement. Il recracha les cordons et leva les yeux vers moi.

— Des Cheyennes ?

— Ouaip.

— Je suis à moitié cheyenne.

— Je sais.

Il pivota complètement vers moi, obligeant le chien à changer de position.

— Mon père était cheyenne.

— Était ?

— Il est mort.

Je hochai la tête et il prononça la phrase suivante comme s'il commentait la différence entre les buttes et les mesas.

— Il a été écrasé par un train.

Je cessai de hocher la tête.

— Je suis désolé.

Il resta là un moment sans bouger.

— Pourquoi est-ce que les gens disent ça ? (Il prit la plus grande inspiration que lui permettaient ses jeunes poumons et soupira.) C'est pas comme si je croyais que c'est eux qui conduisaient le train.

— Eh bien… peut-être qu'ils sont désolés que tu aies perdu ton père.

Il fit bouger le chien et passa devant moi pour aller au bord de la route.

— Il vivait à Chicago avec Maman. C'est là que je suis né.

Il exprima sa frustration en shootant dans des cailloux du bout de ses bottes éraflées, les mains enfoncées dans les poches de son jean, comme s'il ne leur faisait pas confiance.

— Il était ouvrier dans le bâtiment. Il construisait de grands bâtiments et des ponts.

J'approuvai d'un signe de tête, même s'il ne me regardait plus et tapotai ma cuisse pour faire revenir le chien auprès de moi.

— Maman était fâchée contre lui parce qu'un soir on est allés sur un des ponts qu'il construisait. Il m'a emmené sur les poutrelles et on est restés au-dessus de l'eau, et elle était vraiment très loin en bas.

Le chien s'assit sur mon pied et nous regardâmes le garçon tous les deux.

— L'eau ?

— Ouais, et dans la rivière, on voyait les reflets de toutes les fenêtres allumées de la ville, parce que c'était la nuit. (Il se tourna vers moi.) Cette nuit-là, on a volé.

Je ne dis rien.

— En fait, on n'a pas volé pour de vrai, sauf pendant peut-être une seconde, mais il m'a tenu au-dessus de l'eau et il m'a dit de ne pas avoir peur parce que même s'il me laissait tomber, je volerais. (Il me regardait droit dans les yeux, à la manière dont seuls les enfants peuvent le faire sans être gênés.) J'ai fermé les yeux une seconde quand il me tenait – et je crois que j'ai vraiment volé, juste une seconde. Pour de vrai. (Ses yeux noirs me parurent remarquablement familiers l'espace d'un instant.) Vous croyez que je suis fou?

Je ris.

— Non, je ne crois pas que tu es fou.

— Vous allez pas raconter à ma mère que j'ai volé, hein? Parce qu'elle est pas au courant.

— Non, je ne lui dirai pas.

Il continua à m'observer.

— Pourquoi vous avez ri?

Le temps était venu de lui dire la vérité. Si vous ne vous mettez pas à la portée des enfants, ils risquent d'apprendre à ne plus poser de questions.

— J'ai des rêves comme ça.

Il me rendit mon sourire et quelque chose passa entre nous, quelque chose d'ancien et de puissant.

Hershel contourna le camion et s'approcha de nous, les mains calées au creux de ses reins, et s'étira.

— Est-ce que vous saviez, les gars, que c'est la plus grande butte du Wyoming?

Benjamin, le chien et moi échangeâmes un regard et un sourire, mais aucun de nous ne dit rien.

29 octobre, 16 h 30.

Nous amenâmes le camion jusqu'aux premiers étages rocheux qui s'élevaient du plateau et formaient une série géante de marches sédimentaires menant vers le nord. Hershel me confia un grand bai d'environ 1,70 m au garrot et me regarda serrer la sous-ventrière d'un geste preste avant que le hongre puisse remplir ses poumons. Satisfait de constater que je savais ce que je faisais, il aida Benjamin à seller le rouan que j'avais vu devant le AR. Son aubère attendait patiemment dans l'ombre de la remorque avec le chien.

— J'vous donne ce grand-là, comme ça, vous serez à l'aise, et lui aussi.

Je vérifiai que le paquetage qu'il m'avait donné et les sacoches que j'avais apportées étaient bien attachés.

— Merci beaucoup.

— Le seul plus grand qu'on a, c'est un Morgan qui vient du Montana, mais il peut devenir instable sur ses guiboles quand on lui met une selle.

La pensée de me promener avec un cheval de trait aux membres flageolants sur le haut plateau n'était pas une perspective qui réjouissait mon postérieur.

— Il a un nom, celui-ci ?

Le vieux cow-boy répondit comme s'il énonçait une opinion rebattue.

— J'aime pas donner un nom à des choses que je risque de devoir manger un jour.

— Vous n'auriez pas quelques lanières de cuir ? Certaines des attaches de selle sur celui-ci sont un peu courtes.

Il me désigna la remorque, et je retournai sur mes pas et allai prendre des cordons parmi ceux qui étaient accrochés sur la porte. Hershel avait déjà pris possession du véhicule. On y voyait une antique selle McClellan avec une vieille gourde de la cavalerie portant le numéro 10 et la lettre G inscrits au pochoir sur son flanc de toile. Apparemment, Hershel était un authentique collectionneur.

Je fixai les cordons à ma selle et attachai ma veste en cuir de cheval avec le paquetage. Je découvris un foulard dans la poche intérieure et nouai le bandana autour de mon cou. Je plaçai un pied dans l'étrier et montai en passant doucement ma jambe par-dessus le bai. Il fit un petit écart sur la gauche mais ensuite se planta et se tourna pour me regarder, se demandant probablement pourquoi je le montais et pourquoi ce n'était pas l'inverse. Puis sa longue tête pivota vers le sud, et on aurait presque cru qu'il était à la recherche d'un point particulier. Je scrutai l'horizon avec lui mais ne vis rien et le fis tourner pour partir avec les autres.

Après avoir monté et bien installé le gamin en selle, Hershel inspecta l'équipement sur le cheval de bât et les sacs en toile remplis de victuailles, de céréales et de deux bidons de 20 litres d'eau, dont nous avions particulièrement besoin puisqu'il n'y en avait pas du tout sur la mesa.

Benjamin talonna son cheval et laissa échapper un petit cri lorsque celui-ci fit un écart sur la droite et avança de six ou sept mètres avant de s'arrêter et de baisser son encolure pour inspecter ce terrain inconnu.

Hershel rit et se mit en selle à son tour. Il ajusta la Henry Yellow Boy dans son fourreau et accrocha la vieille gourde militaire que j'avais vue dans la remorque sur le pommeau de sa selle.

— Vous savez ce qu'on dit ? Que les chevaux n'ont peur que de deux choses ?

— Lesquelles ?

— Des choses qui bougent et de celles qui ne bougent pas.

Je souris à cette vieille plaisanterie et le suivis tandis qu'il menait le cheval de bât en tête de cortège. Les chevaux adoptèrent un rythme de marche et le chien courut devant pour rester à la hauteur de Benjamin.

Il y a des gens qui préfèrent le printemps et l'été sur les Hautes Plaines, mais je ne suis pas de leur avis. Mon flux sanguin s'accélère et je commence à dormir mieux lorsque les feuilles des trembles commencent à virer en un week-end au jaune d'or et qu'une très fine couche de givre apparaît par surprise un matin sur mon pare-brise. J'étais content d'avoir apporté ma veste, et j'espérais simplement que le bai, quel que soit son nom, ne remarquerait pas qu'elle était en cuir de cheval.

Le bleu du ciel luttait contre de grands bancs de nuages diffus, et il était possible que nous essuyions une averse ou même une bourrasque de neige apportée par le front qui promettait de nous arriver au matin.

— Comment va votre tête ?

Hershel, qui m'avait laissé le rejoindre sur la gauche, avança son menton pour examiner le pansement sur ma pommette et la décoloration autour de mon œil.

— Elle est toujours là.

Il rentra le menton, secoua la tête et ajusta ses rênes et son chapeau.

— J'vous croyais pourtant pas du genre à jouer les taureaux de rodéo.

— Ces derniers temps, je ne suis pas vraiment moi-même.

Il hocha la tête et les mots suivants furent peut-être un peu plus gravement énoncés qu'ils ne l'auraient dû.

— C'est ce qu'on m'a dit.

Je me tournai suffisamment sur ma selle pour pouvoir le regarder de mon œil valide, et je contemplai les ombres mouvantes qui disparaissaient dans le soleil de l'après-midi. Benjamin avait ralenti et je l'entendais presque écouter notre début de conversation. Il n'était pas très doué pour les missions sous couverture, lui non plus. Hershel désigna l'étendue rocheuse devant nous d'un mouvement du menton.

— Ben, tu veux pas avancer un peu et voir comment ça se présente ?

Récalcitrant même quand on lui ordonnait de faire une chose qu'il voulait vraiment, Benjamin se tourna complètement sur sa selle jusqu'à ce que ses deux jambes se trouvent du même côté alors que son cheval continuait à avancer sans lui prêter la moindre attention.

— Pourquoi moi ?

Le vieil homme plissa les yeux dans le soleil et observa le gamin avec le regard d'un second rôle de série B.

— Parce que tu es l'Indien. C'est toi, l'éclaireur.

Sans un mot de plus, le guerrier à moitié cheyenne se pencha en arrière et repassa sa jambe par-dessus le garrot de son vaillant petit cheval. Il lui donna des petits coups de talon pour le faire accélérer un peu, serra les cordons de son chapeau et nous laissa sur place. Le chien me lança un coup d'œil ; je fis un mouvement du menton et il s'en alla dans le sillage du gamin.

J'avais la chance inouïe d'entrevoir de ce que devait être ce pays il y avait environ cent cinquante ans. Je me tournai vers

Vanskike, conscient qu'il s'était débarrassé du garçon pour une raison précise.

— Qu'est-ce qui vous tracasse ?

Il cracha par-dessus l'épaule de son cheval et me regarda à nouveau en attrapant sa gourde pour y boire une grande goulée.

— Deux trois trucs. Quand vous m'avez ramené l'autre soir ?

— Ouaip ?

Il s'essuya la bouche et raccrocha la gourde sur le pommeau de la selle.

— Toutes ces photos sur le mur de ma roulotte ?

— Hmm.

Je ne le quittai pas des yeux, et c'était comme si le cheval et lui étaient inséparables étant donné toutes les heures, tous les jours, toutes les années qu'ils avaient probablement passés ensemble. Il tenait les rênes dans une main, et l'autre main, entraînée à manier le lasso ou à se détendre lorsqu'il n'y avait rien à attraper, était posée tranquillement sur ses genoux.

— J'voulais pas que vous pensiez que j'étais une espèce de pervers.

— Je ne le pense pas. Vraiment. (Je me mis debout sur les étriers pour me détendre les jambes.) Mais si vous pensez que votre avenir vous est donné dans ces petits rouleaux que vous achetez à la caisse du Kmart, alors, c'est que vous avez un rat dans la contrebasse.

Il sourit puis tapota la crosse de son fusil de collection.

— Ma fortune, c'est cette arme.

Il me regarda par en dessous pour voir si j'avais un avis particulièrement intelligent sur la question, et quand il constata que je n'en avais pas, il prit une grande inspiration et expira lentement, comme pour trouver le courage de dire quelque chose qu'il allait avoir du mal à énoncer.

— J'ai un pote au bureau du shérif du comté de Campbell…

Je laissai passer un moment.

— OK.

— Je ne vais pas vous donner son nom, pour des raisons évidentes, mais il m'a dit deux trois choses.

— Lesquelles ?

Il ajusta sa position et se pencha en avant pour compenser la montée du chemin.

— Il a dit qu'il y avait ce shérif qui était venu du comté d'Absaroka, un grand type qu'est censé être pas commode mais juste.

Je ne dis rien.

— Il a aussi dit qu'il est absolument certain que des autorités supérieures ont fait en sorte que Cliff Cly n'ait pas à passer au détecteur de mensonges en ce qui concerne le meurtre de Wade Barsad.

12

29 octobre, 18 h 50.

J'ESSAYAI de me rappeler la dernière fois que j'avais campé en plein air, mais je finis par renoncer. Puis j'essayai de me rappeler la dernière fois que mon postérieur m'avait fait aussi mal, et je n'y parvins pas non plus.

Nous avions parcouru la bordure nord du plateau et avions monté notre campement près de la falaise constituée de couches successives de ces roches sédimentaires qui paraissaient si lointaines lorsque nous étions partis. Elle formait une sorte d'amphithéâtre naturel au milieu duquel nous installâmes les tentes en prenant garde de rester loin de l'à-pic voisin de 250 mètres. Les chevaux étaient sur une ligne d'attache, nous avions préparé le repas et dîné, et nous allions bientôt être à court de bois pour maintenir notre feu de camp en vie.

— Il y a quelques vieilles palettes à l'endroit où se trouve la tête de puits, là où ils ont abandonné le méthane, le long de la seconde crête au sud-est.

Le jeune cow-boy repoussa son chapeau sur sa nuque, contempla les faibles lueurs du coucher de soleil nuageux, puis regarda Hershel qui ajoutait les derniers morceaux de bois.

— Et comment je les mets en morceaux ?

— Elles sont vieilles, tu les casses avec ton pied. (Vanskike regarda le gamin qui ne bougeait pas.) Quoi ?

Benjamin renifla.

— Ce serait pas plus rapide si on y allait tous, on pourrait tout ramener en une fois ?

Hershel jeta le dernier morceau de bois dans le feu.

— Mais qu'est-ce qui te prend, aujourd'hui ? (Il me désigna d'un mouvement de tête.) Il s'est occupé des chevaux, j'ai préparé à manger, maintenant, c'est ton tour de corvée. (Le gamin resta immobile.) Quoi ?

— J'y vais.

Le vieux cow-boy hocha la tête d'un air incrédule tandis que le jeune garçon partait. Je criai dans son dos :

— Tu veux une lampe de poche ?

La petite silhouette à la lisière du feu de camp s'arrêta avant de revenir sur ses pas. Je fouillai dans ma sacoche et lui tendis la Maglite cinq cellules.

— Si tu croises quoi que ce soit, cogne avec ça. (Je me tournai vers mon fidèle compagnon, étendu à côté de mon paquetage.) Le Chien.

Il leva son énorme tête et me regarda.

— Allez.

Il se leva lentement et s'étira. Je mis un peu plus d'insistance :

— Allez.

Il s'approcha, mais je n'avais pas trop de peine pour lui – il avait eu son dîner, plus tous les restes des campeurs et une quantité considérable d'eau prélevée sur ma ration. Je le poussai avec ma jambe en direction de Benjamin et regardai le garçon qui s'émerveillait du poids de la lampe torche professionnelle, puis il appuya sur le bouton et ils partirent tous les deux en suivant le faisceau lumineux. Je contemplai le rayon de la lampe qui parcourait en cahotant le relief rocheux avant de disparaître derrière la corniche suivante.

— Je ne crois pas qu'ils seront surpris par quoi que ce soit.

Le vieil homme secoua la tête et sortit une petite poche et des papiers.

— Non, j'crois pas.

Il versa un peu de tabac sur une feuille et roula une cigarette, puis une seconde. Une main calleuse et noueuse m'en tendit une.

— Non merci.

Il hocha la tête puis fourra la cigarette dans sa bouche avant de l'allumer avec la dernière allumette Blue Tip sortie de son chapeau.

— Cet ami dont je vous parlais, là-bas, à la remorque, c'est un gars qui s'occupe en jouant les agents spéciaux ici, dans le comté de Campbell. Un des deux types qui font marcher le détecteur de mensonges pour eux. Il travaille seulement deux jours par semaine.

Il recula prestement, s'assit contre une dalle rocheuse inclinée à un angle parfait de trente degrés et fuma tranquillement.

— J'l'ai rencontré par hasard chez Mona's, le p'tit truc mexicain à côté de la grand-route, ce matin, quand j'suis allé mettre du diesel dans le camion de Bill.

— Et qu'est-ce qu'il a dit?

Le vieux cow-boy se tourna d'un côté et plia une jambe pour pouvoir poser sa main sur son genou. Il jeta sa cendre dans le feu.

— Il a posé des questions sur ce beau camion tout neuf, et j'lui ai dit que c'était le mien. Il a dit que c'était des conneries, alors j'lui ai parlé de la balade qu'on allait faire. J'lui ai parlé de vous, et il m'a fait une description précise, jusqu'à ce bout qui manque sur votre oreille.

Le pansement sous mon œil m'obnubilait, alors je me mis à le décoller.

— Mike Smith?

J'examinai la petite quantité de sang qui avait coulé sur la gaze et jetai le tout dans le feu.

Il sourit et dit, sans me regarder:

— J'peux ni confirmer ou infirmer…

Hershel ne devait pas avoir appris la règle du ni/ni.

— Et en ce qui concerne Cliff Cly?

Il prit une autre grande bouffée de la cigarette abritée par sa main en coupe.

— Il a dit qu'ils l'ont fait venir dimanche matin, vraiment tôt. Ils lui ont dit de tout préparer. Il a dit qu'ils ont amené Cly et qu'ils l'ont assis là. Il l'a relié à la machine et il a commencé à lui poser ce qu'ils appellent…

— Les questions de contrôle.

— C'est ça. (Il hocha la tête et se mit à contempler le feu.) Bref, après qu'il vérifie qu'les lumières sont allumées dans la pièce, que son nom est Cliff Cly, et que oui, ce fils de pute avec son petit sourire a déjà menti à des gens qui lui sont proches, le shérif entre avec un type en costard et dit à Mike de libérer Cly.

J'essayai de ne pas sourire, car sans le pansement j'avais encore plus mal à la joue.

— J'viens de dire "Mike", hein?

— Oui.

— Bon sang de bonsoir. (Il secoua la tête et prit une autre bouffée de sa cigarette.) J'suis pas très bon pour ces trucs sous couverture.

— Bienvenue au club.

— Bref, ils libèrent Cliff, et Sandy Sandberg dit à Mike que les trois, ils ont jamais été là.

Je me raidis un peu.

— Sandy?

— Ouaip.

— Et le gars en costard? Est-ce que Mike a une idée de qui c'était ou de pour qui il bossait?

— Non.

Je le regardai et réfléchis. Un faisceau lumineux intermittent trembla quelque part derrière nous puis descendit le chemin rocailleux. Benjamin lâcha une brassée de bois gris hérissé d'éclats à côté du feu. Hershel leva les yeux vers le gamin tandis que le chien s'approchait et s'asseyait.

— Ça fait à peu près un tiers de ce dont on a besoin pour la nuit.

— Un tiers?

La voix du vieux vacher répéta avec fermeté en jetant de nouvelles cendres dans le feu.

— Un tiers.

Les petites épaules s'affaissèrent et le jeune cow-boy repartit d'un pas lourd avant de s'arrêter et de se tourner vers le chien.

— Tu viens?

Le chien se coucha et posa sa tête sur ses grosses pattes. Je le motivai d'un petit coup de botte.

— Allez, faut faire ta part.

Le gamin tapota sur sa cuisse, comme il m'avait vu le faire.

— Allez.

Le chien se leva lentement.

— C'est bien.

Le chien lui emboîta le pas. Je repoussai mon chapeau sur ma nuque et avouai.

— Bon, ce n'est pas comme si vous ne saviez pas. Je ne suis pas Eric Boss. Je m'appelle Walt Longmire et je suis le shérif du comté d'Absaroka.

Hershel se tourna et je regardai la petite lumière rouge danser sur les courbes anguleuses de son menton et de ses pommettes.

— Longmire, z'avez dit? (J'approuvai du chef.) Bon sang, j'crois que j'connais votre famille – vot'père avait une propriété au nord d'ici, non?

— Oui.

— Décédé?

— Il y a longtemps.

— Et vous louez la propriété aux Groneberg?

— Ouaip.

Il secoua la tête à nouveau et jeta le mégot dans le feu.

— Eh ben, si j'm'attendais à ça... Vous voilà rentré chez vous. (Le vieux cow-boy sortit sa seconde cigarette de la poche de sa chemise.) Alors, qu'est-ce que vous faites par ici, après si longtemps?

Je réfléchis à ce que j'étais prêt à révéler à Hershel, à ce que le vieux cow-boy savait, et je me demandai, au cas où je lui ferais confiance, jusqu'où irait cette confiance. Si Cliff Cly n'avait pas passé le test du polygraphe alors que Sandy prétendait que c'était le cas, et si quelqu'un était intervenu pour l'empêcher, il n'y avait que quelques explications possibles. Soit Sandy ne jouait pas franc jeu, soit les Fédéraux étaient entrés dans la partie. Si c'était les Fédéraux, à quel titre? Wade Barsad avait vécu sous une identité fournie par le programme de protection des témoins, mais pourquoi auraient-ils fait venir un agent? Pour mettre la pression sur Wade afin qu'il donne des noms et qu'il révèle les montants qu'il avait soutirés à ses associés sur la côte Est et dans l'Ohio?

Je me dis qu'une bonne attaque constituait la meilleure des défenses, et je décidai d'essayer un peu de détection de mensonge à ma façon. Étant donné que les psychologues cliniciens étaient parvenus à la conclusion que les machines étaient correctes 61 % du temps seulement – à peine plus que les 50 % de réponses justes qu'on obtient en répondant au hasard –, je tentai ma chance en me fiant au meilleur ami du policier: l'instinct.

— Hershel, êtes-vous impliqué d'une façon quelconque dans cette histoire rocambolesque?

— Non. (Il parut choqué que je pose la question.) Non, j'le suis pas.

Je le crus.

— Bien.

Je repliai les jambes et me levai. Je marchai d'un pas un peu raide jusqu'au bord du précipice et contemplai la région de la Powder River. La pleine lune de l'équinoxe commençait juste à regarder les collines, et les longues ombres projetées par les rochers et les rares genièvres descendaient en cascade par les ravines et les vallons vers les Bighorns.

Le paysage était d'une beauté saisissante, mais on ne peut pas revenir chez soi, quoi qu'en dise Hershel. Je ressentais une envie pressante de repartir chez moi, dans les collines au pied des montagnes. Mais avant de pouvoir le faire, je devais à Mary de découvrir la vérité. Elle était devenue ma responsabilité lorsque Sandy l'avait envoyée à ma prison, et je devais absolument découvrir ce qui était arrivé la nuit où Wade Barsad avait été tué.

Quelque chose clochait, et cette démangeaison que je ne parvenais pas à soulager me picotait, quelque part dans mon inconscient.

— Il faut que vous me racontiez tout ce qui s'est passé cette nuit-là.

— J'l'ai déjà fait.

Je rabattis mon chapeau pour me protéger du vent et me tournai pour le regarder.

— Non, vous ne l'avez pas vraiment fait, et quand nous avons parlé, si je puis me permettre, vous étiez saoul. (Il tira sur un lobe d'oreille déjà long, colla la cigarette qu'il tenait à la main dans sa bouche et l'alluma avec un morceau de bois incandescent.) Je sais que Mary était là. Je sais que vous étiez là, et je sais que Bill Nolan était là aussi. Maintenant, est-ce qu'il y avait quelqu'un d'autre ?

Il leva les yeux vers moi.

— Non, personne. (Puis il baissa les yeux vers le feu comme s'il y réfléchissait.) Je veux dire, y avait Wade, mais il était mort.

— Quand vous êtes arrivé, Mary était dans la cour avec la carabine sur les genoux, c'est ça ?

— Ouaip.

— La culasse de la .22 était ouverte et le chargeur était vide ?

— Ouaip.

— Et après ?

Il jeta la cigarette à moitié consumée dans le feu.

— J'lui ai pris le fusil et j'suis entré dans la maison. (Il leva les yeux vers moi pour s'assurer que c'était ce que je voulais entendre, mais je ne dis rien.) Il était dedans.

— Où ?

— Couché en travers du lit.

— Il était mort, vous êtes sûr ?

— Bon Dieu, oui. Elle lui avait tiré dans la tête. (Il se reprit.) Il avait reçu une demi-douzaine de balles et y avait tellement d'sang que le matelas était trempé et que ça coulait par terre.

— Est-ce que vous avez touché quelque chose dans la pièce, ou le corps ?

Il fut catégorique.

— Non, j'ai fait d'mi-tour et j'ai quitté la chambre. Bon sang, l'écurie était en feu, elle était assise dehors dans la cour, comme si c'était un rêve…

— Vous aviez sa carabine avec vous, c'est bien ça ?

Il désigna sa carabine posée en travers de sa selle.

— J'avais cette Henry. Quand j'ai été réveillé par le feu, j'me suis dit que j'allais la prendre parce que j'savais pas ce qui s'passait, et j'ai appris y a longtemps que les situations inconnues quand on a une arme, c'est mieux que les situations inconnues quand on en a pas.

Bon sang.

— Qu'est-ce que vous avez fait du Yellow Boy?

— Je l'ai laissé dans le fourreau de mon ch'val, attaché à la clôture. Pas question que mon ch'val s'approche du feu.

Je croisai les bras et plongeai mon regard dans les flammes qui léchaient les morceaux de bois pleins d'éclats, et je me rappelai que Benjamin et le chien étaient censés rentrer bientôt.

— Alors, après que vous l'avez laissé là, et elle sur la pelouse, qu'est-ce que vous avez fait?

— J'suis allé chez Bill Nolan le chercher en courant.

— Vous n'avez pas pensé à utiliser le téléphone des Barsad?

Il eut l'air sincèrement mal à l'aise.

— Non...

Je l'interrompis pour lui épargner une gêne supplémentaire. Il n'était pas inhabituel dans ce genre de situations – pour les gens d'un âge avoisinant le nôtre – d'oublier que les équipements modernes existent, ou de ne pas avoir confiance en eux, et de courir chercher de l'aide.

— Vous avez réveillé Bill?

— Non, il était dans sa cuisine.

Je levai les yeux en direction de la corniche, où les chevaux s'affairaient.

— Est-ce qu'il avait bu?

— Non.

— Vous en êtes sûr?

— Ouaip. Pourquoi?

Je choisis d'être honnête.

— Je connais Bill depuis une éternité, et dans sa réincarnation actuelle, je crois que j'emmènerais au moins trois hommes et demi pour lui enlever une bouteille.

Hershel hocha la tête.

— Il boit, y a pas de doutes là-dessus.

— Avez-vous une idée de la personne qui pourrait laisser des bouteilles de whisky pour lui sous son porche?

Il parut honnêtement surpris.

— Non, mais si vous le découvrez, inscrivez-moi.

Mon regard quitta notre camp, passa les chevaux sur leur ligne d'attache et alla jusqu'à la paroi rocheuse, et je marmonnai, surtout pour moi-même.

— Pourquoi aurait-il été sobre ce soir-là?

26 octobre : trois jours plus tôt, l'après-midi.

J'AVAIS REGARDÉ les mots rester coincés dans sa gorge blessée, avant de finir par tomber de sa bouche entrouverte.

— C'était comme si je n'étais pas seule, comme s'il y avait quelqu'un qui m'emmenait là où je devais aller, qui m'aidait à le faire.

Je me levai de mon rebord de fenêtre et m'approchai du lit d'hôpital, mon chapeau à la main.

— Est-ce que vous vous souvenez d'avoir pris la carabine dans la cabine du pick-up de Wade?

Sa tête resta immobile un moment puis fit de petits mouvements hésitants. Je ne pensai pas que c'était sa gorge lacérée qui provoquait ces précautions.

— Je me rappelle avoir marché jusqu'au camion, mais ensuite, c'était comme si la carabine apparaissait entre mes mains.

Je baissai les yeux sur son profil et réfléchis au contraste flagrant entre les flottements dans son histoire et la clarté du soleil qui projetait un trapèze parfait sur le carrelage de la chambre, de l'autre côté du lit.

— Ensuite, que s'est-il passé?

— Il y a eu un orage, et le vent soufflait. (Elle marqua une pause, s'éclaircit la gorge, et les mots se déversèrent à nouveau.)

La porte était ouverte, elle claquait contre les montants, et j'ai pensé qu'elle allait probablement se casser, mais ça m'était égal.

Elle secoua la tête et une mèche de ses cheveux blonds atterrit dans sa bouche. Elle essaya de l'enlever, mais les bracelets en cuir qui lui maintenaient les poignets ne lui permettaient pas d'aller jusque-là. Je me penchai et l'aidai, ma main paraissant très grande comparée à sa fragilité.

— Le feu se reflétait dans la vitre et j'étais fatiguée. Je voulais juste laisser tomber la carabine, mais il n'arrêtait pas de me dire de la garder, que j'allais en avoir besoin.

— Il ?

Elle leva la tête un peu trop rapidement, et je vis que l'effort lui avait fait mal au cou.

— C'était comme si quelqu'un était là et me dictait tous mes mouvements.

— Qui ?

— Je ne me souviens pas – en fait, ils n'étaient pas là, pas vraiment.

— "Il" au singulier ou au pluriel ?

Elle laissa retomber sa tête sur son oreiller et parla doucement, regardant les rayons du soleil qui tapaient toujours à la fenêtre.

— Une voix, venue de mes rêves...

29 octobre, 19 h 52.

Hershel jeta un coup d'œil par-dessus son épaule.

— Qu'est-ce qu'il y a ?

Je continuai à laisser mes yeux errer sur l'horizon constellé d'étoiles. Il n'y en avait pas autant que d'habitude et la Voie lactée ne décrivait pas un arc complet, mais j'avais la sensation que j'avais toujours lorsque je contemplais le ciel nocturne – l'impression de tomber en arrière.

— Le petit est parti depuis trop longtemps.

Hershel se leva et vint me rejoindre.

— Il a dû traîner en chemin.

Je portai mes doigts à ma bouche et émis un long sifflement strident.

— Le Chien !

Rien.

J'allai jusqu'à mes sacoches et en sortis mon .45 et une radio. Je lui tendis la radio et il contempla le talkie-walkie un peu ahuri.

— Vous restez ici au cas où il reviendrait au campement, et si je ne suis pas revenu dans vingt minutes, vous tapez sur ce machin et vous appelez le bureau du shérif.

— Lequel ?

Je lançai par-dessus mon épaule.

— Le mien !

Je montai péniblement mes jambes et mon postérieur meurtris sur les pâles rochers baignés de lune, content d'avoir choisi de porter mes bottes à semelles de caoutchouc, mais regrettant de ne pas avoir de lampe torche. Lorsque j'arrivai au sommet de la corniche, les chevaux reculèrent d'un pas, comme s'ils lisaient dans mes pensées, puis ils s'approchèrent de moi, impatients de faire partie des événements et espérant que j'aurais une friandise à leur offrir.

Je les contournai, tendant une main pour rasséréner le plus proche, qui était mon bai. Je restai là un moment, à écouter la douce caresse de la brise de montagne et, au loin, le cri peu avenant d'un grand-duc.

Tout en me frayant un passage vers la gauche en franchissant la première corniche, je pensai aux messagers des morts et aux plumes de hibou sur la carabine que Henry Standing Bear m'avait confiée. Je me rappelai la manière dont Dena Many Camps avait défait sa tresse quand elle s'était trouvée en présence de la vieille carabine Sharps, ainsi qu'une autre personne qui, pour une raison différente, ne voulait pas de la vieille arme dans sa maison. Les hiboux n'étaient normalement pas le signe d'une mort imminente, mais ils étaient des émissaires de l'au-delà, et j'avais parfois l'impression que j'étais régulièrement sur leur route.

Dans le pâle clair de lune, je vis les traces des bottes du gamin et celles qu'avait laissées le chien, qui auraient pu être facilement confondues avec celles d'un loup. Benjamin avait suivi la ravine à l'endroit où quelques buissons de sauge épars avaient vaillamment tenté de pousser, mais les probabilités et les pluies annuelles jouaient contre eux.

La piste tournait encore plus à gauche et débouchait dans une zone ouverte avec un chemin partant vers l'est, avant de virer vers le sud, puis l'ouest, pour rejoindre la seule route qui descendait de la mesa. Il y avait une vieille tête de puits sur le replat avec les habituels vestiges laissés par un forage sauvage. Des tas en vrac de tuyaux rouillés, des barrières collectrices à claire-voie qui donnaient une indication de l'ère où les forages avaient dû avoir lieu, et une dalle scellée à l'endroit où la foreuse avait dû se trouver.

Les palettes que Hershel avait repérées étaient empilées contre l'une des parois rocheuses, quelques-unes étaient dispersées sur le sol crayeux – en plusieurs morceaux grâce aux efforts du gamin.

Pas de Benjamin.

Pas de chien.

Je glissai un peu sur les éboulis dans la descente et m'approchai du tas de bois auprès duquel, apparemment, le gamin s'était trouvé. Et s'il s'était perdu et était tombé par-dessus le rebord abrupt de la mesa ? Et s'il avait glissé et qu'il avait fait une chute dans une des profondes crevasses ou fentes dans les rochers alentour ? Et s'il s'était blessé ? Le chien ne serait-il pas revenu ? Ne devrais-je pas être en train de crier son nom ? Pourquoi avais-je dégainé mon arme ?

Je connaissais déjà les réponses à toutes ces questions avant de découvrir la faible lueur de la Maglite enfouie dans la pile de bois. Je m'accroupis et la sortis des débris. Je la secouai une fois, le faisceau devint plus puissant, et je balayai la zone. Il y avait des traces, beaucoup de traces. Celles des bottes du gamin allaient jusqu'au tas de bois avec celles du chien, mais il y en avait d'autres – une paire de chaussures de sport, environ du 45, et une paire de bottes, peut-être une taille en dessous. Je me redressai et éclairai plus loin devant : une sorte d'altercation avait eu lieu, quelqu'un était tombé, on en était venu aux mains, et la bagarre s'était poursuivie sur une bonne distance.

Les empreintes de pas s'interrompaient à côté de traces laissées par des pneus, un grand 4×4 qui avait dû être garé le long de la paroi rocheuse. Les larges traces suivaient la route conduisant vers le sud-est, et les empreintes du chien suivaient.

29 octobre, 20 h 22.

LA RADIO refusait d'atteindre le relais de l'autre côté d'Antelope Basin et elle nous renvoyait des parasites moqueurs. Peut-être que nous aurions une meilleure réception plus loin vers le sud. Je l'éteignis pour économiser la batterie et la tendis au vieux cow-boy.

Hershel me regarda du haut de sa monture tandis que je finissais de seller le bai et attachais mes sacoches. De la plus proche, je tirai un holster de ceinture à pince et l'installai en bas de mon dos. Les rafales de vent s'accentuaient et il faisait presque froid, alors j'enfilai ma veste.

— Vous allez être beaucoup plus rapide que moi sur ce terrain accidenté. Évitez de vous casser le cou quand même.

Il avait l'air anxieux, mais il hocha la tête.

— J'ai un cou difficile à casser.

Je calmai le bai avant de régler les rênes sur le cheval de bât et sur le poney de Benjamin. Hershel avait déjà préparé et chargé l'essentiel de notre matériel avant mon retour au campement; manifestement, il avait eu les mêmes intuitions que moi.

— La route qui part du site de forage abandonné paraît aller vers le sud-est, mais ensuite, elle tourne et revient vers la route principale où nous avons garé le camion et la remorque, c'est ça?

Il approuva.

— Ouaip. Ça va vous prendre plus de temps, surtout avec ces ch'vaux de bât.

Je désignai la radio.

— Une fois descendu de la mesa, vérifiez si la radio marche et si vous arrivez à joindre mon bureau. Si vous n'y arrivez pas, chargez votre cheval, montez dans le pick-up, filez à toute vitesse à Absalom et passez les coups de fil nécessaires pour qu'on ait des renforts.

— Et vous ?

— Je vais suivre la piste et voir où ils l'ont emmené. J'ai dans l'idée que le chien les a suivis.

Il regarda vers la corniche qui retombait vers la surface noire et infinie de la mesa, sa main posée sur la vieille boîte de culasse en bronze de la Henry, toujours dans son fourreau.

— Ça fait une sacrée surface.

Je passai une botte dans l'étrier et montai. Le bai fit un écart à droite, mais moins marqué que la fois précédente. À l'évidence, il s'habituait à mon poids.

— J'ai des traces et il n'y a qu'une manière de quitter ce rocher.

Le vieux cow-boy rétorqua du haut de sa selle :

— Enfin, y en a deux, mais on va tâcher de pas y penser.

Il ne leva pas les yeux et, une seconde plus tard, il donna un coup avec ses rênes sur la croupe du hongre. Le puissant animal bondit, les fers de ses sabots émettant des étincelles sur les cailloux. Il disparut dans la nuit, par-dessus la crête à l'ouest.

Je fis avancer mon bai avec le cheval de bât et la monture tragiquement sans cavalier, et ils ne se calmèrent que lorsque je nous emmenai vers l'est le long des rochers, dans la direction opposée. Nous avançâmes avec précaution le long du même vallon que j'avais parcouru à pied, dépassâmes les chétifs buissons de sauge, et je crois que les chevaux furent aussi soulagés que moi lorsque nous atteignîmes la partie plate où se trouvait la tête de puits. J'approchai du tas de bois, juste pour m'assurer que je n'étais pas passé à côté de quelque chose. Mais le site paraissait identique.

Je sortis la lampe torche de la sacoche et inspectai l'autre côté du puits, là où les tuyaux étaient entassés avec quelques bidons de 200 litres, couverts de rouille et couchés sur le sol. Je retournai aux traces sur ma droite et m'arrêtai à l'endroit où le 4×4 s'était garé. Du faisceau de ma Maglite, je balayai les marques sur le sol et constatai que le chauffeur avait heurté le chien, mais pas assez violemment pour l'empêcher de les suivre. Je vis l'endroit où il était tombé et celui où il s'était relevé. Il avait dû se faire mal à la patte arrière droite, mais un contrat était un contrat, et il avait suivi le véhicule sur trois pattes.

29 octobre, 20 h 40.

Un bon kilomètre plus bas sur le chemin et entre les corniches, il s'était mis à neiger – pas très fort, mais assez pour que le sol soit recouvert et que les traces disparaissent si les chutes gagnaient en intensité. J'encourageai les chevaux.

Je repensai aux empreintes de chaussures de sport près de la tête de puits et essayai de trouver la personne que j'avais vue porter ce genre de chaussures. Cliff Cly avait des bottes de motard la première fois que je l'avais vu au bar, mais il portait des baskets pour le combat. Bill Nolan portait des bottes chaque fois que je l'avais vu, et pour autant que je m'en souvienne, Pat, du bar, se promenait avec des chaussures d'un autre genre.

Je poursuivis ma route et pensai au tour que venaient de prendre les événements. Pourquoi emmener le gamin ? Avait-il vu quelque chose ? Était-il un moyen de pression sur Juana parce qu'elle avait vu ou fait quelque chose ? S'agissait-il de Hershel, puisque le gamin et lui étaient si proches ? Étais-je, moi, la cible ?

Une chose était certaine, c'était une déclaration de guerre explicite. Celui qui avait fait ça n'était pas enfermé dans la prison du comté d'Absaroka, et quel qu'il fût, il ne pouvait rester dans les coulisses plus longtemps. J'avais fait monter la pression et maintenant un gamin avait disparu et était peut-être mort en conséquence de mes efforts.

Je me retournai et contemplai la selle vide sur le rouan.

Je me sentais mal en point. J'enfonçai mon chapeau sur ma tête pour me protéger du vent et suivis la seule route qui débouchait sur la surface cuirassée de la vaste étendue désertique de terre maudite qu'on appelait le Battlement.

Je devais admettre que dans mes dispositions d'esprit, c'était l'endroit idéal pour moi.

Les oreilles de mon cheval se dressèrent et quelque chose s'éleva d'un bosquet de sauge et vint droit sur nous dans un monumental effet de plumes grises et de serres. Le bai s'affola et se cabra sur ses postérieurs, et les deux autres chevaux tentèrent de partir en flèche, mais je me cramponnai et parvins à survivre à ce petit rodéo. Une fois que j'eus réussi à faire tourner et à calmer un peu les chevaux, je regardai le grand-duc de Virginie que j'avais entendu partir vers le sud et traverser le Battlement, une grande ombre de presque deux mètres d'envergure.

Je pris une grande inspiration et le contemplai – le messager de l'au-delà, comme l'appelaient les Cheyennes.

— Prends mes appels, tu veux bien ?

Le bai était un peu nerveux, mais il finit par reprendre un rythme de marche régulier tandis que je bougeai mes hanches et essayai de trouver une nouvelle position qui soulagerait un peu mon postérieur.

La nuit était éclairée d'un quartier de lune. La pâle froideur de ce corps céleste jouait à cache-cache avec les nuages, illuminant les bosquets de sauge et les rares touffes d'herbe à bison avant de s'éclipser complètement. La neige était moins dense, mais j'étais prêt à parier que cela ne durerait pas.

La route était légèrement creusée d'ornières et rien n'avait tenté de pousser dans les sillons que les pétroliers avaient creusés dans leur précipitation à forer. Les écologistes avaient fait remarquer que la surface croûteuse du désert d'altitude était fragile et qu'il faudrait des centaines d'années à la terre pour se reconstituer. Je voyais les endroits où les explorateurs avaient dessiné de nouvelles voies dans la toundra, tentant de faire de l'argent dans un lieu où le temps signifiait des bénéfices, et l'opportunisme, des emplois. J'espérai qu'ils avaient bousillé leurs machines.

Le 4 × 4 avait rendu ma poursuite un peu plus facile en restant sur la route principale, mais je pensai qu'avec l'avantage de la combustion interne, ils avaient bien quarante minutes d'avance sur Hershel et sur moi. Les traces du chien disparaissaient par moments, comme s'il avait suivi le véhicule sans vouloir se faire repérer – à moins que je n'aie regardé trop d'épisodes de *Rintintin.*

Je laissai échapper un profond soupir et regardai la buée de ma respiration se mêler à celle de mon cheval, et je poursuivis mon chemin vers le sud-est en suivant la route. Mes mains et mon visage étaient un peu engourdis, ce qui au moins diminuait la douleur de ma pommette à défaut d'autre chose. Il neigeait plus fort et les flocons se collaient partout sur notre flanc droit, mais avec la perversité et la volatilité de la météo du Wyoming, le temps paraissait se réchauffer un peu. Il y eut vers l'ouest des éclairs dans les nuages, et il était possible que la bruine glacée se transforme en neige.

Je changeai de main et découvris dans la poche de ma veste de demi-saison une vieille paire de gants en peau de bison que ma femme m'avait donnée des dizaines d'années auparavant. J'enfilai les gants, serrai un peu plus le foulard autour de mon cou et enfonçai à nouveau mon chapeau, baissant un peu la tête pour protéger mon oreille exposée et ma joue abîmée. Maintenant, la panoplie était complète, et je me souvins pourquoi je n'aimais pas jouer les cow-boys.

Je tirai le col raide de ma veste pour essayer de protéger le côté de mon visage et sentis la douleur en haut de mon oreille qui avait autrefois gelé.

Au bout de quelques kilomètres, la route tourna à gauche et je fus soulagé d'avoir le vent de face. Je baissai encore la tête et me balançai d'avant en arrière au rythme des pas lourds du bai. L'envie de me dépêcher courait dans mes veines comme de brusques éclairs imitant ceux qui zébraient le ciel, et je pensais à Benjamin et au tourbillon de poussière, mais le cheval de bât ne pouvait pas accélérer. Et tout ce que je trouverais, ce serait une remorque vide, de toute manière.

Nous poursuivîmes notre route et j'aperçus quelque chose dans les éclairs qui illuminaient sporadiquement la mesa.

C'était forcément la remorque.

Je donnai un petit coup de talon au bai et nous arrivâmes à la route plus large au petit trot. La remorque était dans l'état où nous l'avions laissée, si ce n'était qu'il y avait une pile de couvertures, des seaux et des cordes, un demi-sac de granulés et la précieuse gourde de Hershel à l'arrière de la dernière stalle. La porte arrière de la remorque était maintenue en position ouverte par un élastique, ce qui ne l'empêchait pas de cogner régulièrement contre les parois métalliques.

Quand j'examinai les lieux, je vis un morceau de papier qui voletait dans le vent, posé sur les couvertures et maintenu par un gros caillou qui jouait le rôle de presse-papiers.

Quelque chose bougea sur le toit de la remorque et le bai fut à nouveau pris de panique. Je le retins en tirant les rênes d'une main ferme, ma main libre posée sur le Colt dans mon dos. L'éclair suivant révéla la présence du grand-duc. Il était posé sur le vantail coulissant de la remorque à chevaux et faisait à peu près la moitié de la taille de Benjamin. Il tourna sa gigantesque tête et me regarda avec des yeux aussi dorés que d'autres que je connaissais bien.

— Re-bonsoir.

Il ne bougea pas et continua à me fixer pendant un moment, puis, l'air dégoûté, il s'envola. Je regardai et écoutai ses ailes claquer dans l'air tandis qu'il décrivait un grand arc vers le sud.

— Je plaisantais, quand j'ai parlé de mes appels.

Dans ma tête, les petites alarmes lointaines se mirent à sonner et je sentis la familière sensation de fraîcheur sur mon visage et l'immobilité de mes mains. Je tirai le gros Colt du holster dans mon dos et fis décrire au bai un cercle serré d'où je pouvais inspecter les environs.

Le cheval de bât comme le poney résistèrent, mais ils finirent par suivre le cercle eux aussi, le regard planté dans la nuit vers le sud, comme ils l'avaient fait lorsque nous étions arrivés et que nous les avions sellés. Je ne savais pas quoi chercher en scrutant les ténèbres du sud de la mesa. Je savais qu'ils n'avaient pas une aussi bonne vue que moi, mais ils avaient une sensibilité exacerbée.

Je me demandais ce qu'ils sentaient – ou qui.

13

29 octobre, 22 h 00.

L E CRAYON était émoussé, et l'écriture et l'orthographe de
Hershel assez défectueuses, mais je parvins malgré tout à
comprendre l'essentiel.

> Shérif,
> La radyo ne marché pas et le camion était parti
> quand suis arrivé.
> Laissé les trucs en tro et suis descendu pour rentré
> en ville. Ptêtre que Bill a décidé qu'il avait besoin de
> son camion. Vot chien était là, il est blessé à la pate et
> il boite beaucou, alors je l'ai pri en selle avec moi.
>
> Hershel
>
> PS. J'ai laisser la gourde pour vous mais j'ai pri la
> radio des fois qu'elle marche, et je reviens vite avec la
> cavalerie.

J'examinai le mot. Il était étrange que Hershel se soit
trompé sur le mot "radio" la première fois mais qu'il l'ait écrit
correctement dans le post-scriptum.

J'attachai le bai et le rouan à la remorque et déchargeai le
cheval de bât. Il ne restait pas beaucoup d'eau, alors je vidai les
containers en plastique dans les seaux, pris la gourde pour moi
et, équipé de la lampe torche, allai voir l'avant de la remorque.
Il y avait des traces de bottes et d'autres laissées par des baskets,
et je concentrai le faisceau de la lampe sur la neige granuleuse

qui s'était amassée dans les empreintes. Je plaçai un pied à côté d'une empreinte de botte ; elle faisait visiblement deux tailles de moins que la mienne.

J'allai de l'autre côté de la remorque et repérai les marques de pneus laissées par le 4×4, qui décrivaient un arc vers la gauche avant de rejoindre la route. Lorsque je parvins au chemin de terre, je vis que Hershel était parti vers la ville, mais le 4×4 et le pick-up Dodge avaient tous deux pris la direction de l'est.

Les empreintes du chien étaient partout et j'avais du mal à distinguer les nouvelles des précédentes.

Je marquai un temps d'arrêt, histoire d'enregistrer la signification de tous ces indices.

Je retournai à l'arrière de la remorque, à l'endroit où Benjamin et moi nous étions tenus. Je me tournai vers le sud et me souvins du virage brusque que nous avions vu, un peu plus loin. Je me mis à marcher. J'enlevai la gourde de Hershel de mon épaule, dévissai le capuchon et bus une gorgée. On aurait dit que le liquide avait été prélevé dans une flaque de boue datant de la guerre de Sécession, et je regrettai immédiatement d'avoir donné toute l'eau aux chevaux. Je revissai le bouchon et remis la gourde sur mon épaule.

Les traces se poursuivaient jusqu'au virage avant de tourner soudainement. Celui qui avait emmené le gamin était parti vers le sud, mais est-ce que le pick-up avait rejoint le 4×4, l'avait-il suivi ou bien était-il parti devant ?

Peu importait, le gamin était quelque part vers le sud.

Je retournai à la remorque avec le projet de laisser un mot, mais je ne trouvai rien pour écrire. J'accrochai la gourde au pommeau de la selle du bai, sortis les munitions et le chargeur supplémentaires que j'avais emportés dans les sacoches et fourrai le tout dans les poches de ma veste. Le vent était tombé, mais la couverture nuageuse était de plus en plus dense et il n'était pas exclu qu'il y ait encore des précipitations.

Je boutonnai ma veste jusqu'en haut, enfilai mes gants, mis un pied dans l'étrier et montai. Je n'avais pas autant chevauché depuis des années. Je sentis le poids du gros Colt au creux de

mon dos et je partis. Je suivis la route en l'éclairant avec ma
lampe torche. Je contemplai les ténèbres au sud et vis les éclairs
qui ne cessaient de pilonner le Battlement comme des tirs
d'artillerie.

J'éteignis la Maglite, soulevai le rabat de ma sacoche et la
rangeai.

Nul besoin d'annoncer mon arrivée.

26 octobre : trois jours plus tôt, l'après-midi.

J'AVAIS posé mon chapeau sur la crosse de mon semi-
automatique, croisé les bras, et j'expirai lentement, craignant
de rompre le charme.

— La voix vous a dit d'entrer dans la maison ?

Mary Barsad fixait les draps, les yeux grands ouverts, écarquillés, comme si elle revoyait tout le déroulement de cette
nuit-là.

— Oui, il m'a dit d'entrer dans la maison.

— Vous avez dit "il" au singulier, à nouveau.

Elle réfléchit et je la regardai.

— C'est toujours la même voix, une voix d'homme.

— La reconnaissez-vous ?

— Oui… enfin, elle m'est familière.

— Qui est-ce ?

Elle prit une grande inspiration, et on voyait les efforts
tendre les muscles de tout son corps. Ses yeux fouillèrent les
draps et son front se plissa, les rides entre ses sourcils se creu-
sèrent. J'avais peur qu'elle perde le fil de l'histoire, et elle-même
semblait presque prise de panique à l'idée que ce fût le cas.

— Je suis entrée dans la maison, et je me rappelle qu'il avait
tué mes chevaux – Wahoo Sue, mon cheval.

Sa respiration fut interrompue par un hoquet et elle tira
nerveusement les fibres de la couverture. Elle reprit :

— La chambre, je me souviens être entrée dans la chambre,
et c'était bizarre, parce que les lumières étaient éteintes.

Je lui parlai doucement.

— Est-ce qu'il dormait?

— Oui.

Encore plus doucement.

— Mais s'il était…

— Non, il dormait toujours la lumière allumée, parce qu'il disait qu'il avait le choix. Cela venait du temps qu'il avait passé en prison, comme ces petits bouts de papier avec des listes qu'il écrivait.

— Les papillons?

— Oui, il y en avait un en particulier qu'il m'accusait d'avoir pris, et je crois que c'était le cas… Je l'avais fait une fois, juste pour voir ce que c'était.

29 octobre, 22 h 35.

UN CADAVRE n'a rien de romantique, et quoi qu'en disent les poètes romantiques, la mort n'a rien de romantique.

Environ trente minutes après notre départ, le bai fit un écart sur la gauche et essaya de se cabrer. Je commençais à me lasser de sa nervosité et je m'y étais préparé. Je tirai les rênes à nouveau et restai en selle, permettant au grand animal de reculer, mais pas de pivoter et de s'enfuir. Il y avait quelque chose, un peu devant nous, qui indisposait le cheval. Je ne voulus pas prendre le risque de le faire approcher davantage, mais je n'aimais pas non plus l'idée de me retrouver à pied en train de le chercher dans le noir. La chose la plus proche que je trouvai pour l'attacher était un brin de sauge sclarée mort – il était cassant mais paraissait assez solide pour tenir le bai s'il n'était pas trop déterminé à s'enfuir.

Je descendis en le rassurant avec le son de ma voix – si seulement j'avais connu son nom.

— Doucement, mon grand, doucement…

J'envisageai de prendre ma Maglite dans ma sacoche, me ravisai, puis changeai à nouveau d'avis, me figurant que si quelqu'un était là-bas il savait probablement déjà que j'étais là. Je pris la lampe torche, puis j'ouvris le holster et en sortis le .45. Je défis le cran de sûreté et parlai à nouveau au cheval en le regardant dans le blanc de l'œil.

— Doucement, doucement...

Je parcourus des yeux les environs, laissai le cheval et continuai ma route sur le chemin de terre. Vingt mètres plus loin, je remarquai que le gros Dodge avait marqué un arrêt brusque avant de continuer. J'allumai la lampe torche et vis à nouveau des empreintes de baskets. C'était le conducteur qui les portait, et je repérai l'endroit où il avait brutalement stoppé le véhicule avant de bondir par la portière et de courir vers l'arrière.

Je suivis ses traces dans le taillis mêlé de sorgho d'Alep. Il y avait aussi des empreintes de bottes, et l'homme qui les portait avait visiblement sauté par la portière côté passager et avait été poursuivi par l'homme en baskets.

Personne ne viendrait à mon secours.

Je trouvai son chapeau d'abord, coincé contre une branche étique de sauge morte. Le vieux feutre en poil de castor était à l'envers et luttait contre les branches sèches, sans pouvoir leur échapper. Je vis le satin blanc taché de la bordure qui me rappela le blanc des yeux du cheval que je venais de quitter.

Je ramassai le chapeau, pour l'arracher aux griffes du cruel et implacable vent de l'oubli.

Il était vingt mètres plus loin. Il avait dû essayer de se diriger vers la remorque. Il avait été tué d'une balle dans le dos et il en avait pris une autre dans la tête à bout portant. Les deux blessures avaient été infligées par un 9 mm. Il avait les mains liées, attachées avec du gros scotch.

Je m'accroupis auprès du vieux cow-boy et relevai le bord de mon chapeau, passai ma main gantée sur son visage et posai l'autre sur son épaule pour me stabiliser et peut-être pour apporter un peu d'apaisement à son âme. Je me sentis soudain très fatigué.

— C'est pas vrai...

À l'évidence, Hershel avait sauté du pick-up et essayé de s'enfuir, mais celui à qui il essayait d'échapper l'avait poursuivi et lui avait collé une balle de 9 mm entre les omoplates, un peu à droite. Alors que le vieux vacher essayait de continuer en rampant, le tireur s'était approché tranquillement, il avait tendu le bras et achevé son œuvre.

— Je suis tellement désolé, Hershel.

Pendant un moment, je restai ainsi accroupi, parce que c'était la seule chose que j'avais l'énergie de faire. Je regardai un brusque éclair frapper à moins d'un kilomètre, et la rapide succession d'explosions et la réverbération que je sentis dans mes pieds me dirent qu'il fallait que je bouge. Je soupirai et regardai le vieux cow-boy une dernière fois, me demandant quelle part de responsabilité j'avais dans sa mort. Ce n'était pas de cette manière que le vieux bonhomme aurait dû partir, exécuté sur la mesa. Je me fis une promesse.

29 octobre, 22 h 52.

J'EMPILAI des cailloux sur le chapeau de Hershel et m'assis au bord de la route. Qui aurait voulu faire une chose pareille ? Je sentis une nouvelle vague de tristesse et cette lassitude particulière qui vous écrase avec le poids d'un monde devenu mauvais. Je pris une grande inspiration et fis l'effort de me mettre debout. J'avais l'impression d'être aussi lourd que le tas de pierres.

Je regardais au loin et pensais comme il était facile de perdre un corps dans ce pays, comme les charognards et les phénomènes météorologiques pouvaient s'en débarrasser rapidement, le disperser. Je pensais aussi à quelque chose que Bill Nolan avait dit sur l'histoire personnelle – si personne ne se souvenait de vous, est-ce que vous aviez vraiment été là ?

Je me fis la promesse de ne pas oublier Hershel et approchai lentement du bai qui était devenu encore plus nerveux avec la foudre de plus en plus proche.

— Doucement, doucement…

Malgré les récents développements, ou peut-être à cause d'eux, je ressentis à nouveau une vague d'épuisement lorsque je posai ma main sur le pommeau de la selle et le Colt sur le siège. Je repoussai mon chapeau sur ma nuque, collai ma joue abîmée contre le cuir frais de la selle et je restai sans bouger. Je sentais l'odeur riche, terrienne, du cuir, du cheval et le puissant parfum d'ozone émis par les nuages bas.

Quelque chose me chiffonnait, quelque chose qui reliait tous ces événements point par point, comme ces jeux qu'on donne aux enfants dans les restaurants.

Je tournai mon visage et vis quelque chose bouger vers le sud. Probablement le grand-duc à nouveau. Peut-être m'avait-il bien apporté un message, finalement.

Il y eut un nouvel éclair proche et le bai sursauta de quelques centimètres, assez pour cogner la selle contre ma joue blessée. Je demeurai là encore un moment, les yeux fermés, tâchant de contrôler la douleur avec ma respiration, et je pensai au jaillissement impressionnant des ailes du rapace au-dessus du chemin et de la remorque – mais ce n'était pas le grand-duc, c'était autre chose, quelque chose d'analogue.

Mon esprit ne devait pas fonctionner correctement.

Je rangeai le Colt dans son étui et, dans mon dos, détachai du pommeau la gourde du vieil homme mort, défis le capuchon et bus une nouvelle gorgée. Le liquide avait toujours mauvais goût, mais je le trouvai plus amer, plus métallique que de l'eau boueuse – cela venait probablement de l'embouchure. Je remis la gourde à sa place, contemplai les perles brodées dessus avec l'insigne aux deux oiseaux jumeaux. Ce qui me tracassait concernait un oiseau, mais pas un grand-duc, et je repensai à la sturnelle que j'avais vue assise sur la pancarte de Kyle Straub devant l'hôpital lorsque j'interrogeais Mary la semaine précédente.

Oui, c'était la sturnelle, quelque chose clochait à propos de cet oiseau.

Les éclairs se succédèrent, et je me sentis étreint par l'angoisse à l'idée que j'étais le point le plus élevé de la mesa. Je glissai alors une botte dans l'étrier et m'élevai encore un peu plus.

Le bai se tint tranquille et ne fit que quelques pas sur la gauche pour éviter l'odeur du cadavre. J'oscillai sur la selle pendant quelques instants et je fus pris de nausée. Sans doute une chute de tension causée par le surmenage et l'épuisement. J'avais vu pas mal de cadavres, mais peut-être Hershel s'était-il inscrit profondément dans ma psyché le peu de temps que je l'avais connu. Je savais une chose, c'était que le monde se trouvait un peu plus pauvre de l'avoir perdu et qu'il était de mon devoir ce soir de remettre le monde d'aplomb.

Je bâillai, jurai et pensai à nouveau à la sturnelle. Pourquoi mon esprit avait-il soudain décidé d'imiter le cheval que je montais et de faire un écart sur la gauche ?

Je me frottai les yeux avec mes pouces. Était-ce le corps de Hershel que les chevaux avaient senti à la remorque ou bien était-ce autre chose ?

Peut-être était-ce la sturnelle… Bon sang, pourquoi continuais-je à penser à ces fichus oiseaux ? Je sursautai à cette idée et le bai s'arrêta pour me regarder.

Je tirai les rênes entre mes doigts, serrai un peu les flancs de l'animal entre mes genoux pour qu'il avance et regardai la toile qui recouvrait la gourde, les lettres tracées au pochoir, passées avec les années.

J'étais fatigué.

Il y avait deux sturnelles.

Je baissai les yeux, et ma tête se mit à bringuebaler au rythme du cheval qui poursuivait sa route. Les coups de foudre suivants frappèrent un peu plus vers le sud, près du bord de la mesa. Du coup, le cheval n'y prêta pas grande attention.

Deux sturnelles.

La voix de l'une sonnait juste, l'autre non. Il y a deux sortes de sturnelles, celles de l'Est, celles de l'Ouest, et elles ne chantent pas la même mélodie – leurs mélodies sont similaires, mais pas exactement identiques. Où avais-je entendu une sturnelle de l'Est récemment ? Bien sûr, je pensai à Cady et à mon voyage en Pennsylvanie, et surtout à la conversation que nous avions eue lorsque j'étais au bar. Je continuai à chevaucher vers le sud, mais j'avais du mal à me rappeler pourquoi. Ce n'était pas une histoire d'oiseaux. Il s'agissait d'un gamin, d'un homme mort et d'un cheval.

J'avais l'impression que je chevauchais depuis longtemps. Ma tête dodelina jusqu'à ce que mon menton cogne contre ma poitrine. Je relevai brusquement la tête et ne sus pas si je me trouvais dans la réalité ou dans un rêve.

La route avait disparu et une fine couche de neige de moins d'un demi-centimètre recouvrait le sol et la végétation aussi loin que je pouvais voir dans les ténèbres, sauf dans un cercle parfait de terre sombre où il n'y avait pas de neige et où rien ne poussait. Le bai s'arrêta et contempla les lieux avec moi. Pas de vaillante touffe d'herbe, ni de sauge, rien. On aurait dit qu'une soucoupe volante s'était posée sur la mesa, avait brûlé toute la végétation et fondu la fine pellicule de neige avant de s'envoler.

Je soupirai et ma tête tomba à nouveau, mais lorsque je forçai mon visage à se relever, je vis quelque chose au milieu du cercle, comme le centre d'une pendule dont les deux aiguilles pointeraient sur minuit.

Je savais qu'il était beaucoup plus tard que ça.

Je pensai aux cercles de tipis qui, dans notre région, faisaient partie du paysage, mais je ne vis aucun des rochers que les Indiens auraient utilisés pour en marquer le périmètre. Et le cercle était trop grand. Même les tipis familiaux des Crow et des Cheyennes n'avaient pas une circonférence aussi grande.

Des cercles de culture, peut-être, mais il n'y avait pas de cultures.

Le bai s'éloigna un peu du bord, puis il s'avança d'un pas bondissant et hennit. Je commençais à me demander s'il s'agissait vraiment d'un trou et à me dire que mes yeux fatigués me jouaient des tours, lorsqu'un autre éclair tomba à moins de cent mètres sur notre droite. Mon cheval en avait assez, et il fit un brusque écart vers la gauche. J'essayai de me cramponner, mais cette fois, il pivota, glissa et tomba.

Je m'effondrai sur le flanc comme un stère de bois, et je sentis mes poumons se vider de leur air sous la puissance de l'impact et une douleur fulgurante me traverser le pied au moment où le bai atterrit sur ma botte avec un craquement audible. Il me fallut un instant pour retrouver mes repères, évaluer les dégâts et, surtout, ressentir la honte d'être tombé de mon cheval. Pour un homme de l'Ouest, tomber de sa monture est aussi infamant que de fourrer le bas de son pantalon dans ses bottes, de demander à quelqu'un la taille de son ranch ou de pisser sur le plancher de l'Alamo.

Le seul bon côté de cette chute et de la douleur infernale qui me traversait le pied, c'était qu'elles m'éclaircirent suffisamment les idées pour que je puisse réfléchir à ce que j'allais faire maintenant que le bai s'enfuyait à toute vitesse vers le nord sur la terre dure du plateau et disparaissait dans la nuit. Je regardai les étriers rebondir sur ses flancs dans une relecture comique d'un western pour la télévision et laissai ma tête retomber sur la croûte de neige.

— Bon sang.

Le chien du .45 s'enfonçait dans mon dos. Je me tournai un peu, et un autre élan de douleur monta de mon pied droit. Mes yeux se remplirent de larmes, et je les essuyai.

Ce fut à ce moment-là que je vis quelque chose sur le bord le plus éloigné du cercle. Quelque chose de noir et de grand qui avançait rapidement vers moi. Je crus que c'était à nouveau le grand-duc – même s'il n'avait pas la bonne couleur et qu'il ne paraissait pas être en train de voler – qui pensait peut-être avoir découvert un festin inespéré.

J'essayai de lever la tête, mais la douleur dans ma joue était trop forte et je me contentai de regarder la grande créature piétiner le sol et foncer droit sur moi, tendre son encolure et claquer des dents à quelques centimètres de ma tête.

Tant pis pour la douleur. J'eus un brusque mouvement de recul et levai les yeux vers une demi-tonne de fureur extrême. C'était un cheval, mais seulement dans le sens où le cheval du cavalier sans tête est un cheval. J'entendais le cliquetis des chaînes dont la chose s'était libérée pour sortir de l'enfer et je m'attendais à voir du feu sortir de ses naseaux à tout moment.

Incapable de bouger plus, je restai allongé sur le dos et regardai le grand animal noir se cabrer avant d'abattre ses sabots sur le sol à quelques centimètres seulement de mon pied. Il piaffa, encore et encore.

J'avais trouvé Wahoo Sue.

Je me découvris une énergie que je ne soupçonnais pas et me traînai sur mes coudes tandis que le cheval criait, hennissait et claquait des dents en l'air, essayant de se libérer du licol en nylon qu'il avait sur la tête. La jument était si proche que je pouvais voir les endroits où on avait frotté sa peau pour la mettre à vif et où le sang séché tachait sa tête noire. Le harnais était relié à une lourde et vieille chaîne de bûcheron, elle-même attachée à un rocher au milieu du cercle, qui avait arraché et entaillé le poitrail, les flancs et la croupe de l'animal torturé.

26 octobre : trois jours plus tôt, l'après-midi.

Les mains de Mary Barsad s'étaient dressées à nouveau et elle avait essayé de viser avec une carabine imaginaire malgré les liens qui lui enserraient les poignets.

— Sa voix me répétait de le faire, et lorsque j'ai vu son corps allongé là sur le lit, c'était comme si je l'avais déjà tué. C'était comme si le sang était déjà là, comme si je l'avais déjà tué, mais la voix me disait de recommencer.

Je bougeai vers la droite, posai mes mains sur le barreau au pied du lit d'hôpital et la regardai dans les yeux.

— Vous avez tiré avec la carabine ?

Des larmes coulèrent de ses yeux et firent scintiller ses hautes pommettes.

— Oui.

— Combien de fois ?

Sa tête partit en arrière comme si elle avait été frappée, puis resta dans cette étrange position.

— Trois fois.

Je ne crois pas que l'expression de mon visage ait changé, mais les données n'étaient plus les mêmes.

— Trois fois.

— Oui.

Wade Barsad avait reçu six balles.

Elle tourna la tête vers la lumière.

— Il a dit qu'il le méritait, il a dit qu'il méritait de mourir.

— Wade.

— Oui.

Cette fois, elle ne bougea pas.

— Mais la voix qui m'a dit de le tuer, c'était celle de Wade.

30 octobre, 2 h 30.

— ELLE vous aime bien.

La voix venait des ténèbres sur la gauche. Je vis sa silhouette lorsque je parvins à me redresser sur un coude, mais j'avais toujours du mal à accommoder.

— Comment le savez-vous?

— Parce qu'elle vous aurait tué si ça n'avait pas été le cas, okey?

Je scrutai la pénombre. Il était venu plus près et je voyais ses contours plus distinctement. J'avais compris, mais maintenant que j'entendais la voix nasale et dure comme une chute de pierres, et le mot qui était un vrai tic de langage chez lui, j'en eus la confirmation.

— Comment allez-vous, Wade?

Il rit.

— Je savais que vous trouveriez. La seule question, c'était quand.

La jument tira sur la chaîne, mais cette fois, elle dirigea son agressivité féroce contre lui. Il s'approcha en prenant garde de rester en dehors du cercle où Wahoo Sue avait léché la neige et grignoté tout le reste dans une tentative désespérée de ne pas mourir.

— Elle ne m'aime pas beaucoup, mais à dire vrai, c'est réciproque. (Il s'accroupit, baskets aux pieds, un rouleau de gros scotch à la main.) Juste par curiosité, quand avez-vous compris que c'était moi ?

Ma tête glissa d'un côté, et j'arrivais tout juste à voir son visage. Si je me fiais aux photographies que j'avais vues, c'était bien Wade Barsad. Je fléchis mon pied, et la douleur qui surgit dans ma botte me coupa le souffle – cassé, sans aucun doute.

— Les sturnelles.

— Je vous demande pardon ?

Malgré la douleur, le cheval et l'apparition de Wade Barsad, il fallait que je lutte contre l'épuisement grandissant, et je marmonnai :

— Les sturnelles.

Il sourit et émit un petit bruit de succion entre ses dents.

— Je ne vous suis toujours pas. (Il tendit le bras et me secoua par l'épaule.) Eh, restez avec moi, shérif, je meurs d'impatience d'avoir cette conversation avec vous.

— Pas le même chant.

Wahoo Sue continuait à piaffer, mais comme c'était lui qui l'avait attachée, il savait quelle était sa portée.

— Quoi ?

Je pris une profonde inspiration et expirai lentement. Je crois que je bavais. J'essayai de bouger mon pied à nouveau pour me réveiller, mais la douleur s'était atténuée en une pulsation pénible et mes yeux commençaient à se fermer.

— La sturnelle de l'Est a un chant différent de celle de l'Ouest.

Il me regarda fixement.

— Et alors ?

J'essayai de me concentrer, mais les muscles de mon cou s'étaient pour ainsi dire dissous.

— Au téléphone… c'était censé être votre frère, dans l'Ohio, mais j'ai entendu une sturnelle de l'Ouest.

Il s'assit sur ses talons.

— Vous vous foutez de moi. Au téléphone ?

— Ouaip.

Il rit à nouveau et se laissa tomber assis à côté de moi.

— Okey, donc, vous êtes une espèce de John J. Audubon.

Je m'allongeai de tout mon long, pensant que c'était peut-être ma seule chance de garder mon Colt, et je contemplai le ciel lourdement chargé de nuages.

— C'était votre frère, le dentiste, dans la maison – calciné.

Il hocha la tête.

— Je commençais à avoir la pression de mes anciens associés, et le FBI voulait tous les noms et les numéros de compte que j'avais notés en échange d'une protection supplémentaire. Alors, j'ai décidé de me débarrasser de Wade Barsad. J'ai obtenu de mon frère qu'il falsifie les relevés dentaires pour une partie de l'argent de l'assurance, mais j'avais besoin d'un corps. Malheureusement pour lui, ça a été le sien.

— Vous avez fait faire tout ça à Mary, alors qu'elle était sous médicaments…

— Vous savez, j'étais inquiet à cause de la mafia et à cause du FBI, et voilà que vous débarquez et je ne connais même pas votre nom. Après vous avoir vu avec Vanskike et le gamin, je me suis dit que je ferais mieux de vous droguer avant de me débarrasser de vous, c'est pour ça que je ne vous ai pas attendu planté à côté de la remorque.

— Hershel.

Il hocha la tête à nouveau.

— Ouais, je suis désolé. Je ne voulais pas le tuer, mais il a couru. Et laissez-moi vous dire, il était plutôt rapide une fois qu'il a démarré. Il a fallu que je lui colle une balle pour l'arrêter, et après je ne voulais pas qu'il souffre. (Barsad rit et regarda le cheval dont les chaînes cliquetaient à cause des efforts qu'elle faisait pour l'atteindre.) Alors, j'ai fini le boulot. (Il plongea la main dans la poche de sa veste et sortit le 9 mm semi-automatique.) Et maintenant, il faut que je vous descende et que je fasse en sorte qu'on croie que c'est vous qui l'avez tué, et que je fasse quelque chose du gamin et que j'essaie de trouver le papillon qui me manque, et je n'ai pas le temps de faire tout ça.

Sa voix éveilla quelque chose chez Wahoo Sue, qui gratta le sol à nouveau. Je me détournai du cheval et sentis mes yeux perdre de leur acuité.

— Désolé de vous causer tant de tracas.

— Ouais.

— Le gamin.

Il fit un mouvement du menton.

— Il est dans le camion avec un vieil ami à vous.

— Le chien ?

Il rit.

— Non, pas votre foutu chien. Je l'ai cogné avec le 4×4 et je me suis dit qu'il ne me ferait plus de tracas. Il ne valait même pas une balle. On est partis et on l'a laissé.

J'avais laissé mon bras retomber vers mon dos et je fis une tentative pour me tourner vers lui, simulant un intérêt pour la conversation.

— La gourde.

— Ouais, c'est moi qui ai écrit le mot. C'était un risque, parce que je n'étais pas sûr que vous ayez jamais vu l'écriture du vieux bonhomme. (Il m'observa de plus près.) Comment faites-vous pour être encore réveillé ? Ça doit être parce que vous êtes grand.

Je sentais mon Colt, mais il fallait que j'écarte ma veste pour pouvoir l'atteindre.

— Je me sens un peu groggy.

— Forcément. J'ai mis assez de somnifères dans cette gourde pour assommer un bison. (Il s'apprêta à se lever et ma main se figea.) De toute manière, il y a quelqu'un qui veut vous rencontrer avant que vous ne tombiez pour la nuit. Okey ? (Il regarda la pénombre sur notre gauche et cria :) Hé, grouille-toi si tu veux lui parler. (Il se tourna vers moi.) Il va adorer vous revoir…

Cliff Cly sortit de l'ombre et s'immobilisa, la carabine Henry de Hershel dans la main. J'étais content de voir que l'homme était en assez mauvais état. Il m'ignora et regarda Barsad.

— Où est-ce que t'as trouvé ce truc-là ?

Une seconde passa.

— Je l'ai pris au cow-boy.

Cly baissa les yeux sur la vieille carabine à répétition puis revint à Barsad.

— Tu l'as descendu ?

Wade secoua la tête, et je me demandai pourquoi il mentait.

— Non. Je t'ai dit, Cliff, je ne tue pas les gens à moins d'y être obligé.

Cly s'approcha et me regarda. Son visage était un massacre et il portait une minerve. Je distinguai des marques de jointures sur son cou, et l'hématome et le gonflement autour de son œil étaient bien pires que le mien. Je me sentis un peu mieux.

Je levai les yeux.

— Comment va votre tête ?

Il me jeta un regard dédaigneux.

— J'vous emmerde. (Il se tourna et cria à l'intention de Barsad.) Qu'est-ce qu'on fait de ce connard ?

La voix de Barsad me parut un peu plus lointaine – il devait être en train de se rapprocher du camion.

— Il est tellement bourré de somnifères qu'il va faire une overdose, mais on le descendra avec la carabine de Hershel et on inventera une histoire après.

Le cow-boy de rodéo se pencha. Il tenait la .44 Henry sur ses cuisses d'une main et se mit à palper ma veste de l'autre.

— Vérifie qu'il n'a pas d'arme, okey ?

Le visage de Cly était tout près du mien.

— C'est ce que j'fais.

Sa main s'immobilisa tout contre la mienne alors que je serrais le Colt au creux de mes reins.

La voix de Barsad était à peine audible :

— Je vais chercher le gamin.

Les yeux de Cly se plantèrent dans les miens et je sentis mes muscles se tendre tandis que je m'apprêtais à tenter un dernier mouvement désespéré. Il ne broncha pas et se pencha encore plus près.

— Me cognez pas à nouveau, espèce de grand fils de pute. La dernière fois, vous avez failli m'arracher la tête. (Il me fit un clin d'œil et jeta un coup d'œil par-dessus son épaule, revint à moi et sourit.) On se détend, shérif, tout est sous contrôle, juste, me descendez pas. *Okey?* (Maintenant, il souriait carrément.) Hé, kemosabe, vous m'entendez? Je suis de votre côté.

Il m'observa pendant quelques instants encore puis se leva et cria.

— R.A.S.

Quand Cly se redressa, je m'interrogeai sur ce qui était en train de se passer. Il y eut beaucoup de bruit et j'écoutai; au moins deux portières qui claquent. La voix de Barsad nous parvint par la gauche.

— Putain… mais où est le gamin?

— Qu'est-ce tu veux dire?

Il y eut encore du bruit, et on aurait dit qu'on avait balancé quelque chose dans la benne du pick-up.

— Il n'est pas là, Cliff!

Je fourrageai dans ma veste et sortis le .45, l'écartant de mon corps mais le maintenant caché.

Wade apparut dans mon champ de vision, et mon œil abîmé me donna l'impression qu'ils étaient des géants.

— Tu l'as bien attaché et mis dans le camion?

— Non, y avait pas le temps. Je l'ai juste attaché avec le scotch et je l'ai laissé à l'arrière du 4×4.

— J'ai pas vu le 4×4 quand j'étais là-bas. Tu l'as mis où, putain de merde?

Il gesticula.

— Il est là-bas, au…

Juste à ce moment-là, je l'entendis démarrer – et je ne fus pas le seul.

— Oh merde.

À deux cents mètres vers l'ouest, je vis les phares du 4×4 tourner et partir à toute vitesse sur ce que j'imaginais être la route. Barsad fit quelques pas dans cette direction puis s'arrêta pour nous regarder tous les deux avant de se concentrer sur moi.

— Tue-le. Je vais chercher le gamin.

Cliff secoua la tête et fouilla à la recherche de quelque chose dans sa poche de pantalon en avançant d'un pas vers Barsad.

— Je crois pas…

Wade avait dû repérer le mouvement, et il n'était pas homme à courir le moindre risque. Il leva son 9 mm et tira. La balle vint heurter Cly en plein dans le ventre. Il vacilla un moment, puis la grosse Henry tomba par terre et le coup partit, la balle fusa vers le ciel et l'homme s'effondra. Au même moment, je levai mon .45 et tirai. J'étais de travers et trop à droite, mais je continuai à tirer tandis que Barsad battait rapidement en retraite vers le pick-up.

Je continuai à canarder dans la direction où devait se trouver Wade, mais il ne tomba pas. Je finis le chargeur avec une dernière balle qui heurta le camion dans un immense fracas. Je vis la lumière intérieure s'allumer dans le Dodge, mais le moteur ne démarra pas. Il devait être à la recherche de ses clés.

J'appuyai sur le bouton et regardai le chargeur vide tomber du Colt, puis je le remplaçai par l'autre que j'avais mis dans la poche de ma veste. C'était comme si je quittais mon enveloppe charnelle, comme si les bras de quelqu'un d'autre se levaient pour tirer au moment où le gros Dodge démarrait.

Je vis la vitre côté passager exploser alors que je vidais le second chargeur. Wade Barsad disparut, mais seulement un moment, et j'eus une déception monumentale lorsque j'entendis le moteur vrombir et que le camion fit voler de la terre tandis que ses lumières tressautaient. Il partit en trombe.

Le cheval était fou, mais il se trouvait à l'autre bout du cercle, hors de vue. Je regardai la chaîne scellée dans le rocher se soulever et se tendre en une ligne droite dans les ténèbres. Je retombai à plat dos et restai à respirer et à penser – qu'est-ce qui pourrait encore aller de travers ? Je sentais mes yeux se fermer et je sus que si je ne me levais pas assez vite, je ne me lèverais plus du tout.

Je contemplai le semi-automatique vide sur mes genoux, la culasse coulissante en position ouverte. J'éjectai le chargeur et commençai à le remplir avec des balles que je trimbalais en vrac dans mes poches. Le ressort émettait un petit bruit métallique chaque fois que j'en ajoutais une.

À chaque respiration, je penchais un peu plus, et j'aurais peut-être même pu m'endormir s'il n'y avait pas eu Cly, qui parla du fond des ténèbres, ses mots accompagnés d'un petit rire.

— Vous croyez pas qu'il y a eu assez de tirs pour une nuit?

J'étais certain qu'il était mort.

Je me tournai sur le ventre et me mis à ramper dans sa direction. Il était cramponné à quelque chose posé sur sa poitrine. Il riait encore et crachait un peu de sang en même temps. Je me calai sur un coude, et son visage ne fut plus qu'à quelques centimètres du mien.

— Vous devriez arrêter de rire. Ça ne peut pas être bon pour ce que vous avez.

Il rit de plus belle.

— De quoi ça a l'air, shérif Dawg?

Une bonne quantité de sang s'échappait, mais la plaie était basse et vers la gauche – j'espérais que c'étaient les intestins, plutôt que le poumon. Il était difficile d'évaluer la gravité de la chose, mais il vivrait, un moment du moins. Je regardai son visage.

— Mais vous êtes qui, bon sang?

Il continua à rire en levant sa main. Je remarquai qu'il tenait son portefeuille, qu'il ouvrit d'un coup pour dévoiler son badge. Sa voix chantonnait, et on aurait dit un annonceur dans une mauvaise émission de télé des années 1950.

— Ben… j'suis Cliff Cly, du FBI.

14

30 octobre, 3 h 04.

IL NE riait plus.
— Combien de temps vous croyez qu'il me reste ?
— Plus longtemps que vous ne le voudrez.

Il déglutit sous sa minerve et laissa tomber son porte-feuille.

— Bon sang, ça fait un mal de chien. J'ai montré au gamin comment conduire le 4×4 et je lui ai dit que si j'étais pas revenu au bout de deux ou trois minutes, il fallait qu'il mette plein gaz et se tire de là en vitesse en restant à l'écart des routes. (Ses yeux se fermèrent et il se cramponna à son ventre.) Putain, putain, putain, putain, putain !

Je regardai le visage du jeune homme. Je devais admettre qu'il était bon. Je ne l'avais pas percé à jour, mais maintenant, à voir la symétrie de ses traits sous sa barbe de trois jours et son comportement, même après avoir reçu une balle, tout m'apparut clairement.

Cela expliquait aussi pourquoi Sandy Sandberg avait annulé le polygraphe.

Une nouvelle vague d'épuisement me traversa et je commençai à ressentir une certaine panique devant toutes les choses qui me restaient à faire avant de tomber. Je touchai son bras et il fit la grimace.

— Il faut que vous me laissiez jeter un œil.
— J'vous emmerde, salopard de cyclope. Pas question.

Je me demandai en passant s'il s'était regardé dans un miroir récemment.

— Il faut qu'on mette quelque chose là-dedans pour arrêter l'hémorragie. Vos mains ne suffisent pas.

Il grinça des dents et j'entendis le crissement de l'émail à une distance de plus de trente centimètres.

— Non.

— Écoutez, je dois vous retourner pour voir où est passée la balle.

Il secoua la tête vigoureusement.

— Pas question, putain de merde. (Il leva les yeux.) Pourquoi? Vous pourrez rien faire pour moi de toute façon, alors allez chercher de l'aide.

— Si je ne stabilise pas la blessure, vous allez mourir d'une hémorragie.

Je continuai à le regarder. Quelque chose dans ma tête se mit à réciter les organes et les pourcentages correspondants – rein: 22 %, estomac: 18 %, vessie: 12 % et intestin grêle: 12 %. Je savais confusément que ces chiffres n'étaient pas bons et qu'on devait espérer qu'ils restent bas.

Il m'observa.

— Putain, mais qu'est-ce qui va pas chez vous?

J'essayai de me rappeler.

— J'ai été drogué, je crois.

Ma pommette me faisait mal, et mon cou ressemblait encore assez bien à celui d'un poulet désossé.

— En fait, je sais que j'ai été drogué. Barsad a dit qu'il avait mis quelque chose dans la gourde de Hershel. Et je crois que quelque chose dans mon pied est cassé.

— Mais putain, tirez-vous d'ici.

Je sentais mes yeux se fermer à nouveau.

— Est-ce que vous pourriez répéter encore "putain" ou "merde", ça aide vraiment.

— Je vous emmerde, c'est moi qui ai une balle dans le bide.

Je me battis avec ma veste en essayant de ranger mon .45 dans son holster avec mon autre main. Je ne sentais pas vraiment mes doigts, ce qui n'augurait pas grand-chose de bon pour mon projet de réparer Cliff Cly du FBI.

J'essayai de me concentrer sur l'affaire, me disant que le triturage de méninges pourrait me maintenir éveillé – ça et la pensée qu'un homme était peut-être en train de mourir. Mais il pouvait toujours parler, même avec un vocabulaire limité, alors je commençai à penser que son poumon n'avait pas été atteint après tout. D'autres faits me revinrent à propos des pneumothorax – quelque chose sur l'air aspiré dans la poitrine, d'où il ne peut plus sortir, ce qui pousse le cœur sur le côté, si loin en fait que les vaisseaux qui l'irriguent sont tellement pincés qu'ils se ferment et que le sang ne parvient plus jusqu'au cœur.

Je réfléchis et parvins à la conclusion que la situation n'était pas bonne, mais j'avais l'impression que quelqu'un d'autre parlait dans ma tête, quelqu'un que j'étais autrefois avant d'être la personne à moitié endormie que j'étais maintenant.

— Alors, qu'est-ce qu'un jeune et prometteur agent du Bureau comme vous fait dans un endroit comme celui-ci ? (J'essayai d'enlever ses mains à nouveau.) Laissez-moi voir.

— Je vous emmerde, shérif Dawg.

Son menton se planta dans la minerve et je l'observai se concentrer sur le fait de ne pas serrer la blessure. Il se détendit juste un peu, ce qui valait certainement mieux, et laissa sa tête reposer par terre.

— Il était à nous dans le programme de réinstallation des témoins, mais après le fiasco de Youngstown, on lui a lâché la bride dans l'espoir qu'il nous donnerait des informations sur ses potes du New Jersey, puisqu'ils étaient à sa recherche. Il a été à Vegas, puis ici.

Maintenant que ses mains s'étaient écartées, je déboutonnai lentement la chemise et déchirai le T-shirt à l'endroit de la blessure. Il n'y avait pas de bruit de succion et le sang formait une flaque dans le creux de sa peau.

— Alors ?

M'efforçant de garder les yeux ouverts, je tirai sur tous les muscles de mon visage, y compris ma pommette.

— Ce n'est pas aussi grave que je le pensais.

— Ah ouais ? Super, je me sens vachement mieux, tout à coup.

La voix me disait des choses, et je me demandai si le gars que j'étais autrefois était malin. Puis elle répondit à peu près à la question : si c'était une arme de petit calibre à faible vélocité, comme un 9 mm, alors la plupart des dégâts causés aux tissus se trouvaient sur la trajectoire de la balle, contrairement à une arme de gros calibre à haute vélocité, comme une carabine, qui abîmerait considérablement les tissus et les organes juste en passant à côté.

— Dissipation de l'énergie.

— Quoi ?

Sa voix gargouillait, mais j'étais presque sûr qu'il ne s'agissait que de mucus.

Je me penchai en avant.

— Il y a de l'espoir qu'aucun organe majeur ni aucun gros vaisseau sanguin ne soient touchés.

— Eh bien, si j'ai un organe touché, j'espère que ce sera mon foie. Ce petit salopard est indestructible.

Foie : 30 %.

— Je crois qu'on peut stopper l'hémorragie, mais vous n'irez nulle part et il va falloir vous faire examiner par des médecins rapidement.

Je regardai autour de moi et remarquai que Wahoo Sue s'était réfugiée à l'autre bout du cercle, probablement à cause du sang. Elle ne voulait rien avoir affaire avec nous. L'orage s'était déplacé vers l'est, et il semblait que tout ce qui allait arriver, c'était du vent.

— Je ne crois pas pouvoir vous déplacer.

— Je veux pas que vous le fassiez.

— Ça marche.

J'enlevai mon foulard et le regardai, espérant qu'il n'était pas trop plein de bactéries, et je commençai à le plier pour le placer sur la blessure. Je pensai à Martha, qui m'avait offert le bandana en soie, et je soupirai. C'est là que je vis le rouleau de gros scotch que Wade Barsad avait dû laisser tomber.

Je me penchai pour le ramasser et coupai un grand morceau. Peut-être était-ce le fait d'être le témoin de la souffrance d'un autre, ou d'avoir quelque chose à faire, ou toutes les voix dans ma tête, mais finalement je me sentais assez bien – encore un peu endormi, mais plus groggy que sur le point de m'évanouir. J'attachai le morceau de trente centimètres à mon foulard et coupai un autre morceau.

— C'est génial, ce truc ; ça sert à tout.

Il secoua la tête.

— Mon Dieu.

Je terminai le pansement de fortune, pris une grande inspiration et regrettai de ne pas avoir de whisky.

— Ça va faire mal.

— Hmm.

Je posai le bandana carrément sur la blessure, appuyai fort et collai le scotch dans toutes les directions. Il ne bougea pas.

— Voilà. C'était pas si…

— Putain de bon Dieu de merde !

Je croyais pourtant y avoir été doucement.

L'ancien moi dans ma tête s'était remis à parler. Avec la température ambiante, le sang autour de la blessure coagulerait rapidement, mais la chute dans la pression artérielle allait également augmenter le risque d'hypothermie. Je souris intérieurement puis me dis que l'ancien moi avait beau être très malin, c'était le nouveau moi qui allait devoir agir pour régler le problème. J'enlevai ma veste et recouvris l'homme soigneusement.

Je pris le temps d'écouter sa respiration. J'avais le sentiment d'avoir accompli une de mes tâches. Maintenant, il fallait juste que je me souvienne des autres. La chaîne cliqueta et se déplaça vers la gauche.

Cheval.

Dark horse. Trois chevaux. Un cavalier.

Le gamin. Benjamin.

Je me penchai.

— Où pensez-vous qu'il est allé ?

L'homme du FBI me regarda, un œil ouvert, l'autre fermé.

— Qui ?

La question était tout à fait sensée.

— Le gamin… Benjamin.

Il prit deux ou trois courtes inspirations puis répondit.

— Je lui ai dit de rester à l'écart des routes mais j'ai pas été beaucoup plus loin que ça.

— Pourquoi est-ce que Wade l'a enlevé ?

Il bougea un peu et le regretta immédiatement.

— Merde… Wade a dit un truc sur une liste qu'il avait écrite et qu'il pensait que sa femme avait prise, mais il n'arrivait pas à la trouver, alors, il s'est dit que peut-être sa femme l'avait donnée à la fille du bar. Ensuite, il voulait vous faire battre en retraite, mais je crois que lorsqu'il est apparu que le vieux cow-boy se dirigeait vers la mesa, les paris sont devenus vraiment ouverts. (Il baissa les yeux vers son abdomen, où le sang ne coulait plus. Le pansement au scotch faisait des miracles.) Je pensais vraiment pas qu'il allait me tirer dessus. Ça ne paraissait pas être son genre.

Je réfléchis et le vieux moi dit quelque chose d'important que je répétai à haute voix.

— Il a tué son frère.

Il fronça les sourcils et je remarquai un peu de sang qui lui tachait les dents.

— Ouais, je crois que je l'ai mal jugé. J'ai commencé à avoir de vrais soupçons quand j'ai trouvé la carabine du vieux cow-boy dans le camion.

Parlant de la Henry, je la ramassai à côté de lui et l'examinai pour vérifier que le canon n'était pas bouché et qu'elle était encore chargée. Charger la Henry ou vérifier si elle l'était était un processus fastidieux parce que le magasin tubulaire se trouvait sous le canon, mais Hershel Vanskike n'était pas le genre d'homme à charger une arme avec une seule balle.

— Il est mort.

— Vanskike ?

— Ouaip.

Il secoua la tête.

— Je le craignais. J'ai amené le gamin jusqu'ici, mais Barsad est resté là-bas pour attendre le vieux.

— Hershel.

Il hocha la tête.

— Hershel. Il a dit qu'il voulait juste lui dire qu'il avait le gosse.

— Comment avez-vous trouvé Barsad ?

Il soupira.

— Je l'ai surpris en train de retourner au motel après avoir fait une de ses livraisons d'alcool chez Bill Nolan. J'imagine que Wade n'arrivait pas à se faire discret, alors il a monté cette manip pour utiliser le camion de Bill de manière régulière. Nolan m'a parlé de ces mystérieuses livraisons de whisky, ça ressemblait bien à Wade.

— Il était installé dans une des chambres du motel avant que j'y arrive ?

— Ouais, je sais assez bien cacher des gens même dans une ville de quarante habitants. Je l'ai attendu une nuit et je l'ai même amené au bar alors qu'il n'y avait que Pat. Pat nous a servi un verre et s'est porté garant de moi. Voilà comment on est devenus partenaires.

— Parlant de boisson, c'est un sacré numéro que vous m'avez fait au motel.

— Numéro ? Non, j'étais saoul.

— Qui était la fille ?

— Juste une fille, mais elle a compris qui vous étiez avant moi.

— Et le combat ?

Il rit puis grogna.

— Ils commençaient à avoir des soupçons, parce que je me débinais chaque fois que notre association demandait un peu trop de violence.

— Comme quoi, par exemple ?

— Vous tuer. (Ses yeux vinrent croiser les miens.) Je les ai convaincus que je pouvais juste vous faire partir. (Il leva une main et tapota le collier rigide autour de son cou, et même dans ma stupeur, je voyais que ses mouvements commençaient à ralentir.) Ensuite, je l'ai convaincu de me laisser venir ici et garder un œil sur vous trois, mais il est venu aussi parce qu'il voulait aller voir le cheval – il voulait le voir mourir. La patience n'est pas son point fort à Wade, mais la torture, si.

— J'ai compris ça. (Je pris une grande inspiration.) Alors, c'est lui qui a mis le feu à l'écurie et tué les autres chevaux ?

— Oui.

Je hochai la tête de concert avec lui, jusqu'à ce que je me sente tomber en avant à nouveau. La voix de l'ancien moi me parlait d'infection abdominale en hurlant, me disait que son temps se comptait en heures et que très bientôt Cliff Cly du FBI allait montrer des signes d'endormissement et d'épuisement.

Bienvenue au club.

Je posai la vieille carabine sur mes genoux, sortis mon .45 et enroulai la main de l'agent du FBI sur la crosse.

— Vous avez cinq balles, et vous êtes armé et prêt à tirer. (Il me regarda comme si j'étais fou à lier.) Vous êtes trop faible pour manier cette Henry, c'est moi qui la prends.

D'ici douze heures, la fièvre allait s'emparer de lui, son rythme cardiaque et respiratoire allait s'accélérer, le cœur ne serait pas capable de compenser la chute de la pression artérielle, et dès que les organes ne recevraient plus assez de sang, ils seraient endommagés. À ce moment-là, me disait la voix du gros malin, il se sentirait faible, il aurait des vertiges, il perdrait connaissance par moments, et en soixante-douze heures, il mourrait.

— Il faut que j'y aille.

— Quoi ?

— Je vais tomber si je ne bouge pas d'ici, auquel cas vous me suivrez rapidement sur le chemin de l'oubli et Barsad va trouver le gamin. Or, rien de tout ça n'est acceptable.

— Vous avez le pied cassé, vous ne pouvez pas marcher.

Je roulai sur le côté et repliai un genou, posai mes mains par terre et luttai pour me mettre sur mes pieds. Je maintins mon poids d'un côté, me servant de la Henry comme d'une béquille.

— Je ne vais pas marcher.

— Mais qu'est-ce que vous allez faire ? On n'a rien pour…
(Sa voix s'éteignit tandis que je me redressai et sautillai, face au
cercle de terre noire.) Vous êtes complètement taré.

Je rabattis mon chapeau sur mes yeux et pesai de tout mon
poids sur mon bon pied. Je me sentais comme James Arness,
mais je devais plutôt ressembler à Ken Curtis. Désormais, il
n'y avait pas que ma voix qui parlait, et j'écoutai le vent qui
raclait le plateau de la mesa. On aurait dit des fantômes qui
ruminaient et gémissaient en un testament de nostalgie et
d'amertume, et je pouvais presque entendre le babil des feuilles
sèches des trembles, soupirant et sifflant depuis la Powder River
en contrebas. Des voix anciennes me séparèrent de moi-même
puis nous réunirent dans un claquement sec.

Je tournai la tête et regardai Cly par-dessus mon épaule.

— Cliff, d'où venez-vous ?

Sa voix gargouillait.

— Quoi ?

Je répétai ma question et ma voix parut curieusement ne pas
m'appartenir.

— Cherry Hill, New Jersey.

— C'est près de Philadelphie ?

— Juste de l'autre côté du pont.

— C'est bien ce que je pensais. (Je boitillai jusqu'au bord
du cercle.) Rappelez-moi de vous présenter à quelqu'un – vous
avez du vocabulaire en commun.

30 octobre, 3 h 34.

Je ne sais pas combien de temps s'était écoulé depuis la
dernière fois où quelqu'un avait mis le pied sur ce morceau de
terrain noir, mais la réaction fut celle à laquelle je m'attendais.
Au début, elle resta le plus loin possible au bout de la chaîne,
puis elle s'ébroua, gratta le sol et me chargea bille en tête.

Je restai sans bouger. J'avais déjà été chargé par des chevaux
avant, et cela peut être un peu intimidant, mais je ne bougeai

pas. Elle s'arrêta à trois mètres de moi, les yeux embrasés, puis recula. La grande jument se mit debout, et je vis qu'elle était toujours ferrée. Elle s'immobilisa, et lorsqu'elle vit que je ne bougeais toujours pas, elle se cabra à nouveau et se laissa retomber. Cette fois, elle n'était plus qu'à deux mètres.

Je tins la carabine à côté de moi, pris une inspiration et tendis une main, les doigts repliés, la paume vers le sol. Elle battit en retraite, s'ébrouant et secouant la tête en me regardant, sa crinière emmêlée volant en tous sens.

Je fis un pas vers elle, plutôt un petit bond en réalité, et elle fonça vers l'avant, pivota et m'envoya valser avec sa croupe imposante. Je tombai lourdement sur le sol juste à l'extérieur du cercle.

Après avoir respectueusement attendu quelques instants, il parla.

— Ça s'est bien passé.

Je le regardai et me souvins de quelque chose que mon ancien patron, Lucian, disait dans ce genre de situations.

— Vous connaissez la différence entre un trou du'c et un anus?

Il parla du coin de la bouche.

— Non, c'est quoi?

— Un anus ne peut pas dire "ça s'est bien passé".

Je pouvais rester allongé là, mais cette option n'était pas prévue au contrat, alors je me tortillai pour me mettre en appui sur un coude et je sentis quelque chose tomber de ma chemise. Je me dis que c'était peut-être ma rate.

Rate: 8 %.

Je farfouillai de mes doigts gourds. C'était rond et à peu près aussi long qu'un épais cigare court. C'était granuleux, et je me rappelai vaguement qu'hier Henry avait fourré une pleine poignée de quelque chose dans ma poche avec mon badge.

Je levai les yeux vers Cly et brandis la chose.

— Des friandises pour les chevaux.

— Vous, les shérifs, vous vous promenez partout avec ces trucs plein vos poches?

— Ouaip.

Je finis de m'asseoir et contemplai la jument qui tournait autour du cercle au bout de sa chaîne. Elle tapa du pied à nouveau, recula et hennit. Doucement, je me mis debout en m'appuyant sur un seul pied et m'approchai un peu plus de son territoire en sautillant. Elle chargea à nouveau, mais c'était une feinte – pour être honnête, j'avais pensé que c'était aussi le cas la première fois, mais qu'elle avait mal jugé les distances.

Du moins, je l'espérais.

J'effectuai un autre pas sautillant et levai ma main gauche à nouveau, mais cette fois avec la paume vers le haut et les doigts tendus. Elle se trouvait à côté du piquet qui avait été enfoncé dans une fissure de la surface rocheuse de la mesa et elle ne bougeait pas. Moi non plus.

Dans le silence du désert d'altitude, le vent se cognait contre moi et les fantômes me frôlaient en gémissant sans pouvoir résister à l'envie de me toucher au passage. Le frisson qui me parcourut n'avait rien à voir avec la température et je me demandai s'ils seraient avec moi ou contre moi.

Peut-être était-ce parce que je n'avais rien à perdre et qu'elle arrivait à sentir mon besoin, peut-être était-ce la mélopée des esprits, ou peut-être était-ce parce qu'elle avait été affamée jusqu'à en mourir ou presque, mais elle fit un pas en avant – ce que mes amis qui s'y connaissaient appelaient une esquisse. Je pris une inspiration mais ne bougeai toujours pas.

Elle tourna un peu la tête sur le côté, à la manière dont le font les chevaux lorsqu'ils veulent vraiment vous voir, et fit un autre pas. Une autre esquisse.

Dans ma vie, j'ai reçu des coups de pieds de chevaux, j'ai été mordu. J'ai été piétiné, écrasé contre des grilles et désarçonné, mais ces merveilleux animaux m'ont aussi câliné, frotté, porté, réchauffé et henni doucement au visage. Je pensais à tous les chevaux que j'avais connus et n'en trouvais pas un de mauvais. Mon père disait que les animaux ne ressentaient pas la douleur comme nous, mais jamais je ne l'avais vu en maltraiter un, jamais.

On apprend par l'expérience, et de mon père, j'avais appris la patience. Alors, j'attendis.

Elle fit un nouveau pas en avant, tendit le cou et essaya de sentir la friandise aux céréales sans s'approcher plus près.

Mes yeux devinrent humides, et ce n'était pas seulement à cause du vent. Les humains peuvent tenir des semaines sans nourriture, selon leur taille et leur poids, mais sans eau, nous mourrons tous en soixante-douze heures à peu près.

Un autre pas, une autre esquisse.

Mon bras fatiguait, mais je ne bougeai pas. La voix de l'ancien moi était revenue et me disait que les chevaux ne pensent pas comme nous, qu'ils ne gardent pas rancune, qu'ils réagissent au relâchement des contraintes plus qu'à la pression.

— Est-ce que ça va prendre longtemps ? (Je tournai mes yeux vers lui puis revins à la jument.) Je demande juste.

Un certain nombre de pensées et de réponses me vinrent à l'esprit, mais je ne voulais pas risquer d'effrayer Wahoo Sue.

Son encolure se tendit vers l'avant et le museau couvert de duvet noir effleura le biscuit. On voyait les dégâts que le licol raide et couvert de sang avaient causés au tendre nez de l'animal et à ses joues. La muserolle était ensanglantée et du pus s'écoulait tout autour de la peau meurtrie. La têtière avait arraché les crins de son toupet et il ne restait plus qu'une croûte de sang séché qui suintait. L'implacable chaîne lui avait non seulement mis les flancs à vif, mais elle lui avait abîmé les membres : les jambes, les jarrets et les pâturons.

Je pris quelques profondes inspirations pour lutter contre les effets des produits chimiques sur tous les systèmes de mon corps.

Elle bougea et attrapa la friandise.

Ce sera difficile, mais tu n'y laisseras pas ta vie, me dit la voix de l'ancien moi.

J'essayai de me souvenir de ce que Mary avait dit lorsqu'elle avait eu une crise de somnambulisme dans ma prison. Je pris la voix la plus douce dont je fus capable.

— Ooh là, ma belle, ooh là…

Sue fit quelques pas prudents et pivota sur elle-même pour m'examiner et regarder le second biscuit.

Je me sentais vaciller à chaque respiration, chaque expiration me faisait pencher un peu plus vers l'avant. Peut-être le voyait-elle. Peut-être voyait-elle que je n'étais absolument pas en état d'agir, en particulier de lui faire du mal.

La voix de Mary me souffla à nouveau dans le creux de l'oreille et je répétai :

— Ooh là, ma belle, ooh…

Une autre esquisse, puis une autre.

Cette fois, elle ne tendit pas l'encolure mais fit le dernier pas qui manquait. Je calai le canon de la carabine contre ma jambe, puis refermai ma main sur le biscuit, la laissant grignoter seulement le bout.

Je levai l'autre main et la touchai sous le menton. La grande jument me lança un regard un peu outragé, puis elle se calma. Je lui permis de prendre la plus grande partie du biscuit et passai ma main sous sa tête et réajustai le licol avec l'air de ne pas y toucher.

Elle baissa la tête vers moi et la voix de l'ancien moi me dit quelque chose à propos du cheval de Hershel à la maison brûlée et au corral de Barton Road.

Je me penchai lentement vers elle et expirai.

Wahoo Sue tendit son museau soyeux vers moi et renifla, tout comme le cheval du vieux cow-boy l'avait fait. Nous restâmes ainsi à échanger nos haleines et je sentis que son anxiété commençait à disparaître.

On aurait dit que j'avais appuyé sur un interrupteur, et elle resta là, les jambes raides mais dans une attitude plus conciliante. Je glissai le reste du biscuit dans sa bouche et saisis la chaîne de bûcheron en prenant garde de la tenir écartée de son corps meurtri et couvert de croûtes. Lentement, je m'approchai d'un pas, traînant le détestable lien sur ma gauche et me tournant vers son épaule. La jument se dévissa la tête pour me regarder, mais elle ne bougea pas.

Je n'aurais qu'une seule chance, et même dans mon état, je savais que ça n'allait pas être agréable. Il me fallait procéder avec douceur et rapidité, deux qualités qui ne faisaient pas partie du répertoire de mes aptitudes physiques, même sans un pied cassé et une overdose de médicaments.

C'était presque comme si elle avait compris mon intention, mais je n'étais pas certain de savoir si elle piaffait d'impatience, ou pour m'avertir. Je saisis d'une main ferme la Henry et posai l'autre main sur son garrot, caressant son dos, puis je poussai sur mon pied valide et me hissai.

Mon poids la fit s'écarter un peu sur la droite, puis elle se tint sur ses jambes raides tandis que je cherchais ma position. J'attendis. À ma grande surprise, il ne se passa absolument rien.

Comme si elle voulait ajouter l'insulte à mon embarras, Wahoo Sue se tourna et me regarda d'un grand œil brun expressif. Juste pour être sûr, je lui flattai l'encolure en faisant attention à ne pas toucher les blessures et répétai les mots magiques :

— Ooh là… ma belle… doucement…

La voix de Cly résonna sur ma gauche.

— Hé, shérif, comment vous allez sortir ce pieu du sol ?

Ah, ces types du FBI.

Je continuai à caresser son encolure noire et c'était comme si le vent soufflait à l'intérieur de mon corps. Je m'écroulai vers l'avant, emporté par une vague d'épuisement, ce qui fit basculer mon chapeau vers l'arrière. D'une main, je réussis à tenir la carabine en travers de son dos, et de l'autre, je me cramponnai à sa crinière.

— C'est bien… ma belle, trè-ès bien…

Je pris quelques profondes inspirations et me penchai en arrière, donnant un peu des talons pour la guider vers le pieu central de manière à relâcher la tension de la chaîne.

Je regardai par-dessus l'épaule de l'animal l'homme blessé allongé sur le sol et maintins ma voix dans le même registre de douceur que lorsque j'avais parlé à la jument.

— Je ne sais pas combien de temps je vais mettre, mais je reviendrai vous chercher, alors pas question de partir en rampant à droite ou à gauche. Et ne perdez pas mon arme.

Sa voix était encore forte et j'espérais qu'il tiendrait le coup. Il était résistant, je le savais. La question était : jusqu'à quand.

— Je ne bouge pas.

— Si Barsad revient, ne prenez aucun risque et faites ce que vous avez à faire.

Je le vis tendre le bras et ramener le Colt sur sa poitrine.

— Ne vous inquiétez pas, je ne lui laisserai pas une seconde chance de me descendre. (Je vis une tache claire dans la pénombre, à l'endroit où son visage devait se trouver.) Vous parlez comme si c'était notre dernière conversation.

Je frottai mes mains sur l'encolure de la jument.

— Juste pour l'instant, parce qu'une fois que j'aurai défait ce licol, je ne crois pas que j'aurai le temps de dire quoi que ce soit.

— Que pensez-vous qu'elle va faire ?

Je plissai les yeux pour tenter de voir plus clairement la boucle du licol.

— Je crois qu'elle va aller vers l'eau, et pour ça, elle va descendre de la mesa et aller vers la ville.

— Faites-moi plaisir, voulez-vous ?

Le nylon était raidi par le sang séché, mais je finis par le desserrer suffisamment pour faire coulisser la têtière dans le passant et à travers la boucle.

— Oui ?

— Évitez de me piétiner au passage.

Je hochai la tête et finis de passer la courroie, et le harnais tomba d'environ trois centimètres sur le long museau de Wahoo Sue. Je me penchai et lui parlai doucement à l'oreille.

— Je sais que tu es malade, je sais que tu es fatiguée, mais si tu ne nous sors pas d'ici tous les deux, il va se passer toutes sortes de mauvaises choses. On m'a dit que tu courais bien, vas-y, montre-moi.

Le harnais tomba et il ne lui en fallut pas plus. Elle baissa la tête, recula brusquement et partit sur le côté, s'éloignant de la chaîne avant de sortir du cercle. Je sentis la poussée lorsque ma poitrine s'écrasa contre son garrot, et je tins très serrées la carabine et la crinière de la grande jument.

Elle fit un petit écart vers la droite, puis elle rassembla ses postérieurs et s'élança d'un seul bond puissant. Et elle était comme un missile. Je me cramponnai tandis que nous virions à droite en nous éloignant de Cliff Cly. Il cria dans notre sillage après notre départ en trombe.

— "Hi-yo Silver, away!"

15

30 octobre, 3 h 55.

E N DEUX TEMPS trois mouvements, nous avions atteint notre
vitesse.

J'avais monté des chevaux rapides, ou ce que je croyais être
des chevaux rapides, mais rien de commun avec Wahoo Sue.
J'avais l'impression que mes oreilles allaient toucher l'arrière de
ma tête.

Nous avions viré vers l'ouest et étions tombés sur la route
comme si c'était un mur, les sabots de la grande jument résonnaient sur la surface dure de la mesa comme des marteaux de
chaudronnier. Je ne m'étais jamais auparavant trouvé sur un
cheval dont le rythme était si fulgurant, mais dont le pas était
doux comme un rasage de luxe chez le barbier. Je sentais le
sang et l'énergie qui circulaient entre nous comme un courant
électrique, et j'avais presque l'impression que le poison était
extrait de mon corps et dispersé dans la terre et la poussière qui
volaient derrière nous. Ma sensibilité était exacerbée et je sentais
le vent sur ma peau pour la première fois depuis longtemps.

Je n'avais jamais succombé à l'idée du cheval comme moyen
de transport et je m'empressais toujours de faire remarquer
que les machines, lorsqu'on les arrête, n'ont plus besoin d'être
alimentées.

Mais elles n'avaient pas de cœur.

Lorsque j'avais hissé mes 110 kilos sur le dos de la jument,
je m'étais inquiété de son état de faiblesse, mais je n'aurais pas
dû. Farouche et rebelle, Wahoo Sue faisait ce qu'elle savait faire

de mieux, ce qui lui venait naturellement – courir au risque d'y laisser sa vie, et la mienne.

Je voyais la route s'étirer jusqu'à l'horizon nord comme une corde tendue sur un gigantesque banjo en basalte. Je serrai mes jambes contre ses flancs et je fis corps avec elle comme un jockey grotesque. Je plongeai ma tête sur sa crinière pour reprendre mon souffle – voilà à quelle vitesse elle allait.

Nous passâmes en galopant à côté de quelques pierres dispersées sur la surface de la route. Quelque chose les avait percutées, et j'espérai seulement que c'était Barsad et pas Benjamin. La route descendait un peu en pente vers la gauche, et je me dis qu'en moins de vingt minutes nous aborderions la dernière ligne droite au bout de laquelle était garée la remorque à chevaux.

Je me rendis compte que quelque chose se frayait un chemin dans la toundra de la mesa, sur ma droite. Une brève montée d'angoisse m'étreignit à l'idée que c'était peut-être Barsad dans le camion, et j'envisageai d'essayer de lever la carabine, mais il ne pouvait pas avoir quitté la route. Peut-être était-ce Benjamin, mais il n'y avait pas de lumières et, finalement, dans la pâle clarté de la lune, je vis que c'était un autre cheval.

Mon cheval sans nom.

Il faisait de son mieux, et on voyait ses étriers, ses rênes et même la gourde, qui rebondissaient avec un effet comique. Il essaya de nous rejoindre un peu plus loin, mais Sue était tout simplement trop rapide. Je fus heureux de voir qu'il était encore vivant et qu'il n'était pas blessé, mais au moment où je le vis pour la dernière fois, il avait rejoint la route et disparaissait dans la nuit. Wahoo Sue avait dû sentir sa présence aussi, parce qu'elle passa à une vitesse encore supérieure, et je pensai au vieux cow-boy et au bonheur qu'il aurait éprouvé s'il avait pu la voir maintenant. Je me préparai à la dernière ligne droite qui nous menait à la remorque.

Les voix revinrent à nouveau, l'ancien moi et toutes les autres. Si vite que Wahoo Sue galopât, elle ne pouvait pas fuir mes angoisses. Où irait Benjamin ? Où irait-il pour échapper au pick-up ? Il serait obligé de rester en dehors des routes – c'était le seul moyen qu'il pouvait trouver pour éviter un véhicule bien plus rapide, mais comment pourrait-il le faire puisqu'il n'y avait qu'une seule façon de descendre ?

Il y eut une brève secousse lorsqu'un sabot de Sue dérapa, et je faillis laisser tomber la lourde carabine. Il fallait que je fasse attention, de manière à pouvoir la faire obliquer vers la remorque et les seaux d'eau quand nous aurions rejoint la grand-route.

Si confus que pût être mon esprit, je me rendais compte que nous galopions à fond depuis des kilomètres et j'essayai de la ralentir un peu. D'abord, elle refusa d'en entendre parler, plongeant vers l'avant dès que je tirais sur sa crinière et repositionnais mes pieds. Wahoo Sue avait deux vitesses – vite et sacrément plus vite.

Je tentai une seconde fois de la ralentir et je la sentis se détendre un peu et se caler ensuite sur une cadence confortable. Au bout de quelques minutes, je vis le 4×4 au milieu de la route. J'espérai seulement que l'engin était tombé en panne d'essence. Je fis approcher la jument noire le plus près possible et baissai les yeux.

Il y avait des traces de pick-up à côté du 4×4, mais aussi une paire d'empreintes de bottes miniatures qui s'enfonçaient dans la sauge. Pas d'autres traces de pas, en particulier de chaussures de sport, et apparemment, Barsad ne s'était même pas donné la peine de sortir du pick-up lorsqu'il était passé.

L'astucieux gamin était parti à pied et avait eu l'intelligence de s'éloigner de la route. Ses origines cheyennes s'étaient à nouveau manifestées.

Bon, dans quelle direction était-il parti ?

30 octobre, 4h15.

JE DISTINGUAI la forme régulière de la remorque. Je savais qu'il n'y resterait pas de nourriture, mais j'espérais que le rouan et le cheval de bât n'avaient pas avalé toute l'eau. Mais lorsque nous prîmes le dernier virage pour arriver à la route principale, puis à la piste en bordure de falaise qui descendait de la mesa, je vis que les autres chevaux avaient disparu.

J'arrêtai Wahoo Sue à côté de la ligne où j'avais attaché les deux animaux, et je découvris de nouvelles traces à l'endroit où Benjamin ou Barsad avait dû les détacher. Je pariais sur le gamin, parce que les empreintes des chevaux se dispersaient vers la route et continuaient à descendre de la mesa, mais il y avait aussi des traces du pick-up.

Bon sang.

Il me fallait faire les choses dans l'ordre, ou alors Sue s'écroulerait sous moi et je me retrouverais à pied, impuissant. Je dirigeai la grande jument jusqu'aux seaux noirs en caoutchouc qui étaient encore accrochés sur le côté de la remorque. Comme je le soupçonnais, ceux qui avaient contenu des granulés étaient vides, mais comme je l'espérais, ceux qui contenaient de l'eau étaient encore aux trois quarts pleins. Je la regardai plonger à moitié ses naseaux dans le liquide et aspirer l'eau comme une pompe de puisard.

Je lui tapotai le cou puis me laissai glisser le long de son flanc, fis un demi-pas et trébuchai, lâchant la carabine et me cognant la tête contre la remorque. Je m'écroulai sur le sol et restai là, appuyé contre un pneu.

J'avais oublié l'état de mon pied.

Sue ne s'éloigna que de quelques pas jusqu'au seau suivant, et je l'écoutai, mon chapeau rabattu sur mon visage, vider le second récipient. Après trois profondes inspirations, je sentis la douleur dans mon pied diminuer, mais j'avais l'impression de m'enfoncer dans la terre dure. Dans ma tête, je voyais la surface s'éloigner de plus en plus et je m'enfonçais à travers la croûte de la mesa, traversant les époques géologiques, chaque couche portant une de ces malignes petites pancartes que le WYDOT installe sur l'accotement des autoroutes : quarternaire, époque contemporaine ; tertiaire, il y a un million huit cent mille années ; crétacé, il y a soixante-cinq millions d'années ; jurassique, il y a cent quarante-quatre millions d'années.

Quelque chose fit bouger mon chapeau et de l'eau se déversa tel un déluge sur mon visage et ma poitrine. Je levai une main pour remettre mon couvre-chef et levai les yeux vers elle.

— Est-ce que tu en as avalé, au moins?

Elle se décala un peu sur ma droite, engloutit quelques flocons d'avoine que les autres chevaux avaient laissés tomber et arracha quelques tiges d'herbe sèche. Tout en mâchant, elle m'observait.

Je pris une nouvelle inspiration et sentis une nouvelle vague d'épuisement. Je me vis m'écrouler et perdre connaissance. Le gamin. L'homme mort. L'homme en sang. La femme en prison.

Je fis un effort énorme pour contracter mes abdominaux et je remontai mon pied, enfonçant le talon de ma botte dans le sol pour me hisser le long de la paroi de la remorque. Je réussis à me redresser, plus haut que la roue, m'accrochai à l'aile et m'y assis.

Je regardai vers le sud dans l'espoir de voir le bai, mais il n'y avait rien. Il avait dû s'arrêter pour faire une pause. Quel flemmard, celui-là. Il ne méritait pas d'avoir un nom. Wahoo Sue continuait à renifler le sol. Je ne me réjouissais guère à l'idée de remonter sur son dos à cru. Tout à coup, je me souvins que Hershel avait cette fameuse selle McClellan dans la remorque. Elle était vieille, dure et probablement moisie, mais elle était forcément mieux que mon postérieur.

Je ramassai la Henry et m'écartai, sautillant autour de la remorque jusqu'à la porte arrière, qui était toujours grande ouverte et maintenue avec la lanière de caoutchouc. Je sortis le tapis de selle supplémentaire et contemplai l'instrument de torture. Elle était certainement faite pour quelqu'un qui était deux fois moins grand, et même avec un tel cavalier, on aurait dit qu'elle allait le fendre en deux. George B. avait vu le modèle hongrois utilisé par les forces prussiennes et il avait fait quelques modifications, et en 1859, les États-Unis adoptèrent la selle McClellan. Elle fit souffrir les soldats de la cavalerie jusqu'à la Seconde Guerre mondiale.

Wahoo Sue m'avait suivi, et je fouillai ma poche de chemise à la recherche de la dernière friandise. Je la sortis et prononçai les mots magiques:

— Ooh là, ma belle, ooh…

Elle vint frotter son nez contre moi, et je lui donnai le biscuit puis passai le tapis sur son dos. Elle ne broncha pas et resta immobile, à mâcher. J'allai chercher la selle légère, dont je passai l'étrier opposé sur le siège. De l'autre côté était accroché un lasso tressé main. On aurait dit qu'il datait d'une époque un peu plus récente, mais pas de beaucoup.

Wahoo Sue regarda la selle primitive puis se tourna vers moi.

— Je sais, on dirait qu'elle sort d'une vente de charité, mais c'est tout ce qu'on a.

J'appuyai la Henry contre le chambranle de la porte, passai l'unique sangle de la McClellan doucement sous son ventre et récitai une prière silencieuse. Je serrai la sangle et l'attachai aux contre-sanglons. Maintenant que je manipulais le cuir, je sentais qu'il était souple et doux, et je repérai la patine de savon glycériné. Je repensai au vieux cow-boy et jetai un coup d'œil vers le sud. Bien sûr, il en avait pris soin.

Je sentis un nouvel effluve chimique descendre de ma tête dans la partie supérieure de ma poitrine, et j'appuyai ma tête contre la selle en cuir. Au bout d'un moment, je pris une grande inspiration et sautillai jusqu'à l'arrière de la remorque pour voir ce que nous avions en fait de bride.

La seule chose que je trouvai était un vieil hackamore en cuir tressé mais au moins il avait des rênes et une têtière et, avec un peu de chance, il ne frotterait pas aux mêmes endroits que le licol.

Je passai les rênes par-dessus sa tête, ajustai les montants de manière qu'ils reposent sur des zones intactes de sa peau et ramassai le fusil. Il n'y avait pas de pommeau sur la McClellan, mais l'avant remontait plus que sur une selle anglaise, alors je saisis l'avant de la selle et le troussequin et me hissai d'un bond rapide mais à l'esthétique peu orthodoxe.

Elle ne bougea pas.

Je regardai vers l'est et vis les rayons denses et argentés du soleil levant qui ressemblaient au filament horizontal d'une lampe à halogène. La vigueur de la lumière coupante illuminait le dessous des nuages qui ressemblait à une crinoline grise. Les cieux me donnaient un aperçu de ce qui se passait sous leurs jupes.

Je regardai vers le sud, où un homme était étendu, mort, et où un autre était mourant, puis je tirai les rênes et dirigeai la jument vers la route qui quittait la mesa. Il ne fallut qu'un seul "hyaa" rapide pour que nous démarrions, et – bon sang – à une vitesse incroyable. J'avais eu besoin d'une assistance suprahumaine et je l'avais trouvée en Wahoo Sue, même si c'était comme conduire une Ferrari avec un lacet de chaussure.

Nous prîmes le virage et disparûmes dans les ténèbres du côté ouest de la mesa, où le soleil n'avait pas encore fait son apparition, et aussi loin que je pouvais voir il n'y avait rien à l'horizon.

La route de scories était rude, mais les plus gros morceaux de roche rouge avaient été repoussés sur les bords et Sue utilisait au mieux sa vitesse et sa gravité. Au loin, je vis les halos des lampadaires d'Absalom, et avec tout ce qui s'était passé, j'avais du mal à croire que la ville était encore là. Je savais que les pensées de Wahoo Sue étaient les mêmes que les miennes, et nous passâmes à la vitesse exceptionnelle qu'aucun autre cheval dans les comtés voisins, et peut-être aucun autre cheval dans le pays, ne pouvait égaler, surtout en ligne droite et sur une longue distance.

30 octobre, 6 h 30.

Nous atteignîmes Echeta Road sans incident et je ne voyais toujours pas la moindre circulation, alors je laissai Sue ralentir et adopter un petit galop confortable ; nous avançâmes à grands pas vers le nord et l'ouest, vers Absalom, les poteaux électriques au bord de la route se détachant sur fond de ciel gris comme les six mille crucifix balisant le chemin de Capoue à Rome.

À environ une demi-heure de la ville, j'aperçus un camion arrêté sur le bas-côté. Même avec la pénombre du petit matin, je vis qu'il ne s'agissait pas du Dodge. J'avançai jusqu'au vieux

CRAIG JOHNSON

tacot de 1963 et cherchai des yeux la Nation Cheyenne. Les vitres étaient remontées, mais je voyais ma Thermos sur le siège, ainsi qu'un sac de couchage, un sac en toile plein de victuailles et un petit sac à dos.

Je secouai la tête. À l'évidence, Henry, suivant son intuition affûtée, avait pris la route en direction de la mesa. Malheureusement, le Rezdawg avait décidé de marquer une étape pour se reposer en route. Si près d'Absalom, Henry avait dû se résoudre à rejoindre la ville à pied, ou bien il avait été pris en stop par un autre homme ou un autre animal. Connaissant le talent de Barsad pour la survie, j'étais certain qu'il ne s'était pas chargé du grand Indien, mais peut-être Benjamin s'était-il arrêté.

Wahoo Sue se mit à gratter la terre. Elle était pressée de repartir, mais j'étais rattrapé par mon épuisement. Je secouai la tête et examinai le sol.

Je voyais toujours les empreintes de sabots là où le petit rouan était resté sur la bonne route et où le cheval de bât et le hongre de Hershel paraissaient l'avoir suivi. Je voyais aussi que les traces des chevaux étaient superposées à celles du pick-up. Benjamin avait dû rester derrière Barsad. C'était bon signe.

30 octobre, 6 h 39.

WAHOO SUE devait être fatiguée, mais elle était probablement si contente d'être libérée de ses chaînes qu'elle repartit à une cadence rapide. Nous parvînmes au sommet d'une montée qui dominait le triangle de terre où s'était trouvée la vieille ville abandonnée, considérée comme trop maléfique pour survivre à côté de la ligne de chemin de fer.

Il restait quelques vestiges de murs en pierre et un chariot cassé à moitié pétrifié auquel il manquait deux roues et qui était enfoncé dans la terre molle. Dans le vieux cimetière devant lequel nous étions passés tous les trois, Hershel, Benjamin et moi, quelques heures auparavant – il me semblait que cela faisait plutôt un siècle –, se trouvaient deux chevaux.

C'était le hongre de Hershel et le cheval de bât.

Je fis ralentir Sue, et bien que la jument ne voulût pas s'écarter de notre route vers la ville, elle vira et nous approchâmes les autres chevaux au trot. Ils broutaient tous les deux l'herbe abondante mais levèrent la tête pour nous regarder.

Je balayai les alentours dans l'espoir de voir un autre cheval monté par un petit garçon ou Henry Standing Bear, espérant aussi que je ne verrais pas de Dodge rouge, mais il n'y avait rien qui indiquât où se trouvaient l'un ou l'autre, ni la direction qu'ils pouvaient avoir prise. On voyait seulement les lueurs pâles de l'aube ocrée sur les collines découpées comme dans du carton et les nuages très bas et oppressants. Après ce séjour sur la mesa, tout dans la vallée paraissait proche et tout droit sorti d'un livre animé pour enfants.

Sue voulait retourner sur la route principale, mais je lui fis monter la colline vers le cimetière. Le vieux portail en fer de l'entrée était encore fermé, et étant donné l'atmosphère des événements actuels, les lettres gothiques de ABSALOM auraient probablement dû être assorties d'une ligne supplémentaire : VOUS QUI ENTREZ ICI, ABANDONNEZ TOUT ESPOIR.

Il y avait des pierres tombales, essentiellement des petites stèles fichées dans le sol, mais il y avait aussi quelques monuments plus grands avec des œuvres sculptées plus élaborées. Quelques arrangements de fleurs en plastique délavées avaient été couchés par le vent et gisaient au ras du sol. On aurait dit des vestiges du premier Memorial Day, si le plastique avait existé à cette époque-là.

Je fis avancer la jument noire le long de la clôture en fer forgé avec ses montants pointus et regardai les deux routes – celle qui menait en ville et celle qui partait plein ouest vers la propriété des Barsad. Rien.

J'avais juste commencé à faire tourner la jument lorsque mon œil repéra un mouvement dans le ravin en contrebas de la grosse conduite qui disparaissait sous la route deux cents mètres plus loin. J'arrêtai Wahoo Sue et scrutai la pénombre, je vis à nouveau du mouvement et une silhouette familière.

La Nation Cheyenne.

Je souris et vis que Henry restait là assez longtemps pour s'assurer que je l'avais bien vu, puis il se retourna et disparut dans l'ouverture béante de l'énorme tuyau en tôle ondulée. Je jetai un coup d'œil vers l'horizon, pressai Sue pour qu'elle reparte au galop, puis la mis au trot en restant sur le sentier piéton qui me fit descendre jusqu'à la conduite.

Henry était là avec le chien, qui était assis sur son pied, aussi nonchalant qu'un homme attendant le bus.

— Tu étais parti voler des chevaux ?

— Plutôt les ramener de l'au-delà. (Je mis Wahoo Sue au pas.) Est-ce que tu as vu le gamin ?

Il regarda derrière lui une petite silhouette perchée sur un petit cheval dans le fond de la conduite.

— Benjamin ?

Il approcha. Son cheval boitait. Le petit releva son chapeau et me regarda. Il pleurait et les larmes faisaient des coulées dans la poussière rouge qui lui recouvrait le visage. Je fis avancer la grande jument noire et m'arrêtai à côté de lui. Il tendit les deux bras vers moi. Je le soulevai et le reposai sur mes genoux, devant moi.

— Ça va, monsieur *El Bandito Negro de los Badlands* ?

Il hocha la tête mais ne dit rien et enfouit son visage dans ma chemise, le vieux chapeau tombant dans son dos, retenu seulement à son cou par les cordons. Je le serrai dans mes bras et le tins contre moi tandis que Henry levait le bras et lui tapotait le dos.

— Ça va aller, Benjamin, tout va bien se passer.

Il frissonna et sanglota encore, mais il tourna son visage et me regarda.

— Le mort, il m'a poursuivi.

— Ouaip, je sais. (Je respirai un coup et souris.) Quand l'as-tu vu pour la dernière fois ?

Les mots se bousculèrent et sortirent en vrac.

— J'ai vu son camion, j'ai essayé d'aller plus vite que lui, mais Concho s'est fait mal, alors je l'ai emmené ici.

— C'était malin. (Je regardai Henry.) Est-ce que tu as vu le camion depuis?

Il hocha la tête.

— Il a franchi le pont – deux fois.

— Dans quelle direction, la dernière fois?

Il pointa vers l'est et la route qui menait à la propriété des Barsad. J'évaluai la distance à moins d'un kilomètre. Le plus sûr serait de laisser le gamin ici avec Henry plutôt que de courir le risque que Barsad nous rattrape sur la route, surtout avec le cheval de Benjamin boiteux et le mien, certainement fatigué.

Benjamin avait les yeux rivés sur la vieille carabine que je tenais entre mes mains.

— C'est la carabine de Hershel?

Au loin, j'entendis siffler un train tandis que j'écartais la tête du petit de ma poitrine et que je le regardais.

— Je la lui ai empruntée.

Le petit bandit frotta ses yeux avec ses poings et les essuya avec sa manche.

Je jetai un coup d'œil à l'étroit chemin de l'autre côté de la conduite qui suivait les berges de la Powder River et j'entendis le train de la Burlington Northern & Santa Fe approcher. Je soulevai Benjamin et le déposai dans les bras tendus de Henry.

— Est-ce que ce chemin va jusqu'en ville?

La Nation Cheyenne secoua la tête.

— Non, il rejoint la route au passage à niveau.

— C'est bien ce que je craignais. Quelle distance?

— Moins de cinq cents mètres.

Cela faisait un petit kilomètre jusqu'à un téléphone, mais même avec un train entre nous, mes chances grandissaient. Il fallait juste que je ne me laisse pas coincer entre Barsad et le train.

Henry me regardait penser, et comme d'habitude il me lisait comme un livre ouvert.

— Nous resterons ici.

Benjamin enroula ses jambes autour du grand Indien qui le tenait toujours, mais sa voix exprimait l'inquiétude.

— Rester ici ?

L'incertitude se lisait sur son visage tout entier. Nous écoutâmes le train franchir le passage à niveau et entrer en bringuebalant dans la ville.

— Henry Standing Bear est cheyenne. Je suis certain que vous allez avoir beaucoup de choses à vous dire.

Il lança un regard sérieux à Henry et finit par hocher la tête.

— OK.

Je lui serrai une dernière fois l'épaule.

— Tu t'es vraiment bien débrouillé et nous sommes tous vraiment fiers de toi.

Il continua à m'observer de ses yeux noirs, et l'espace d'un instant, je m'attardai sur la ressemblance entre le garçon et l'homme qui le tenait dans ses bras.

— Tu m'as tellement impressionné que tu sais ce que je vais faire ?

Il ne dit rien. Je tirai de ma poche le morceau de métal qui avait été rangé avec les friandises pour les chevaux.

Il regarda l'objet, lourd et terne dans les premières lueurs du matin.

— C'est un badge ?

Je hochai la tête, le bruit du train marquait le rythme des pulsations dans mes veines.

— Lève la main droite. (Il obéit.) Maintenant, répète après moi : Moi, Benjamin Balcarcel, je promets de rester dans cette conduite avec l'Ours jusqu'à ce que le shérif revienne me chercher. (Il répéta.) Que Dieu me vienne en aide. (Il répéta cette phrase-là aussi. J'épinglai l'étoile plaquée or sur sa chemise.) Mais si tu quittes la conduite, tu redeviendras un citoyen ordinaire et je serai très contrarié. (Il parut hésiter.) Tu n'es pas obligé de répéter cette partie-là.

— OK.

— Je t'ai nommé adjoint. Reste ici.

— OK.

Henry sourit et posa Benjamin par terre. Il le suivit des yeux tandis qu'il remettait son chapeau, s'approchait pour saisir le chien par le collier et retournait à son cheval. Le chien agita la queue, et le bandito fit un salut militaire avant de baisser les yeux vers l'étoile. L'Ours se frappa la poitrine du poing avant de pointer son index vers le sol – le signe cheyenne pour espoir/cœur.

Je lui répondis de la même manière et emmenai Wahoo Sue au pas jusqu'à l'étroit sentier de terre qui allait dans la direction de la lumière diffuse du matin, où les wagons du train chargé de charbon scintillaient au passage. Je jetai un coup d'œil par-dessus mon épaule dans la conduite et je vis que le gamin ne s'était pas éloigné de Henry. Je me tournai sur ma selle. La jument adopta un trot rapide et en un rien de temps, nous avancions à bonne vitesse.

Le sentier suivait la rivière d'assez près, et les reflets du lever du soleil se dessinaient dans ses eaux peu profondes et paresseuses. Nous grimpâmes progressivement jusqu'à la route au-dessus, vers les voies de chemin de fer. C'était une chance ; cela me donnait la possibilité de regarder en arrière vers Wild Horse Road et la direction d'où Wade Barsad déboucherait probablement dans sa quête pour retrouver Benjamin.

Wahoo Sue n'était pas très contente de la proximité des wagons-trémies qui passaient dans un fracas assourdissant sur les voies surélevées, avec les sonneries qui retentissaient et les feux rouges clignotants, et elle le devenait encore moins à mesure que nous approchions. Heureusement, le chemin restait à douze ou treize mètres des voies, et j'étais finalement soulagé de me trouver à une distance raisonnable sur le dos d'un cheval légèrement nerveux.

Je me tournai pour regarder vers l'est, mais la route était déserte. Avec le bruit du train et les avertisseurs sonores, j'avais peu de chances de l'entendre, même au volant d'un diesel, mais je pourrais le voir arriver de très loin. S'il débouchait effectivement de cette direction, j'avais pratiquement décidé de foncer vers la droite pour l'éloigner du gamin, suivre les voies dans le sens opposé du train jusqu'au bout, les franchir pour trouver un accès à la ville à travers champs. C'était mon plan, mais peut-être Wahoo Sue avait-elle des projets complètement différents, même si elle s'était parfaitement bien comportée jusqu'à présent.

Je regardai au-delà des barrières de protection qui étaient abaissées en travers de la route, puis les wagons, essayant d'évaluer combien il en restait, mais avec le virage que décrivaient les rails je ne voyais rien. Certains de ces fichus convois mesuraient six kilomètres, mais un nombre considérable de wagons étaient déjà passés et j'en déduisis que je n'avais plus qu'à attendre une ou deux minutes avant de traverser.

Je regardai à nouveau par-dessus mon épaule, mais la lumière diffuse du soleil levant ne me permettait pas de voir nettement vers l'est. Je mis une main en visière. Pour ce que je voyais, la route demeurait déserte.

Je pivotai sur ma selle à nouveau, et Wahoo Sue interpréta mon geste comme un ordre et tourna avec moi. Je pris avantage de la situation pour accorder toute mon attention à Wild Horse Road. La jument fit quelques pas, puis elle s'arrêta et observa la route aussi attentivement que moi.

Rien.

Je la regardai et me penchai pour lui caresser le cou.

— Ooh là, doucement… ma belle…

D'un coup d'œil derrière moi, je constatai que le dernier wagon approchait, et je fis pivoter la jument. Elle me comprit mal à nouveau, pensa que je voulais me rapprocher du dernier wagon du train, elle fit quelques bonds sur le côté et rua un peu.

— Ooh là, tout doux. Ne t'inquiète pas. On n'ira pas tant que le train ne sera pas passé.

Je lui tapotai le cou, mes doigts plongés dans sa crinière noire tout emmêlée, et elle se calma, le temps que passe le dernier wagon de charbon, portant le petit appareil électronique qu'on avait accroché au dernier coupleur à la place d'un wagon de queue.

C'est alors qu'apparurent, tranquillement arrêtés de l'autre côté de la voie, le Dodge rouge et feu le grand homme, Wade Barsad.

16

30 octobre, 7 h 00.

WADE Barsad leva les yeux en même temps que moi. Il était aussi surpris de me voir vivant que je l'avais été en découvrant qu'il n'était pas mort. À l'évidence, il avait tourné en rond et était revenu à son point de départ.

Les sonneries résonnaient encore et les barrières du passage à niveau étaient encore baissées et bloquaient la route. Dans la minuscule seconde qui s'écoula avant qu'elles ne se lèvent, je pesai les deux options qui s'offraient à moi – brandir la .44 ou m'en aller. Clairement, le FBI voulait Barsad vivant, alors dégainer la Henry et ajouter une ventilation à l'habitacle du Dodge était une possibilité, mais cette solution n'était pas dépourvue de conséquences imprévisibles, tant légales que mortelles.

À Berkeley, lors de sa carrière interrompue d'étudiant, Henry Standing Bear faisait à pied la course avec des voitures sur 35 mètres. Il gagnait presque toujours. Il me donna l'explication : à moins que le véhicule soit gonflé et adéquatement équipé pour ce genre de course, un humain aux capacités normales est plus rapide. Un conducteur subit non seulement le délai de réponse humain, mais aussi celui du véhicule. Comme une voiture pèse au moins une tonne, il faut réveiller ce poids pour le faire bouger alors que l'humain se met juste à courir. Henry raconte qu'il ne s'est fait battre qu'une seule fois, et c'était lors d'une course sous tequila – une bien mauvaise idée – contre une Fairlane Thunderbolt de 1964.

Je ne suis pas aussi rapide que Henry et je ne l'ai jamais été, mais j'avais Wahoo Sue, et je ne crois pas que j'aie jamais bougé mes talons aussi vite, malgré la douleur dans mon pied, que lorsque je les enfonçai dans les flancs de la jument. Nous bondîmes comme si nous étions en course pour battre un record aux Kentucky Oaks.

Il n'y avait qu'une direction à prendre et c'était celle que Sue et moi avions déjà choisie – elle éloignerait Barsad de Benjamin et de Henry, l'obligerait à tourner et me permettrait d'atteindre la ville où je pourrais soit l'arrêter soit trouver de l'aide.

Nous filâmes en diagonale entre les barrières et passâmes en trombe à côté du Dodge. La surface de terre et de graviers d'Upper Powder River Road convenait bien aux sabots ferrés de la jument noire. Dans le brouillard en passant, je le vis fouiller à la recherche d'un objet sur la banquette, et me dis qu'il devait vouloir son pistolet, mais nous étions trop rapides, et dans la dernière image que j'eus de lui, il avait abandonné cette idée et passé la marche arrière du gros Dodge.

La route qui menait vers la ville montait légèrement, elle passait dans les ombres de l'usine à grain et des silos jumeaux qui dominaient le paysage à côté des voies ferrées. Quelques bâtiments abandonnés s'élevaient sur le côté sud de la ville, des structures délabrées qui avaient depuis longtemps décidé de se fondre dans le paysage horizontal, mais les seules lumières allumées étaient les quelques lampadaires qui éclairaient les trois rues d'Absalom.

Wahoo Sue grimpa la côte à toute allure et je pris le temps de jeter un coup d'œil derrière moi vers les voies de chemin de fer pour voir le Dodge faire voler les graviers en nous poursuivant. Il restait encore au moins trois cents mètres jusqu'au AR et au centre de la ville, mais que ferais-je une fois là-bas ? Sauter de cheval et entrer dans le bar en courant, laissant la jument à la merci de Wade Barsad ? Si j'en jugeais par la douleur qui me labourait le pied, calé dans l'étrier métallique, courir n'était de toute manière sans doute pas la meilleure option.

Je m'en inquiéterais si j'arrivais jusque-là.

Je m'aplatis contre la crinière de Sue, relâchai complètement les rênes et la laissai libre de ses mouvements. La jument accéléra lorsque nous arrivâmes sur le plat, et elle avait dû voir ou sentir mon inquiétude parce qu'elle se surpassa encore pour atteindre cette vitesse à couper le souffle qu'elle avait déjà montrée sur la mesa alors même qu'elle aurait dû être absolument épuisée.

Je regardai rapidement par-dessus mon épaule droite et sentis ma main se glisser sur la détente de la Henry calibre .44. Barsad était à moins de cent mètres et il se rapprochait, le grondement du diesel Cummins turbo vrombissait dans les rues désertes, et on aurait dit que le train avait fait demi-tour.

Je me retournai vers la route devant moi et la distance qui nous restait à couvrir.

Aucune chance.

Nous ne pourrions pas y arriver, et si par hasard c'était le cas, il nous rattraperait exactement à ce moment-là – il nous renverserait avec le pare-buffle et nous roulerait dessus.

Mon esprit s'activait à la même vitesse que nous et les pensées fusaient dans ma tête comme les séries d'éclairs dans le ciel de la mesa. Les voies de chemin de fer se trouvaient sur ma droite, avec la majorité de la ville sur la gauche, il n'y avait donc aucune chance de ce côté-là, mais les portes intérieures du grenier à blé étaient ouvertes, offrant une rampe qui conduisait à l'intérieur du bâtiment caverneux, et là, nous avions une chance.

Je jetai un nouveau coup d'œil en arrière et vis que le camion n'était plus qu'à une trentaine de mètres de nous. Il devait penser que nous allions nous arrêter ou virer à gauche et remonter une des petites rues d'Absalom. Au lieu de cela, je tirai les rênes sur la droite et guidai Wahoo Sue sur la rampe. Une des portes battait au vent tandis que l'autre, dégondée, était posée contre le mur, ce qui laissait une ouverture suffisante pour un cheval, ou pour un camion à une vitesse raisonnable.

Wahoo Sue fit implicitement confiance à mon jugement et nous montâmes la rampe sans hésitation, avec le diesel sur nos six talons.

Wade n'eut pas autant de chance – il allait trop vite. La vitesse ajoutée à la largeur du camion et à son niveau d'adrénaline lui fit accrocher la porte et un compresseur juste après l'entrée. Le Dodge chassa de l'arrière du côté opposé et perdit son pare-chocs arrière en fibre de verre. Il lutta pour corriger sa trajectoire, mais avec la force acquise par l'élan, une de ses roues quitta la rampe et il glissa en biais sur une bonne quinzaine de mètres, les freins bloqués.

Je tirai les rênes vers la gauche de l'autre côté, redonnai l'initiative à la jument, et nous galopâmes sur la route qui longeait le AR vers le minuscule bureau de poste/bibliothèque. Un autre coup d'œil par-dessus mon épaule, et je vis les phares du Dodge projeter leurs faisceaux dans le nuage de poussière. Le diesel hurla lorsque Barsad essaya de s'extraire de la grange à blé.

Le téléphone public devant le bâtiment en bois qui hébergeait le bureau de poste/bibliothèque était vraiment trop à découvert pour être envisagé. Je fis tourner le coin à Sue, traverser la parcelle d'herbes sèches et nous repartîmes vers le sud pour nous éloigner de la rue principale. Tout à coup, je tirai les rênes. Je n'avais pas moyen de semer Barsad sur les routes de campagne, mais dans l'espace contraint de la petite ville je pourrais utiliser l'aisance du cheval contre lui.

J'arrêtai la jument baignée de sueur et haletante, et je ne pouvais m'empêcher de penser qu'elle savait qui il était et quelles seraient les conséquences s'il nous rattrapait. Elle leva la tête et ses grandes oreilles duveteuses pivotèrent pour écouter en même temps que moi. Nous entendîmes le diesel qui montait la côte à toute vitesse, puis je vis le Dodge rouge passer entre deux bâtiments et ralentir sur la rue que je venais de quitter.

Je fis avancer Sue au pas pour qu'elle reprenne un peu son souffle, contrant la progression de Barsad en poursuivant mon chemin derrière le bâtiment en bois avant de descendre la colline. Si je pouvais arriver au AR, je pourrais peut-être trouver un endroit sûr pour le cheval et passer un appel.

J'arrêtai Wahoo Sue le long de la façade la plus basse et nous tendîmes l'oreille : le diesel poursuivit son ascension de la colline et, comme je l'espérais, il tourna à gauche. Je continuai à descendre et à localiser Barsad au son du moteur du Dodge. Il tourna à nouveau, mais quelque part plus au sud.

D'un léger coup de talons, j'invitai ma monture à passer au petit galop en arrivant à la ruelle suivante et je tournai vers l'arrière du bar. Si je pouvais cacher Sue derrière le bâtiment et me glisser à l'intérieur pour passer un coup de fil, je pourrais obtenir l'aide dont avaient besoin tous les gens qui comptaient sur moi.

Je la guidai sur le terrain derrière le AR juste au moment où le camion passait au bout de la ruelle que nous venions de quitter. Je n'étais pas certain qu'il nous ait vus, mais j'arrêtai le cheval devant la porte de derrière en espérant que non. Aucun autre endroit où aller. Nous nous trouvions à côté d'une des claustras en bois qui bordaient le terrain vague et d'une cuve à propane de 3 500 litres de la taille d'un mini-sous-marin japonais, le long de la clôture sur ma gauche.

Le fracas du diesel continuait à se répercuter sur les collines et dans les rues d'Absalom. On aurait dit qu'il s'était arrêté quelque part sur ma droite et laissait le moteur tourner. Je rabattis mon chapeau sur mes yeux et envisageai de tirer avec la Henry sur les pneus du Dodge.

Sue tourna la tête et commença à reculer. Je ne lui avais pas demandé de le faire, et je me courbai pour passer sous l'auvent du bâtiment pendant qu'elle continuait à reculer dans l'étroit passage entre le bar et les chambres du motel. Je n'étais pas certain de comprendre ce qu'elle avait prévu, mais elle ne m'avait jamais fait défaut jusque-là.

Nous restâmes sans bouger et je sentis ses jambes se raidir. Et si Barsad avait garé le camion et était en train de pointer son semi-automatique sur nous?

Bon, ça suffisait. Je levai la .44 et actionnai le levier de sous-garde. Je ne savais pas comment Wahoo Sue réagirait à des coups de feu tirés de près, mais ce serait forcément mieux que de se faire descendre ou de finir sous un camion de trois tonnes.

J'entendis le hurlement du diesel; il ne s'était pas garé. Je fis tourner Wahoo Sue dans la direction de la ruelle, mais le véhicule paraissait bien plus proche.

La clôture sur ma gauche explosa lorsque le Dodge passa à travers et vira. Je fis faire à Sue un demi-tour rapide sur ses postérieurs à l'autre bout du trottoir de planches tandis que le pick-up se glissait dans le terrain, les roues avant face à nous. Barsad avait sorti le 9 mm, mais il se trompa en évaluant la distance qui le séparait de la citerne de propane, et l'impact lui fit lâcher l'arme qui tomba sur les planches. Il lui faudrait prendre le temps de la récupérer. Je voyais que la citerne avait décollé de ses parpaings et était penchée à un angle de trente degrés.

Dans un film, elle aurait explosé. Mais nous n'étions pas dans un film et cela n'arriva pas. Je vis Wade passer la marche arrière et démarrer.

Je me rendis compte que j'essayai de perdre un camion dans une ville composée de trois rues, mais mes options étaient limitées. Je pouvais descendre de ma monture et faire partir la jument, mais ma mobilité était pour le moins incertaine, et une fois descendu du grand cheval noir, rien ne laissait supposer qu'il me laisserait remonter sur son dos.

Tirer sur le camion tout en chevauchant était envisageable, mais ce n'était pas du tout aussi facile qu'il le semblait dans la plupart des westerns. J'avais connu de nombreux individus qui l'avaient appris à leurs dépens en tirant soit sur eux-mêmes soit sur leur cheval. Du reste, le FBI le voulait vivant, donc, ce serait le dernier recours.

Je jetai un regard sur la rue principale pavée qui montait vers le nord et je me souvins tout d'un coup du téléphone d'urgence branché sur la boîte de dérivation à côté du pont. Serait-il toujours là? Le pont serait-il encore là?

Mais si j'essayais moi-même de me coincer, ce serait la direction que je choisirais.

Je commençai à talonner Wahoo Sue, mais elle avait déjà compris ce que j'avais en tête. Il faudrait un moment à Barsad pour se dépatouiller de la cuve à propane et des clôtures et revenir sur la route, et d'ici là, j'espérais bien avoir passé le sommet de la côte et être hors de vue. Sur une surface bitumée, Wahoo Sue n'était pas du tout avantagée, alors je la dirigeai vers la droite, où se trouvait un large chemin de terre pour les chevaux – un atout propre au Wyoming rural.

Je me retournai lorsque nous parvînmes au sommet de la colline qui dominait Absalom et je ne vis aucune activité dans les rues en contrebas. Les habitants devaient dormir comme des souches, ou plus vraisemblablement, refuser d'être mêlés à ça. Le soleil du petit matin dispensait une lumière diffuse à travers les nuages à l'horizon et l'ombre de l'usine était projetée sur la ville comme une porte fermée.

D'après mes calculs, il nous faudrait moins de deux minutes pour atteindre le pont, mais au volant d'un pick-up turbo, on pouvait parcourir une grande distance en très peu de temps. Nous prîmes le long virage bordé d'une glissière qui conduisait au pont et je sentis la grande jument prendre de la vitesse – prendre ce galop aux longues foulées qui donnait l'impression qu'elle faisait tourner la terre. Peut-être savait-elle, peut-être sentait-elle que c'était notre dernière chance – la seule manière dont nous pourrions nous en tirer.

— Ooh là, ma belle… c'est bien… trè-ès bien…

C'était mon père qui m'avait appris à parler aux animaux. Je me demandai qui avait appris à Mary Barsad. D'après lui, ils comprenaient bien plus de choses qu'on ne le pensait. Je me souviens de lui parlant aux chevaux qu'il ferrait d'une voix douce et rassurante, expliquant le traitement qu'il allait leur infliger. Il disait que c'était une des choses que nous leur devions en échange de leur loyauté absolue, infaillible, accordée sans réserve. Il disait que l'extérieur d'un cheval est toujours bon pour l'intérieur d'un homme.

En dépit des circonstances pressantes, je me sentis reprendre courage pendant que nous galopions le long de la route qui s'éloignait d'Absalom. Et cette sensation redoubla lorsque je vis que la structure en treillis franchissait toujours la Powder River et que la remorque de la compagnie du téléphone qui servait de base à Steve Miller était toujours garée à côté du poteau.

Je ne savais pas si l'eau qui coulait de mes yeux était causée par le soulagement ou par la vitesse de Wahoo Sue, mais quoi qu'il en soit nous avions une chance. La piste qui bordait la route asphaltée était de plus en plus étroite, et lorsque nous arrivâmes à une trentaine de mètres du pont, nous fûmes forcés de rejoindre la route et je fis ralentir le grand cheval.

Le soleil avait renoncé à percer la couverture de nuages, et la lumière plate de la région de la Powder River faisait de son mieux pour m'ôter la dernière étincelle d'espoir que j'avais si longtemps entretenu. Celle-ci s'éteignit complètement lorsque je fis ralentir Sue devant les lumières jaunes clignotantes qui avaient été accrochées sur la barrière en bois fixée à hauteur de poitrine en travers du pont.

Une grande bannière avait été tendue en travers : TRAVERSÉE INTERDITE – IMPORTANTS ÉLÉMENTS DE LA STRUCTURE MANQUANTS – TRAVERSÉE INTERDITE.

J'inspectai l'autre côté et vis que le téléphone d'urgence en plastique bleu était toujours accroché à la boîte de dérivation et tapotait doucement contre le poteau.

Je soupirai profondément et Sue soupira aussi. Je regardai autour de moi, mais la colline sur notre gauche était trop raide. Je fis avancer la jument jusqu'au bord de la route où une vieille balustrade en bois traité à la créosote marquait le bord de la falaise. L'à-pic était d'une bonne trentaine de mètres. Au fond, la rivière paresseuse ressemblait à une bande de zinc dans la lumière grise. Il y avait de grandes dalles de roche sédimentaire, mais pas de piste et aucun moyen de descendre.

Je soupirai à nouveau et Sue tourna la tête pour me regarder, se demandant peut-être ce que nous allions faire ensuite. Je me posais la même question.

Je lui fis faire marche arrière, le son lugubre de ses sabots résonnait sur la terre dure, et je regardai la surface du pont. Les planches usées et voilées étaient toujours de la même couleur que l'eau en dessous, identiques à de ce qu'elles étaient lorsque

Bill et moi étions passés dessus il y avait seulement quelques
jours. La seule chose qui était différente, c'était que les rivets
géants qui tenaient toutes les planches avaient été défaits, et
je m'interrogeai sur la solidité de l'armature et des solives en
dessous.

Il était possible que les seuls éléments qu'ils aient enlevés
soient les fixations aux poteaux de soutènement en béton et que
la structure soit fondamentalement intacte. Il était également
possible que, même si le pont ne pouvait pas supporter le poids
d'un véhicule moderne, il puisse supporter celui d'un homme
à cheval.

L'option la plus raisonnable était de descendre de ma monture, d'ôter le barrage, et de faire traverser Wahoo Sue après moi.
Rien que cela serait un exploit en soi, avec mon pied cassé, mais il
n'était pas question que je la laisse de ce côté, pas toute seule, pas
après tout le chemin que nous avions parcouru jusque-là.

Je commençais à sortir mon pied enflé de l'étrier lorsque
j'entendis le vrombissement caractéristique du diesel Cummins
venant de la route. Je me tournai sur la petite selle, regardai
derrière moi et vis clairement le reflet des phares sur les antiques
rambardes.

Après nous avoir cherchés en ville, il avait choisi au hasard
et pris la direction du nord.

Comme dirait Vic : putain de merde.

Wahoo Sue savait ce qui arrivait et elle pivota sur l'asphalte
dur pour faire face à l'ennemi. Je soulevai la Henry de sa place
confortable sur mes genoux, mais je m'interrompis.

Je contemplai la hauteur de la barrière à l'entrée du pont et
cette ardeur virile que je ressentais toujours lorsque j'envisageais
de faire quelque chose de monumentalement stupide s'empara
de moi. Il y avait une barrière de l'autre côté aussi, et entre les
deux, la longueur du pont.

Environ vingt mètres – il faudrait que ce soit suffisant.

Bon sang, je savais qu'elle en était capable. À vrai dire,
je n'aurais pas été surpris si tout à coup, des ailes lui étaient
poussées sur le dos et que nous avions traversé en volant. La

question était le pont, et si oui ou non il résisterait non seulement à notre poids, mais à notre poids auquel s'ajouteraient l'impact et la vitesse.

Je la ramenai au petit trot vers la colline pour nous mettre sur une trajectoire rectiligne et sentis la grande jument se raidir lorsque je lui donnai le temps de réfléchir à ce que je lui demandais de faire. Pouvait-elle sauter? Le ferait-elle? Si elle refusait, ce qui m'attendait, c'était un piqué en solitaire dans les épaisses planches de bois et éventuellement une chute à travers le plancher sur les trente mètres qui le séparaient des trente centimètres d'eau en dessous.

Je lui parlai de la même voix calme que j'avais prise sur la mesa.

— Je sais que tu es fatiguée et je sais que tu es malade, mais il nous reste encore trente mètres pour être en sécurité. Si nous arrivons de l'autre côté, ce sera fini – je te le promets. (Je tournai la tête pour regarder la route et vis le Dodge cabossé tourner le coin.) Je te le promets.

Je plantai mes talons dans les flancs de Wahoo Sue et la laissai décoller.

— Yaaaah!

Je faillis tomber mais me récupérai in extremis. La barrière et le pont nous arrivaient droit dessus. J'étais déjà penché en avant, mais lorsque la jument prit son élan et bondit, je me penchai encore plus et me retrouvai plaqué contre son garrot. Pendant cette brève seconde, nous avons volé.

J'eus la sensation que nous avions franchi le barrage facilement, et l'instant suivant nous chevauchions dans un fracas la longueur du pont. Je m'attendais à ce que le monde chute sous nos pieds, et je me souvins d'une éclaboussure de sang et d'une autre selle à la surface douce et brillante, liant l'homme et la bête dans le lien sacré créé par la vitesse. À ce moment unique, il me vint à l'esprit que si nous mourrions ainsi, ce serait la plus merveilleuse des fins.

Je sentis la pression de son second saut, le monde était silencieux et on aurait presque cru que nous étions suspendus entre le ciel et la terre tandis que l'esprit de Wahoo Sue décidait quel firmament nous allions rallier.

Nous retombâmes lourdement sur l'asphalte de Powder River Road comme des masses sur les portes de l'enfer de Rodin, et je sentis ses fers déraper sur la surface glissante de la route usée et irrégulière.

Elle ralentit et arriva au petit galop sur le terrain vague de terre et d'herbe où le WYDOT et la compagnie de téléphone avaient rangé leur équipement. Il flottait encore de la poussière dans l'air lorsque je tirai sur les rênes pour que Wahoo Sue prenne un virage serré, et je regardai l'autre côté du pont, enveloppé d'un nuage de scories poudreuses qui se répandaient dans l'air.

Barsad n'avait pas vu la barrière ou il avait décidé de l'ignorer, et il fonça tout droit sur le pont au volant du trois tonnes, expédiant les chevalets, les planches et les pancartes dans toutes les directions. Je regardai la surface céder sous l'effet du mouvement latéral, les planches se détacher et commencer à tomber dans l'eau. Le bas de caisse du camion descendit et le véhicule perdit toute vitesse dès lors que ses roues se trouvèrent dans le vide. Le Dodge reposait désormais sur ses essieux et le moteur diesel hurla comme un tyrannosaure rex pris au piège dans le goudron.

Barsad mit les gaz dans une ultime tentative, mais les trois cent cinquante chevaux ne pouvaient pas accomplir ce que mon cheval avait fait.

Je ramenai Wahoo Sue vers le pont et contemplai la carabine Henry que j'avais perdue en route sous l'effet de l'impact au moment de notre atterrissage. Elle n'était qu'au bord de la route, mais avec mon pied cassé, elle aurait tout aussi bien pu se trouver de l'autre côté du Bozeman Trail. Je fis pivoter le grand cheval noir sur le côté pour que nous puissions tous les deux assister au spectacle.

Le moteur se mit au ralenti et nous attendîmes tous, sans bouger. Je ne savais pas s'il avait eu le temps de récupérer son 9 mm sur les planches devant le motel, mais même s'il l'avait eu, il n'allait pas tirer à travers le pare-brise ; il allait falloir qu'il sorte.

Barsad tenta d'ouvrir la portière, mais avec l'inclinaison que le gros camion avait prise, elle ne s'entrouvrit que de quelques centimètres avant de cogner contre les planches du pont.

Je fis un mouvement du menton et dis d'une voix forte.

— Coupez le moteur.

Obéissant, le moteur se tut, et je pus tout à coup entendre la rivière couler en contrebas dans un silence surnaturel. J'écoutai le pont craquer. La vitre électrique du côté conducteur commençait à descendre. Sa main apparut, tenant le 9 mm. C'était un de ces méchants petits Smith & Wesson automatiques. Je le regardai sortir le bras par la fenêtre et jetai un coup d'œil à la Henry posée entre nous.

Il finit par me regarder, un bras allongé sur le toit du camion, l'autre brandissant le pistolet. Sa voix était un peu tendue.

— Voilà une situation intéressante, vous ne trouvez pas ?

— Non, pas franchement.

Il sourit.

— Vous savez, je déteste vraiment ce cheval.

Wahoo Sue ne lui accorda même pas un regard.

— Ce n'est pas grave. Je ne crois pas qu'elle tienne tellement à vous non plus.

Il sourit à nouveau, mais cette fois d'un air un peu affecté.

— Vous savez, je ne voulais pas vraiment vous tuer.

— Vraiment ?

— Alors pourquoi voudriez-vous me tuer ?

— Hershel Vanskike serait un bon point de départ.

Il secoua la tête.

— Ce n'était pas moi, c'était Cliff.

— Cliff Cly est un agent fédéral. Vous avez de la chance que lui, au moins, vous veuille vivant.

Il y eut un autre craquement, et une des planches céda sous le puissant véhicule, la cabine s'affaissa dans un angle encore plus marqué, s'enfonçant plus profondément dans le plancher du pont. Barsad se démena pour que ses deux mains restent sur le toit, mais réussit malgré tout à pointer le semi-automatique sur nous.

Wahoo Sue fit deux pas en arrière sous l'effet du bruit et balança sa croupe imposante pendant quelques instants, mais ce fut tout. Je me demandai si elle ne voulait pas rester à proximité parce qu'elle ne souhaitait qu'une chose, la chute du camion dans la rivière qui, une fois pour toutes, tuerait ce fils de pute.

À nouveau, personne ne bougea, et à nouveau, les seuls sons furent les torsions du fardeau imposé au pont et l'eau en dessous.

Barsad avait une main posée à plat sur le toit du camion, l'autre, tenant toujours le 9 mm, était cramponnée au rebord de la fenêtre. Il n'avait plus tout à fait l'air aussi suffisant.

— Vous savez, je ne sais pas combien de temps ce pont va encore tenir.

Ses yeux se levèrent vers moi et j'eus l'impression qu'il n'osait pas bouger la tête, de peur de provoquer l'effondrement ultime.

— Eh bien, peut-être qu'on peut passer un accord, okey ?

Je pensai à la vieille fable de Bidpai du scorpion qui passe un accord avec la grenouille et s'engage à lui faire traverser la rivière.

— J'en doute.

Il regarda l'arme qu'il tenait à la main.

— J'ai un énorme moyen de pression, pourtant.

— Peu m'importe.

— Eh bien… j'ai beaucoup d'argent.

— Et alors ?

— Beaucoup d'argent, et encore plus, bien à l'abri. (Devant mon absence de réaction, il expira rapidement mais avec précaution.) Vous n'allez pas me dire que…

— Vous savez, plus on fait durer cette conversation, plus il y a de chances que vous, le camion et le pont, dégringoliez dans la rivière. (Je l'écoutai respirer.) Ce n'est pas que ça m'importe tellement, mais peut-être qu'à vous, si, vu tout le mal que vous vous êtes donné pour revenir d'entre les morts. (Je commençai à défaire le lasso attaché à la vieille selle McClellan.) De mon point de vue, on dirait que vous n'avez qu'une seule option. Je vais vous lancer ce lasso, mais je ne le ferai pas tant que vous n'aurez pas jeté ce joli petit Smith & Wesson dans la rivière – et je veux entendre le splash.

Il leva les yeux vers moi et ses doigts serrèrent le pistolet.

— C'est une arme qui vaut huit cents dollars.

Je souris.

— C'est okey, vous avez plein d'argent et encore plus, bien à l'abri, c'est bien ça, non ?

Je fis rouler la réconfortante courroie tressée entre mon pouce et mon index, déroulant les longueurs de cuir et essayant de me rappeler la dernière fois que j'avais lancé un lasso.

— Vous savez, une des pires images infligées à la société est celle d'un cow-boy avec une arme à feu – si vous donnez à un cow-boy le choix entre une arme et une corde, il prendra toujours la corde, parce que c'est comme ça qu'il gagne sa vie. Aucun cow-boy digne de ce nom ne gagne sa vie avec une arme à feu. (Je sortis la boucle d'une main et tirai la corde par le nœud coulissant pour qu'elle ait une bonne taille.) Moi, je ne suis pas cow-boy et ça fait terriblement longtemps que je n'ai pas pris de veau au lasso, mais vous pouvez nettement augmenter mes chances de réussite en attrapant la corde. (Je défis une longueur supplémentaire sans cesser de le regarder, sa main toujours serrée sur le Smith & Wesson.) Je vais choisir le lancer de base, bien à plat avec un bon coup de poignet, en finissant par une ouverture paume à plat.

Sa voix parut haut perchée et tendue.

— Écoutez…

— Cette vieille McClellan n'a pas de pommeau pour attacher le lasso, alors il va falloir que je m'arc-boute en le passant dans la fourche, et il n'y aura plus qu'à croiser les doigts. Je ne sais pas quand ce lasso a été huilé pour la dernière fois ; il pourrait peut-être bien se briser net comme une branche sèche. Peut-être qu'il tiendra, peut-être qu'il ne tiendra pas.

Je le regardai ravaler la dernière petite once de courage qu'il avait serrée entre ses dents, et ses doigts blanchirent autour de la crosse en plastique noir du petit 9 mm. S'il envisageait de faire quelque chose d'idiot, ce serait maintenant qu'il le ferait.

Je pensai à deux hommes morts, à un autre mourant, à un enfant terrorisé, à mon chien, à une femme tourmentée et au cheval torturé que je montais.

Je me penchai un peu en avant sur la selle et j'ajoutai de la solennité à ma voix au moment où ma main droite, tenant toujours le lasso enroulé, effleurait le garrot de Wahoo Sue. La jument bougea pour la première fois pour regarder son tortionnaire. La jument noire avança un sabot et détendit un postérieur, nous installant tous les deux dans une posture presque insultante.

— Et ensuite, vous devrez dépendre de ce cheval. Peut-être qu'elle tirera, peut-être que non.

Ses doigts firent un petit mouvement, et la crosse du 9 mm heurta avec un tout petit bruit de rien du tout la surface rouge luisante de la carrosserie du camion.

— Vous savez, monsieur, je n'ai pas bien saisi votre nom.

Je me redressai dans la selle craquante de cent trente ans d'âge et visai sa tête avec la corde. Je répondis sur le ton de la plus anodine des conversations.

— C'est juste parce que je ne vous l'ai jamais donné.

Épilogue

7 novembre, 11 heures.

Je DONNAI un petit coup au chien, ajustai mes béquilles et posai mon pied cassé emballé dans une botte en Velcro sur les rochers en m'asseyant sur la rambarde. J'essayai de ne pas penser à la paire de bottes Olathe à trois cents dollars qui avait été bousillées lorsque les médecins du Campbell County Memorial Hospital en avaient découpé une de haut en bas. Bien sûr, je pouvais toujours donner l'orpheline à Lucian et il n'aurait qu'à bourrer quelques chaussettes au bout pour pouvoir la porter, ou je pouvais la suspendre à la gouttière du AR.

La nouvelle balustrade – nettement améliorée – se poursuivait jusqu'à l'endroit où l'ancien pont routier franchissait la Powder River. Ce que le nouveau pont perdait en esthétique, il le gagnait en monotonie inaltérable et massive, il me fallait bien l'admettre. C'était une dalle de béton continue renforcée de tiges métalliques avec un parapet composé d'épais tuyaux galvanisés d'environ un mètre de haut, et il semblait pouvoir survivre à l'attaque directe d'un missile de croisière, mais je n'aurais jamais envie de le traverser à cheval.

Wahoo Sue tapa du pied. Elle était dans la remorque restaurée que j'avais achetée à Hershel et Benjamin et que Vic avait détachée du Bullet.

— Doucement. Elle arrive.

Il faisait froid cet après-midi, et même si le soleil brillait, il ne l'emportait pas sur la fraîcheur de la journée. Je portais ma veste d'uniforme, celle qui avait une étoile brodée, qui me protégeait du froid et me procurait une couche supplémentaire entre les cales des béquilles et mes aisselles. Doc Bloomfield m'avait dit que je serais coincé pendant encore deux semaines et que j'étais censé ne pas prendre appui sur la fracture-avulsion proximale de mon cinquième métatarse, ce qui avait l'air beaucoup plus grave que l'os cassé de mon petit orteil. Je calai les béquilles contre le parapet en face de la carabine Henry de Hershel et accrochai les cales du haut sur le bord métallique de manière que les béquilles ne glissent pas et ne tombent pas dans l'eau. J'examinai l'hématome qui me couvrait l'ensemble du pied et qui était visible dans la partie découverte de l'ingénieuse petite botte de cosmonaute. Le chien s'était levé et il avait présenté ses hommages à chacun des poteaux de la balustrade avant de passer à la remorque qui était garée derrière nous. Il allait bien, il s'était seulement froissé un muscle de la patte lorsque Wade Barsad l'avait heurté avec le 4×4.

Cliff Cly du FBI survivrait – il était en train de se remettre à Denver. Le ministère de la Justice lui était tombé dessus à bras raccourcis, mais j'étais monté au créneau pour soutenir celui que je qualifiais d'agent indiscipliné et créatif, expliquant que s'il n'avait pas fait ce qu'il avait fait, je ne serais probablement plus là. Il avait été remplacé par un homme plus sérieux qui se trouvait maintenant au ranch des Barsad à la tête d'une équipe d'agents passant les débris au crible à la recherche du papillon de Wade.

Le FBI essayait toujours de mettre la pression sur Barsad pour qu'il donne ses amis, mais jusqu'à maintenant, il n'avait rien dit. À l'évidence, avec la perspective de deux condamnations à perpétuité, Wade ne voyait pas la nécessité de se montrer coopératif. Peut-être qu'il cherchait à renégocier sa peine, mais avec les deux meurtres, l'affaire se présentait mal. Il avait de grandes chances de passer le reste de sa vie derrière les barreaux, mais les Fédéraux voulaient quand même les noms pour accuser les autres de racket. Et comme nous pouvions tous l'imaginer, Wade avait quelques trous de mémoire depuis qu'il avait été arrêté.

Le papillon manquant était toujours manquant.

Je bâillai et mis ma main devant ma bouche. Un Escalade couleur sable métallisé apparut et tourna avant de franchir la rivière.

Bill Nolan était totalement innocent, excepté d'avoir avalé quelques somnifères de trop avec ses cadeaux nocturnes de whisky en laissant les clés de son nouveau camion accessibles à n'importe qui. Le véhicule avait été complètement démoli, et aux dernières nouvelles, Bill partait toujours s'installer à Denver et il allait s'acheter un véhicule hybride.

Pat, le propriétaire du bar, n'était pour l'instant accusé que de conspiration. Il avait dû penser qu'il se ferait beaucoup d'argent en se mettant en affaires avec Wade Barsad, mais comme tous les autres il ne récolterait qu'une peine de prison.

Je pensai à Sandy Sandberg au moment où la Caddy roula sur le nouveau pont. Je l'aurais volontiers étranglé sur place à l'hôpital, mais il leva la main, sourit devant mon pied cassé et expliqua qu'il avait été contraint au silence par le superviseur du FBI. Je lui pardonnai mais lui dis que je trouvais intéressantes les confidences qu'il choisissait de partager et celles qu'il choisissait de garder pour lui. De toute manière, j'avais négocié une faveur et il avait été établi que la demande d'indemnisation auprès des Assurances Boss pour le domaine des Barsad était licite dans la mesure où les shérifs des deux comtés du Wyoming avaient déposé sous serment que la cause de l'incendie était vraisemblablement la foudre.

Je reposai mon pied par terre et pivotai du mieux que je pus pour saluer le 4×4. Le chien cessa de renifler les poteaux et se mit à agiter la queue dans l'anticipation de son arrivée.

L'Escalade s'arrêta de l'autre côté de la route, et avant qu'il ait eu le temps de se garer, la portière côté passager s'ouvrit et un shérif-adjoint de 1,20 m sortit précipitamment. Benjamin et le chien se retrouvèrent au milieu de la route. Le chien posa ses pattes sur les épaules du gamin, et les deux tombèrent sur l'asphalte.

Je levai la voix.

— Doucement! Il n'est pas complètement indestructible.

CRAIG JOHNSON

Juana sortit du même côté.

— De qui parlez-vous, de Benjamin ou du chien?

Je regardai la grande femme blonde descendre de l'autre côté de la Cadillac. Elle répondit à la question.

— Des deux.

La bandita guatémaltèque marcha droit vers moi.

— On vous a laissé ici tout seul?

Je hochai la tête.

— Le chien et moi. Vic est allée ramener Henry à son camion avec un nouveau filtre à essence.

Elle regarda mon visage et mon pied.

— Vous êtes dans un sale état.

— Ouaip. Comment ils vous traitent, à Ground Zero?

Son visage s'anima aussitôt.

— C'est vraiment intéressant. Ils examinent absolument tout, parce qu'ils sont presque sûrs que la liste se trouvait dans la maison. Ils tamisent les cendres, et c'est fastidieux mais…

— Elle pose tellement de questions qu'ils n'arrivent plus à travailler.

Je regardai la grande femme au moment où elle posait ses mains sur les épaules de Juana, avant d'en descendre une pour caresser la grosse tête du chien lorsque Benjamin et lui nous eurent rejoints.

Elle était bien plus jolie sans la combinaison orange de la prison du comté de Campbell et elle avait pris un peu de poids, mais elle avait encore l'air assez mince pour faire siffler le vent. Doc Bloomfield avait retiré le dernier pansement de sa gorge et elle avait noué une écharpe en soie imprimée de pavots jaunes pour camoufler les cicatrices. Elle avait les cheveux défaits, retenus par une barrette en argent ciselé à la main, et elle s'était visiblement maquillée un peu. Pour essayer de compenser le manque de graisse et d'isolation de son corps, elle avait mis une veste en duvet qu'elle portait par-dessus une polaire couleur turquoise qui rendait le bleu de ses yeux encore plus bleu. On comprenait pourquoi le vieux cow-boy avait couvert ses murs de photos d'elle.

— Comment allez-vous ?

— Je vis dans une roulotte de berger jusqu'à ce qu'ils en aient terminé avec ma maison, mais ça va.

Je souris tandis que le cheval hennissait doucement derrière elle.

— Hershel aurait aimé ça.

Le regard de Mary vint se poser sur la carabine qui était calée contre le parapet. Au bout d'un moment, elle m'adressa un sourire, qui était chaleureux.

— Il n'avait pas de famille, du moins je n'en ai pas trouvé, alors j'ai pensé que je disperserais ses cendres sur la falaise au-dessus de la rivière.

— Il aurait aimé ça aussi.

Je me levai, et le cheval hennit à nouveau, de manière plus insistante cette fois. Je passai doucement ma jambe par-dessus la rambarde, me déplaçai vers la droite et ajustai les béquilles sous mes bras.

— Si ça ne vous ennuie pas, pourriez-vous prendre cette Henry ? Il y a quelqu'un là-bas qui aimerait vous voir. (Second sourire, peut-être encore plus large que le précédent. Wahoo Sue tapa des sabots, cogna contre les flancs de la remorque, en piaffant de plus belle.) J'ai demandé au vétérinaire, Mike Pilch, de l'examiner et il a dit qu'elle était dans une forme étonnante compte tenu de ce qu'elle avait traversé.

Les mains de Mary montèrent jusqu'aux ouvertures sur le côté de la remorque comme des feuilles à la recherche de la lumière du soleil. La grande jument tapa des pieds à nouveau et se mit à frotter le côté de sa tête contre les longs doigts qui entraient maintenant dans la remorque. Je voyais encore la veine bleue qui palpitait sur sa tempe et ramenait le sang vers son cœur. Sa voix était douce.

— Ooh là, ma belle…

Je posai la carabine sur mes genoux et leur laissai un petit moment.

— Alors…

Elle se tourna pour me regarder.

— Alors quoi ?

— Qu'allez-vous faire avec le ranch ?

Il n'y eut pas la moindre hésitation.

— Le reconstruire. (Elle continua à caresser Wahoo Sue.) Ça a toujours été mon rêve, mon endroit. Pas le sien. (Elle jeta un coup d'œil par-dessus son épaule, vers Absalom.) C'est une bonne petite ville – c'est juste que quelques mauvais personnages y sont passés.

La bandita s'appuya contre la remorque et me regarda.

— Il y a une chose que je n'arrive pas à comprendre.

L'apprentie-enquêtrice était de retour.

— Qu'est-ce que c'est ?

Je fis courir mes doigts sur la vieille carabine et ajustai mon chapeau.

— Pourquoi Wade a-t-il essayé de kidnapper Benjamin ?

— Wade ne pouvait pas se permettre d'avoir trop de papillons dans la nature, mais c'était la seule assurance qui lui resterait pour le jour où il referait surface – et avec ses antécédents, c'était inévitable. Sans ça, la mafia aurait fini par le tuer, alors il lui fallait rester dans le coin jusqu'à ce que le papillon réapparaisse. Même droguée, Mary savait que la liste était importante et elle l'a prise et l'a confiée à Hershel, mais à mon avis, il y a dû y avoir un témoin. Wade ne pouvait pas atteindre Mary, Hershel refusait de lui dire, donc ça ne laissait qu'une personne qui pouvait savoir où se trouvait l'information.

J'observai le gamin tout en sortant péniblement mon canif de la poche avant de mon jean et posai l'antique Henry sur mes genoux.

— Et peut-être bien que Benjamin ici présent savait quelque chose. (Je souris au garçon. Il baissa la tête et se mit à mâchouiller les cordons de son chapeau.) J'ai raison ?

Il nous regarda tous.

— J'ai pas le droit de le dire.

— Parce que tu as promis ? (Il hocha la tête. Je ne l'avais jamais vu avec un visage aussi grave.) Mais l'homme qui t'a fait promettre n'est plus là, c'est ça ? (Il hocha encore la tête, mais sans parler.) Maintenant, en tant qu'adjoint du comté d'Absaroka qui a prêté serment, tu n'es pas censé avoir de secrets pour ton chef.

Il finit par parler.

— Oui, mais une promesse à *el hombre muerto* est sacrée.

Je levai une main.

— Ça va, tu n'es pas obligé de parler. Je ne veux pas que tu le trahisses.

Ils me regardèrent tous pendant que je plaçais la pointe de mon couteau dans l'encoche d'une des vis minuscules qui tenaient la plaque commémorative en cuivre sur la crosse du Yellow Boy.

— Une des choses auxquelles un homme tient, c'est sa fortune. (Je regardai le jeune garçon droit dans les yeux.) Exact ?

Il hocha la tête.

— Exact.

Je défis une vis, la tendis à Benjamin et me mis à en défaire une autre tout en regardant le nom inscrit sur la plaque.

— Le type qui avait cette carabine à l'origine n'a pas vraiment bien fini, mais à chacun sa fortune...

Le gamin ne me quitta pas des yeux tandis que je défaisais une autre vis et la lui tendais.

— Le suivant qui l'a eue n'a pas tellement bien fini non plus, mais c'était un sacré bonhomme, tout le temps qu'il était là, hein ?

Benjamin hocha la tête avec solennité.

— Et lorsqu'il disait que sa fortune se trouvait dans cette carabine, il voulait dire autre chose que l'argent qu'elle vaut, n'est-ce pas ?

Le gamin continua à hocher la tête et je lui donnai les deux dernières vis. Du bout de l'ongle, je soulevai délicatement la petite plaque en cuivre. Là, enchâssé dans une encoche soigneusement évidée, se trouvait un de ces minuscules rouleaux que Hershel achetait à la caisse du Kmart.

De la pointe de mon couteau, je soulevai le bout du rouleau enrobé de plastique et le gardai au creux de ma main. Je posai le couteau sur le pare-chocs de la remorque, sortis délicatement le rouleau de papier du manchon en cellophane, et le déroulai complètement en le tenant du bout des doigts. L'écriture, si petite qu'on pouvait à peine la lire à l'œil nu, couvrait la totalité du papier.

Je levai les yeux vers eux, puis roulai soigneusement le papillon de Barsad avant de le glisser dans le tube en plastique transparent.

Mary fit reculer l'Escalade et manœuvra jusqu'à ma remorque à chevaux. Juana me regarda ranger le petit morceau de papier dans la poche de ma chemise puis fixer à nouveau la plaque sur le fusil qui avait appartenu à un *buffalo soldier* avant d'échoir à un cow-boy.

— Depuis combien de temps savez-vous que c'est là?

— Depuis que nous sommes montés à la mesa. Il ne cessait de répéter cette phrase sur le fait que toute sa fortune était dans cette Henry, et je crois que c'était sa façon de me révéler la vérité sans le faire explicitement.

Elle parut perplexe.

— Pourquoi ne vous l'a-t-il pas dit, tout simplement?

Je réfléchis en soulevant le Yellow Boy pour le caler contre mon genou.

— Je ne sais pas. Il était prudent et il ne me connaissait pas, tout au moins, pas assez pour me le dire directement, j'imagine.

Elle regarda Benjamin, qui jouait avec le chien sur le terrain vague de l'autre côté de la route.

— Mais il savait que vous étiez shérif.

— Cela ne comptait pas pour grand-chose dans la vision du monde du vieux cow-boy. (Elle semblait toujours troublée.) Hershel était comme beaucoup de vieux bonshommes de cette région – il n'accordait pas sa confiance à un titre. Avec lui, il fallait la gagner.

Elle sourit de son sourire parfait.

— Eh bien, vous avez réussi.

Je me tournai vers les collines à l'est, et vers le Battlement à Twentymile Butte qui surplombait la plaine de la Powder River.

— Non... si je l'avais vraiment gagnée, il serait ici avec nous.

Avant qu'elle ne puisse dire quoi que ce soit, je poursuivis :

— Alors, est-ce que les gars du FBI vous causent des ennuis parce que vous êtes sans papiers ?

Elle jeta un coup d'œil par-dessus son épaule tandis que Mary sortait pour connecter les câbles électriques de la remorque à la Cadillac.

— Non, j'ai une protectrice, et elle a des avocats qui font de leur mieux pour que j'obtienne la nationalité américaine.

Je hochai la tête.

— Et quels sont vos projets, à Benjamin et vous ?

— Benjamin va aller à l'école et je vais travailler pour Mary et finir mes études. Ensuite, je crois que je vais aller à Laramie pour passer mon diplôme et peut-être travailler pour le FBI un jour.

Je ne dis rien, attendant qu'elle me gratifie de son geste typique auquel j'avais eu droit la première fois que je l'avais vue : le poing sur la hanche.

— Quoi ?

Je haussai les épaules devant cette posture latine.

— Je n'en serais pas surpris.

Tandis que Juana allait chercher Benjamin et le chien, Mary revint ouvrir la partie supérieure de la porte de la remorque pour que Wahoo Sue puisse passer sa tête. Mary grimpa sur le pare-chocs et je regardai le cheval tendre ses naseaux vers elle au moment où elle expira. Je souris intérieurement. Mary passa doucement ses bras autour du cou de la grande jument. Sue, en réponse, baissa la tête et attira la femme contre la porte de la remorque dans une sorte d'étreinte sans bras.

— Sacré cheval.

Elle se tourna pour me regarder.

— Oui.

Elle ne me quitta pas des yeux, même lorsque je baissai la tête vers la plaque en bronze vissée sur la vieille carabine.

— Mary, j'ai une question à propos de la liste. Je crois que c'est par vous que Hershel l'a eue.

Le silence s'installa et dura quelques instants, pendant lesquels le seul bruit qu'on entendait était celui des sabots de la jument sur le plancher en bois de la remorque.

— Par moi ?

— Je ne peux pas en être certain, mais je le crois bien. Vous étiez la seule à savoir ce qu'était cette liste en dehors de Wade, et je ne pense pas qu'il l'ait donnée à Hershel. (Je voyais bien qu'elle réfléchissait.) Vous avez peut-être fait beaucoup de choses dont vous n'aviez pas conscience lorsque vous étiez sous l'influence de ces sédatifs.

Elle ne bougea pas, même ses mains fines dont les doigts étaient encore mêlés à la crinière de la jument, étaient immobiles.

— Y compris tuer un homme ?

Je pris une grande inspiration et sentis la fatigue.

— Non, pas ça. Je vais vous dire ce que je pense, et ensuite vous pourrez y réfléchir et décider si mon histoire se tient. (Je déglutis et commençai.) Je crois que Wade a drogué son frère et l'a tué, qu'ensuite il vous a amenée dans la chambre et vous a fait tirer sur un homme mort, un homme qui ressemblait fort à Wade et un homme dont, au plus profond de vous, vous souhaitiez être débarrassée.

— Mais comment a-t-il réussi à faire venir son frère jusqu'ici ? Il détestait Wade.

Je haussai les épaules.

— Il avait des problèmes financiers de son côté, et Wade l'a convaincu qu'ils pouvaient extorquer plus d'argent à leurs anciens associés. C'est tout le problème d'être en affaires avec quelqu'un comme Wade Barsad – une fois qu'il tire quelque chose de vous, il a un moyen de pression et il va inévitablement en vouloir plus. (Je repensai au frère de notre homme.) Du moins, c'est un scénario possible.

Elle descendit du pare-chocs mais laissa une main posée sur le nez de Wahoo Sue. Elle me regardait mais ne disait rien.

Je retraversai la route sur mes béquilles et m'assis sur la rambarde, le dernier ajout à ma collection grandissante d'armes de valeur inestimable posée sur les genoux, et je regardai l'Escalade traverser le pont et s'éloigner. J'étais vraiment fatigué maintenant, et j'espérais que Vic reviendrait bientôt avec mon camion pour que je puisse rentrer chez moi et faire une sieste.

J'appelai le chien et suivis des yeux le nuage de poussière laissé par Mary lorsqu'elle prit le dernier virage visible sur Powder River Road avant que Juana, Benjamin, Wahoo Sue et elle ne disparaissent. Je tenais mon étoile au creux de ma main et je laissai mon regard errer sur les montagnes. Les nuages diffus descendaient en s'effilochant des hauteurs et abandonnaient le ciel au bleu pâle de l'automne finissant.

— Z'êtes perdu ?

J'avais été si profondément absorbé dans ma rêverie que je n'avais même pas entendu le vieux cinq-tonnes GMC approcher. J'appuyai la vieille Henry contre la rambarde et demeurai là, tenant le chien par son collier.

— Non.

Mike Niall avait un autre chargement de foin et il me surprit lorsqu'il coupa le moteur de son gros camion. J'écoutais le moteur cliqueter et attendis.

Son profil acéré était tourné vers les montagnes. L'homme était dépourvu d'émotion mais plein de dignité. Il ne m'avait pas encore regardé, mais je suppose qu'il avait remarqué la présence de la vieille carabine lorsqu'il s'était approché.

— Z'attendez du grabuge ?

Je repoussai mon chapeau sur ma nuque.

— Toujours.

Il grimaça mais ne dit pas un mot de plus. Son chargement était à nouveau du foin de bonne qualité, je sentais son odeur à sept mètres de distance, même avec un vent de face. Il cracha sur la route comme il l'avait fait la dernière fois et finit par parler.

— J'ai entendu dire que l'shérif du comté d'Absaroka, il a été réélu hier, et largement.

Je pris une profonde inspiration et fléchis les muscles de mon pied cassé.

— Ouaip, on dirait que les gens sont prêts à élire n'importe qui, aujourd'hui.

Je sentais son regard peser sur moi et j'essayai de penser à autre chose à dire, mais j'étais si fatigué que je ne bronchai pas. Vingt-quatre ans à mon poste, et maintenant, encore au moins deux ans. Je commençai à me demander si j'allais y arriver, mais il interrompit le cours de mes réflexions.

— J'crois que je vais faire traverser c'nouveau pont routier à mon camion.

Je souris en contemplant le véhicule antique et son chargement considérable.

— Vous croyez qu'il va tenir ?

Il se pencha en avant et cracha une nouvelle fois, le jet couleur sépia traversa tout droit le plancher rouillé du camion par un trou de rouille.

— Pas sûr. (Il lança un regard appuyé à la nouvelle construction.) Mais chuis du genre à prendre des risques. (Je sentis son regard se reporter sur moi.) Et vous ?

Je me tournai vers la rivière, lâchai le collier du chien et me mis à caresser sa grosse tête.

— Moi, je suis plutôt du genre prudent.

J'entendis un petit ricanement avant que le démarreur du vieux camion ne se mette à grincer. L'antique moteur toussa puis partit, et le lourd véhicule traversa le pont, tourna le coin et disparut.

Tenant mon badge dans ma main ouverte et regardant la rivière, je me mis à penser à ce que Juana avait dit ce soir-là dans la chambre du motel, que certains d'entre nous n'étaient pas faits pour jouer les cow-boys. Je réfléchis au nombre de ricochets que la lourde pièce métallique pourrait faire sur la surface de la Powder River si je trouvais le bon angle. Je la soupesai dans ma main et sentis le poids de la responsabilité, puis j'ouvris l'attache au dos et épinglai l'étoile à six branches sur ma chemise.

Je frottai à nouveau la tête du chien et enlevai mon chapeau 10X, le retournai et examinai les taches de sueur et la patine de poussière rouge qui s'étaient accumulées sur le rebord intérieur cette dernière semaine.

Je le retournai à nouveau et le tins par le bord, puis soudain, je le lançai comme un frisbee. Le chien démarra, prêt à courir pour l'attraper, mais je l'arrêtai en saisissant son collier, et nous regardâmes tous les deux le chapeau noir rester suspendu dans le vide au-dessus de la Powder River, puis pencher d'un côté et disparaître dans le courant qui s'écoulait vers le nord.

REMERCIEMENTS

L'ORIGINE de l'expression "dark horse" réside dans l'histoire d'un éleveur du XIXᵉ siècle ; il arrivait dans une ville inconnue et prétendait que sa monture était un cheval de bât ordinaire, alors qu'en vérité c'était un étalon noir extrêmement rapide. Il faisait participer son cheval à une course, et lorsqu'il l'emportait (à la grande surprise des habitants), il empochait l'argent du prix, ainsi que bon nombre de paris, et repartait à la recherche d'une autre communauté tout aussi crédule.

En tête des paris jumelés d'Absalom, comme toujours, Gail Hochman, une jolie petite pouliche de Brooklyn à l'œil vif et à la langue bien pendue, qui m'a enseigné que la victoire à la course n'échoit pas toujours au plus rapide ou au plus fort, mais que c'est le principe du pari. Kathryn Court, une pur-sang remarquable, capable d'allonger sa foulée quand personne ne la voit et qui m'a appris que la sensibilité équine est la faculté de jugement qui empêche les chevaux de parier sur les gens. Alexis Washam, qui tend à sortir en trombe de sa stalle au départ et qui m'a rappelé qu'on n'approche jamais un taureau de face ou un cheval par-derrière et qu'on se tient à distance d'un correcteur, toujours.

Ma grande amie Maureen "Donnybrook" Donnelly, qui prend toujours la corde et m'a d'emblée expliqué que la vie est généralement un pari à six contre cinq, mais que les bons jours se font attendre souvent jusqu'au second virage. Ben "El" Petrone, qui a dit que si un tremblement de terre touchait le Kentucky Derby pendant que j'y étais, qu'il fallait que j'aille droit au guichet des billets où rien ne tombe jamais. À Meghan "The

Cincinatti Kid" Fallon, qui, avec la chance qu'ont les Irlandais, semble toujours gagner d'un cheveu mais dit qu'aucun cheval ne peut jamais aller aussi vite que l'argent qu'on parie sur lui.

Eric Boss, qui un jour m'a parié qu'il pouvait faire sortir d'un bond le valet de pique d'un paquet de cartes totalement neuf et faire couler du cidre de mon oreille. Je n'ai encore pas fini de laver mon oreille.

Merci à l'école Brannaman d'avoinologie pour tous les trucs et astuces.

Merci à mon pote et médecin de terrain David Nickerson, qui dit que les chevaux de course sont les seuls animaux capables de balader plusieurs milliers de personnes.

Mes excuses à Buzzy, aux habitués du "AR" et à la ville d'Arvada dans son ensemble, qui partage les coordonnées géographiques mais n'a aucune ressemblance avec le décor de ce roman. "Le bar d'Arvada, là où le trottoir s'arrête, la fête commence."

Et surtout, à ma femme Judy, qui a pris le plus gros risque de sa vie en pariant sur moi.

CATALOGUE

Collection Nature Writing

Edward Abbey   *Désert solitaire*
                        Un fou ordinaire

Rick Bass   *Le Livre de Yaak*

Ron Carlson   *Le Signal*
                        Cinq ciels

Kathleen Dean Moore   *Petit traité de philosophie naturelle*

Gerald Durrell   *Ma famille et autres animaux*

Pete Fromm   *Indian Creek*
                        Avant la nuit
                        Chinook

John Gierach   *Traité du zen et de l'art de la pêche à la mouche*
                        Truites & Cie
                        Mêmes les truites ont du vague à l'âme
                        Là-bas, les truites…

John Haines   *Vingt-cinq ans de solitude*

Robert Hunter   *Les Combattants de l'Arc-en-Ciel*

Bruce Machart   *Le Sillage de l'oubli*

Howard McCord   *L'Homme qui marchait sur la Lune*

John McPhee   *Rencontres avec l'Archidruide*

Kent Meyers   *Twisted Tree*

Doug Peacock   *Une guerre dans la tête*

Rob Schultheis   *L'Or des fous*
                        Sortilèges de l'Ouest

Mark Spragg   *De flammes et d'argile*

Terry Tempest Williams *Refuge*

Alan Tennant · *En vol*

David Vann · *Sukkwan Island*
Désolations

John D. Voelker · *Itinéraire d'un pêcheur à la mouche*
Testament d'un pêcheur à la mouche

Lance Weller · *Wilderness*

Collection Noire

Edward Abbey · *Le Gang de la Clef à Molette*
Le Retour du Gang de la Clef à Molette
Le Feu sur la montagne

Craig Johnson · *Little Bird*
Le Camp des Morts
L'Indien blanc
Enfants de poussière
Dark Horse

William G. Tapply · *Dérive sanglante*
Casco Bay
Dark Tiger

Jim Tenuto · *La Rivière de sang*

Trevanian · *La Sanction*
L'Expert
Shibumi
Incident à Twenty-Mile

Benjamin Whitmer · *Pike*

Collection Americana

Viken Berberian   *Das Kapital*

Adam Langer   *Les Voleurs de Manhattan*

Greg Olear   *Totally Killer*

Tom Robbins   *Comme la grenouille sur son nénuphar*
Une bien étrange attraction
Un parfum de jitterbug

Terry Southern   *Texas Marijuana et autres saveurs*

Mark Sundeen   *Le Making Of de "Toro"*

Tony Vigorito   *Dans un jour ou deux*

William Wharton   *Birdy*

Stephen Wright   *Méditations en vert*

www.gallmeister.fr

*Cet ouvrage a été imprimé sur du papier
dont les fibres de bois proviennent
de forêts durablement gérées*

CET OUVRAGE A ÉTÉ COMPOSÉ PAR
ATLANT'COMMUNICATION
AU BERNARD (VENDÉE).

ACHEVÉ D'IMPRIMER
PAR L'IMPRIMERIE FLOCH À MAYENNE
EN DÉCEMBRE 2012
POUR LE COMPTE DES ÉDITIONS GALLMEISTER
14, RUE DU REGARD
PARIS 6ᵉ

DÉPÔT LÉGAL : JANVIER 2013
1ʳᵉ ÉDITION
N° D'IMPRESSION : 83863
IMPRIMÉ EN FRANCE